CALAMITY GWENN

FRANÇOIS BEAUNE

CALAMITY GWENN

roman

ALBIN MICHEL

Ouvrage publié sous la direction d'Élisabeth Samama

« Tout le monde a du sang dans les veines. »

Barbara

Note de l'auteur

Ce livre est une œuvre de fiction, librement inspirée de l'histoire vraie de R. Toute ressemblance avec certaines personnes doit donc être considérée comme fortuite. Le texte que vous trouverez en italique correspond aux passages soulignés dans son journal.

Sextembre

ce mois où

les gens l'appellent,
mais l'idole déjeune

Lundi 5

Si Dieu était vraiment amour, les gens continueraient d'y aller, à la messe. Et si Dieu était sexe, alors là, tous les jours.

Mouss des fois j'ai l'impression qu'il se prend trop pour Dieu. Il pense que je l'attends, qu'un jour je vais avoir la grosse révélation. Moi la brebis perdue, lui mon étoile du Sud. Je suis sûre qu'il y croit en plus, on est tous avec toi Mouss, on aimerait tous que tu saches à ma place ce qui est bon pour moi, je te promets, ça m'épargnerait de souffrir pour rien.

Mardi 6

Maurice est repassé aujourd'hui. Un soumis qu'on voit souvent, de cette clientèle fidèle, presque familiale je dirais. Le Pig'Hall, trois ans que j'y suis maintenant, un sex-shop plutôt chic, beaucoup de femmes aussi. Mais quand même, si tu crains l'aventure, je recommande pas.

Maurice, comment le décrire sans être méchante. Il est horrible à voir. Un petit rouquin tout lâche, avec une tête d'ampoule LED extra-pâle, un ventre qui pend, et par-dessus sa peau flasque, la même chose en vêtements, genre jean sale, vieux tee-shirt FO de fin de manif, parfumé au Ricard.

Mais je l'aime bien quand même. Il veut chaque fois des trucs chelous, comme des tiges à urètre. Une vraie gueule de pine d'huître, un roucaou pur jus. Et toujours, on dirait, une rose à la main.

Mercredi

J'ai une cliente aussi, Zina, toute normale, on pourrait être amies, qui est masseuse prostatique. Pour pas dire qu'elle fiste. Une rebeu, avec des faux yeux bleus et des grandes boucles d'oreilles qui lui donnent cette aura de statue maya vivant en fond de forêt au milieu des plantes vertes.

Au magasin, elle veut que moi comme vendeuse. On se comprend, vu que je suis du Sud comme elle, on s'est captées tout de suite. Elle m'adore, elle arrête pas de me dire que je suis magnifique, que je ressemble à Milla Jovovich en mieux, qu'elle comprend pas ce que je fais là tellement je suis trop belle, que je devrais être une star. Ça fait plaisir, j'avoue, et tourne-toi que je t'admire, elle me dit, moi qui passe mon temps à me rabaisser.

Pour Paris, Zina ok c'est une cagole, mais à Marseille, personne ferait attention. Sa première fois au sex-shop, je me souviens, elle me regarde et elle me dit qu'elle aurait besoin de celui-là, de 70 centimètres sur 15 de diamètre. Notre plus gros gode en magasin, que personne a jamais vendu, un défi pour nous tous, peut-être même depuis que le Pig'Hall est ouvert. *Mais vous l'auriez pas en lisse ?* elle fait. *Parce que avec les nervures, ça me les fait saigner.*

Je lui dis que non, on a pas sans les nervures. Mais pardon, c'est la première fois qu'on me le demande, celui-là, c'est pour quoi, si c'est pas indiscret ?

Alors là elle se met au garde-à-vous de portable, me brandit son écran et me fait voir les types, les meufs, dans toutes les postures, avec les trucs au cul, diamètres couleurs variés, et elle qui organise les scènes, comme si elle faisait la cuisine, quasi en tablier, avec savon, ustensiles, un démon ménager, en train de fister à tour de fist, de faire monter ses blancs en neige.

En gros tu fistes, elle m'explique. Et c'est parfait pour moi, on me paye, je suce pas, je baise pas. Par contre je fiste les hommes, les femmes, les couples, tout. Je fiste tout ce qui bouge, et même avec les pieds.

Zina, je me dis, une nana normale, tranquille, qui pourrait être une pote. La fille campée, professionnelle, épanouie quoi. Dans sa spécialité.

Mais le boulot te change, quand même. Je le sens, depuis presque quatre ans à ce taf, que je réfléchis autrement. Même si ça en a pas l'air, c'est pas rien de fister, tu adaptes ce que tu penses, tes défenses, en fonction. Moi non plus je suis plus pareille, depuis que je bosse dans ce quartier, à Pigalle. Reprendre ce cahier, je pense que ça va me faire du bien. Me permettre de lâcher certains trucs parmi les encombrants, tout ce vide-grenier, de quoi remplir des stades.

Heureusement qu'aussi je redescends de temps en temps à Marseille. Avant de prendre le train, j'achète toujours un briquet PSG. Tout le trajet, je suis heureuse d'avance. Direct gare Saint-Charles, je pars traquer les potes, et au détour d'une clope, je sors mon feu ennemi, ça les fait marronner, ils me traitent de transfert, et je reprends mes marques.

Jeudi 8

On m'a pas volé mon vélo, on m'a juste volé *l'antivol* ! Je vis une histoire belge, ou quoi ?!

Jeudi, suite

En retard aux Beaux-Arts pour une séance classique de deux heures, rien de spécial comme poses, pas eu froid rien, mais ça m'a juste vidée, encéphalogramme mort. Alors que je les aime bien, mes petits étudiants, leurs sourcils concentrés à pas trop me kèn des yeux, ils sont hyper mignons.

J'ai fait du mannequinat aussi, mais je manquais de centimètres. De toute façon moi, c'est comédienne, mais on me disait, c'est des métiers poreux, il suffit de rencontrer la bonne personne, tralala, tu comprends, le mâle alpha qui flashe et te sauve d'être un cintre. Vraiment merci *ducon* !

Et Suze qui me dit, pour me faire flipper, tu sais Gwenn, il y en a qui ont *rien*, toi tu as *tout* pour toi, la beauté, la sensibilité. Imagine, être *moche et comédienne*, comme tu péterais un câble !

Pourtant elle sait que je suis fragile, qu'à la moindre réussite, j'essaie de tout faire foirer. Pour que ça me ressemble, plutôt qu'aller au bout des choses.

Toi, elle insiste, tu fais partie des chanceuses de la loterie génétique. Alors qu'elle sait aussi ce qu'il y a sous le capot.

Pour l'extérieur, on va dire que peut-être, mais ce qu'ils ont encastré en désordre dedans, vite fait, ces bouts de Bretagne et de Balkans, on peut pas dire un travail soigné.

Deux heures avec mes étudiants, des poses de deux minutes, puis cinq, puis huit, le bip, changer de position, trouver une autre idée. Au début le prof m'avait conseillé de me raconter des histoires pour imaginer de nouvelles poses. Alors depuis je me fais des remakes de scènes de films, par exemple Isabelle Huppert gamine en pique-nique avec ses parents dans *Les Valseuses*, ou Dewaere dans *Série noire* marchant dans le couloir de la maison. Je suis l'inventeuse d'un nouveau genre, *le cinéma muet figé* (personne est encore au courant, ça va faire un carton).

Mais parfois comme aujourd'hui je suis pas concentrée, ça tourne dans ma tête, les poses augmentent, dix, quinze, puis vingt minutes. Je ressens une nausée, mais qu'est-ce que je fous là à obéir, à m'interdire de bouger ? Je craque de partout, comme si j'allais me fendre. Et puis le bip qui sauve, nouvelle pose, et tout redevient calme, Jacques Tati apparaît, dans *Mon oncle*, et je me transforme en fontaine cubiste.

Mais je veux dire aucun mal de ce taf de potiche. Car être modèle m'a permis de découvrir la peinture, avant que Serge, cet amour d'homme, fasse mon éducation. J'écoutais les fusains crisser sur le papier, et j'ai voulu tenter moi aussi de faire cette musique.

Rien à voir avec l'écriture d'ailleurs. Écrire j'avais commencé bien avant, depuis mon tout premier journal intime, à onze ans, la sixième. La peinture, c'était un autre monde, pas évident pour moi. Et c'est par le trait que j'ai pu comprendre. Delacroix, De Vinci, Goya, Bacon. Ce trait, ce bruit de fusain, d'avant la parole. Ce trait qui dit tout, qui monte du fond du cœur, qui ne peut pas mentir.

Vendredi 9, 13 heures

En fait j'avais attaché l'antivol au vélo près du mien. Le type pouvait pas s'en servir depuis deux jours !!

Quand on a découvert ça, lui et moi ce matin, ce fendage de bides. Je pense quand même qu'on va se revoir, vu qu'il m'a invitée à dîner où il taffe, le Flamingo Pizza, mais physiquement et dans l'ensemble, je l'ai trouvé assez bof. Joce m'a dit qu'au Flamingo les pizzas sont très bonnes, ce qui est l'inverse d'un critère. Joce c'est mon meilleur pote, mais il a aucun goût, il aime que la bière. En plus je suis vraiment pas très pizzas, même si c'est sûr qu'ils doivent avoir autre chose.

C'est un peu l'activité phare, manger des pizz par chez nous dans le Sud. Comme le sport à Grenoble, à cause des montagnes. Tu ouvres un Décathlon là-bas, on m'a dit, tu peux pas faire faillite. Mouss avait loué un camion à pizza, l'hiver de notre première séparation, pour mettre de côté et se payer sa formation en régie son et lumière. Il avait décidé de se faire la tournée des troudučs entre Marseille et Montpellier, tous les sous-bleds imaginables. Mais moi en grosse feignasse de la teuf, je l'avais pas suivi, je m'en foutais de son four au feu de bois et de gagner du blé, je pensais qu'à me divertir. Donc la pizza, c'est un mauvais souvenir. Peut-être pour ça maintenant que j'évite d'en manger.

Samedi 10

Un cheval est couché dans son box et veut plus travailler. Le cochon lui explique que s'il se relève pas, il va finir à l'abattoir. Oui, dit le cheval, mais je veux plus travailler. Le cochon lui répond que bientôt il pourra plus rien faire, vu qu'il aura pris une forme viande hachée. Le cheval se relève. Le paysan découvre la bonne nouvelle et annonce que maintenant que le cheval est guéri, on va pouvoir tuer le cochon.

Je note cette histoire, pour toujours m'en souvenir, car c'est l'histoire de ma vie, *the-story-of-my-life*. Parfois j'ai des copines, je les aide, je les soutiens, je me mets la pression, je les tiens à bout de bras (Suzana par exemple), et puis dès qu'elles vont mieux, que c'est mon tour d'en chier, là ciao plus personne.

Dimanche 11

Salvatore, c'est à cause de cet amour pour lui que j'ai pris ce travail au sex-shop. Il trouvait que ça faisait un moment que je branlais rien, avec mes castings, mes machins. Bon, c'était vrai, mais lui, un architecte plein de fric qui répétait tout le temps, t'es trop belle, t'es trop drôle, qu'est-ce qu'il en avait à foutre, que je fasse rien ?

En fait il en avait à foutre. Ce gros pingre, qui te reproche de pas payer ta part, pas payer ton resto. J'aimais pas sa relation à l'argent.

Ok, donc, même si je sortais d'une bonne série de cachets au théâtre de la rue Coustou, en tant que marionnettiste, je roulais pas des joints en or. Alors je me mets en traque pour bosser dans des cinés, comme je suis plus ou moins projectionniste de métier, sans avoir le diplôme. Et là, entre deux rendez-vous, je tombe sur cette annonce, *Cherche vendeuse*. J'ai tout de suite été prise.

Un soir Salvatore m'invite à un bal, le bal des architectes de la Ville de Paris. Ma mère me dit toujours, toi Gwenn, comme t'es un vrai boucan, et que tu vas pas changer, il faut juste que tu le saches. Que tu l'aies bien en tête. Comme ça, quand tu sens que ça monte, que tu vas péter un scandale, tu cherches pas à comprendre, tu dis rien, tu te tires, juste le plus vite possible.

Le problème, c'est qu'au bal des architectes, j'ai pas pu appliquer son système. D'abord parce que j'ai pas pu réellement m'éloigner de Salvo, vu que ce type je l'aimais, et surtout parce qu'il est italien, et l'italien c'est une langue qui m'excite. Tu me parles italien et je perds tous mes moyens. Comme Jamie Lee Curtis dans *Un poisson nommé Wanda*, quand Otto lui parle italien et qu'elle grimpe aux rideaux.

Salvo, je lui chantais a capella la chanson *Ventiquattro mila baci*, tellement je l'aimais cet homme. Au pieu c'était la guinguette. Ce qui l'a pas empêché de me quitter. Le 9 mai 2013. J'ai une mémoire de dingue. Je me souviens de toutes les dates, des paroles des chansons, même du Jonasz, n'importe, ou du Goldman, j'adore. Je suis hypermnésique. C'est comme une maladie, comme le syndrome Jamie Lee qui se déclenche quand tu entends la langue qui te correspond.

Donc il me largue le 9, et ce jour-là je travaillais de nuit au sex-shop, j'étais là, lessivée, à pleurer sur mes godes, mais sans arrêter de vendre. Les gens avaient pitié, ils m'achetaient n'importe quoi, des tenues qu'ils allaient jamais mettre, juste pour me remonter le moral. À chaque client, j'étais tellement émue, je les serrais fort dans mes bras et je leur lisais en entier les notices et les avertissements d'usage, pour qu'ils restent un peu plus.

À la base, le sex-shop, je voulais faire que les deux mois d'essai, pour prendre un peu de thune. Le CDI me faisait flipper. Mais le lendemain de ma rupture avec Salvo, je vais consulter pour un mal de dos, alors que j'avais rien, histoire de me prendre quelques jours de repos, et le doc me met direct en arrêt pour sciatique aiguë. Tellement je suis naturellement bonne comédienne sans me forcer, tellement j'étais dans mon rôle et folle de douleur dans mon cœur d'artichaut. Du coup, je suis pas allée bosser, du coup, j'ai pas pu dire à mon patron que je voulais pas du CDI, du coup, j'y suis toujours. À cause de ce salaud trop mignon de Salvatore.

Lundi 12

Je suis guérie de Salvatore maintenant, mais je l'avais dans la peau ce mec, je l'ai kiffé comme une dingue.

On s'est rencontrés au premier de l'An, et après juste une semaine on s'est dit qu'on s'aimait. Au bout de deux semaines on était déjà chez mes parents, en Bretagne, et au bout de cinq mois, j'ai eu peur de l'abandon, j'ai commencé à faire de la merde, à flipper. J'étais jalouse dans ma tête, complètement pas sûre de moi.

J'ai démarré le 2 mai au sex-shop (pour lui faire plaisir) et une semaine après c'était ciao bella.

Mais un mois après la première rupture, il revient à la charge, pour le cul certainement. Il me dit, on va y aller doucement. Puis un soir que j'avais un peu bu, je me mets à pleurer, je lui dis, bon, tu me dis que tu m'aimes, que tu vas m'emmener en Italie, tu peux pas me dire ça tout en me disant que c'est pas sérieux entre nous. Là j'ai senti qu'il voyait pas trop le problème.

On avait décidé de se voir moins, jamais deux nuits de suite, pour préserver notre couple. Le 3 juillet, on se retrouve, on baise, c'est super, et le matin, juste avant de partir au boulot, il me dit, ce soir j'ai le bal des architectes, ma chérie, tu veux venir ? Là moi trop contente, après notre nouvelle résolution, qu'il veuille me revoir un lendemain. Ça voulait tout dire, j'étais hyper excitée, et puis qu'il me présente à ses collègues. Je me fais belle pendant deux heures, et comme il reste du temps, pour me mettre dans l'ambiance, je commence l'apéro avec Suzana. À un moment, elle me dit, bois doucement, tu sais comment t'es quand tu bois.

Bref j'arrive au bal des architectes, il me présente des gens, que des gros bourges qui avaient rien à voir avec moi, et surtout je m'en souviens une nana toute sapée, magnifique, une bombe, et là il me présente pas comme sa copine, mais comme une meuf normale, comme si on était pas ensemble. Donc je commence à faire la gueule, mais pas comme une meuf normale, comme une meuf qui fait la gueule, genre comme si on était vraiment en couple depuis quinze ans et qu'on avait des gosses. Le problème, c'est que vu qu'entre nous ça tanguait, c'était pas le moment.

Alors je pense à ce que me dit toujours ma mère, et donc je dis à Salvo que je m'en vais, hyper fière de ma saine décision. Mais lui, il me fait, ok, une petite bise, du genre je m'en fous, va-t'en, ça m'arrange, comme je suis avec mes vrais amis, ceux qui ont autant de thunes que moi.

Donc je m'en vais, mais là, juste avant la sortie, tac, je reviens, en prétextant que j'ai envie de pisser, et je le vois parler avec la bombe soi-disant sa collègue, mais sérieux ! Et là je fais, ah ça va ? Tu te gênes pas ! Vu que je suis bourrée, je me mets en mode ultra connasse, et à un moment, il me fait, viens ici ! Il me prend à part et il me dit, écoute-moi bien, Gwenn, *je t'aime pas, je t'aime pas, je t'aime pas !* Alors qu'il m'avait répété au moins cinquante fois qu'il m'aimait la semaine d'avant, et encore la nuit même. Avant Salvo, on m'avait jamais autant dit qu'on m'aimait, et donc pour compenser il fallait qu'il me répète la même chose à l'envers, répète-moi cinquante fois je t'aime pas, comme un tour de magie noire, pour défaire toutes ses déclarations d'avant.

Je lui dis, d'accord, *ok, j'ai compris !* Il me dit, c'est fini, c'est fini Gwenn, c'est fini, c'est fini, c'est fini. Je lui dis, d'accord, mais viens on part, on va pas se quitter là, et lui, si si, je sais que ça va être dur, mais je t'aime pas.

C'est horrible comme histoire. C'est pour ça que depuis tout ce temps, je suis toujours célibataire, que j'arrive plus à y croire.

Mardi

Si on était bien conçu, on devrait pouvoir choisir sa langue sexuelle à l'adolescence.

Quand j'entends de l'italien, c'est comme si Pavarotti me chantait sur le clito. Mais il y a pas que l'italien. Le syndrome Jamie Lee, j'ai des copines qui l'ont dans des tas de langues. J'ai une amie technicienne pour l'armée de l'air, qui a son bureau dans une base cachée sous les monts du Lyonnais, elle c'est le russe. Surtout c'est une énorme fan de Poutine. Dès qu'elle l'entend, il y a carnage, tu lui mets deux bassines sous elle quand il passe au 20 heures. Ou encore mieux Poutine en VO, sur Russia Today, elle en peut plus.

Par contre, le travail au sex-shop, je m'y suis enfermée malgré moi, et ça s'appelle *le syndrome de Stockholm*.

Mercredi 14

À huit ans, je suis fan totale de Dany Brillant. Avec ma mère on va à son concert au Dôme, à Marseille, et direct il me désigne et me fait monter sur scène. On a chanté *Suzette* ensemble, que je connaissais par cœur.

Quatre ans plus tard, pareil, reconcert, et il se souvenait de moi, allez hop princesse, et viens, monte, rebelote. L'année de mes premiers castings.

Après j'ai pas arrêté de chanter. Maintenant j'improvise des paroles sur de la musique électro, des mix que mixe un pote. Il me met le beat et je slame dessus, il faudrait que je note les paroles. Sinon je vais encore tout perdre, vu que c'est ma façon de vivre depuis que je suis née.

Vendredi

tenait en son bec un fromage » Jean de La Fontaine
« Maître corbeau sur un arbre perché

J'ai un don, je sais écrire à l'envers. Je sais pas depuis quand je sais faire ça. Ma mère savait aussi, je l'ai vue petite qui se la pétait avec ce truc. En fait, il suffit d'avoir les deux cerveaux coordonnés.

Quand je repense à mon chat, Chicha, que j'avais laissé chez elle, à Guerpaix. Dans le Morbihan, quand même à 450 bornes. Chicha qui m'a retrouvée à Paris, entre toutes les grandes rues. C'est un truc extraordinaire. Si je compare à Salvo, jamais il aurait fait ça pour moi, alors qu'il avait une Alfa Romeo à l'époque, un cadeau de sa mère. D'ailleurs j'y croyais pas au début, quand je l'ai entendue gratter. Mais c'était elle, ma vieille Chicha from Breizland, avec sa cicatrice à la David Bowie. Pas un seul homme a ce genre d'amour.

Samedi 17

Joce en galère d'appart qui passe squatter avec sa cops pourrie. Je les couche dans le salon, qui est aussi ma chambre, et toute la noche qui susurre à la fille, *viens donc voir le Prophète, il a un nouveau message pour toi sur ton répondeur.* En fait j'ai mis un temps à comprendre qu'il parlait de son zguègue. Joce c'est mon meilleur ami, on se connaît depuis trop longtemps, mais parfois je plains ses meufs. Sa devise, c'est *Ivre libre ou mourir.* Pour lui l'au-delà, c'est ni l'enfer ni le paradis, dans sa tête on va tous en after.

Dimanche 18, 14 heures

La première chose que j'ai achetée dans ma vie, c'est la peluche du diable de Tasmanie. Celui qui tourbillonne. Je lui ressemble trop, on est comme frère et sœur. Je devrais être diable de Tasmanie en signe chinois. Mais qu'est-ce que je raconte là ?!

De toute façon, j'arrive pas à écrire le dimanche. Ça me rend fragile ce jour. J'avais un sex-friend, c'était plein de souris chez lui. Pareil, ça me rendait fragile. On était dans le lit, et parfois il y avait des grincements, des grattages, une souris qui te court sur la jambe.

Il avait acheté des pièges autocollants. Quand la souris marche dessus, elle s'englue. Mais elle vit encore, elle est pas tuée. C'est gentil comme dispositif, mais putain, dans un petit appart parisien de sex-friend de base, il faut surtout faire gaffe à pas rester collé. Lui, le nombre de fois qu'il a mis le pied dedans. Après la glue part pas, tu marches comme une souris (squeek squeek !) toute la semaine.

J'ai aussi la phobie des poissons marcheurs, qui ont des ventouses sur le ventre et des moignons de nageoires. Il faut voir les vidéos sur Facebook, ça fait peur qu'ils existent. Si on vient de ça, on est morts.

Mardi 20

Le sex-shop fait 306 mètres carrés sur deux étages, blanc, très clair. On est aussi des fabricants. On a notre usine près de Quimper, en pays bigouden. J'y ai vu un signe, comme c'est tout près de chez ma mère. Le macramé coquin *de qualité*, il s'épanouit en Bretagne aujourd'hui. Plutôt que ravauder des filets de pêche ou se broder des coiffes en forme de teubs, les bécassines de maintenant, elles cousent des strings SM.

Bien sûr on vend aussi de la camelote chinoise, obligé. On

a plusieurs boutiques sur le boulevard, dont deux très belles, fréquentées par les femmes, les couples, peu d'hommes seuls.

Le gode 70 centimètres, je l'ai toujours pas vendu. Il fait 89 euros et au moins 3 kilos. Un champignon nucléaire noir. Au début je croyais que c'était juste pour la déco. Mais en fait non. Pour moi c'est un challenge, il faut qu'il sorte un jour, qu'il aille vivre sa vie. Mais depuis Zina, j'ai eu wallou de masseuses prostatiques. J'espère qu'elle va revenir, j'adore discuter avec elle. Hormis elle, à qui je vais pouvoir vendre ça, sans parler des nervures ?

Vendredi 23

Joël Séria et Bertrand Blier, mes deux réalisateurs préférés. *Les Galettes de Pont-Aven*, j'adore. *Nul n'est prophète dans son slip*, je leur dis aux clients, quand j'ai pas la réponse. Avec Mouss, on se matait ce film en boucle. Lui au moins il m'aimait tout entière, avec mes goûts en cinéma, parce qu'on avait juste le bon âge pour ça quand on s'est rencontrés. Toujours je pense à lui, aussi comme à un frère. On s'adore tous les deux, avec le bon le mauvais, mais il me répond plus en ce moment, parce que je le blesse souvent sans le vouloir.

Je me souviens, trois mois après mes débuts au sex-shop, alors qu'on s'était encore légèrement perdus de vue, il est passé me voir. Sous prétexte d'acheter quelque chose à une fille. Mais rien de sérieux, il ajoute toujours, pour que je comprenne bien que tout est ouvert si je veux.

En fait mon Mouss était inquiet pour moi. Il me raconte un bobard aussi sur sa venue à Paris nécessaire pour son taf, un micro particulier, mais je sais qu'il aurait pu se débrouiller autrement, se faire livrer, vu qu'il déteste cette ville. Puis à la fermeture, il passe me chercher avec son camion et il m'emmène manger une escalope aux Halles. Milanaise comme on aime. Parce que c'est un vrai frère, on a que les mêmes goûts.

Tout était formidable, j'étais heureuse, mais c'est là qu'il s'est mis à me prendre la tête sur mon travail dans un sex-shop truffé de pervers, en vieux frangin jaloux qui te fait la morale. Au début j'ai voulu me justifier, lui expliquer qu'après toutes ces années d'intermittence du spectacle, je me sentais pas de travailler dans un endroit normal. Tant qu'à me mettre au régime général, j'ai dit, que ce soit rock'n'roll ! Et donc quand j'avais vu l'annonce, ça m'avait pas rebutée, au contraire, voilà tout. Mais lui voulait rien comprendre, vu qu'il s'était fait tout un film à la *Pretty Woman*, avec lui en Richard Gere. Il m'a sorti la grande déclaration, ma chérie, mon amour, quitte ce boulot dégradant et viens vivre avec moi à Sète, je m'occupe de tout, j'ai déjà tout prévu.

Mais d'abord il aurait dû savoir qu'en tant que féministe je déteste *Pretty Woman*, ce film-éloge dégueu de la prostitution qui glamourise le sexclavagisme, et de toute façon j'avais d'autres plans, des tournages en prévision. Sans parler que je venais de rencontrer un tatoueur trop beau, qui allait me présenter à des tas de gens, et que j'avais Salvatore en travers de la gorge. Mais tout ça je pouvais pas lui dire, il m'aurait encore fait sa morale sur ce truc illusoire d'être star, de te gâcher la vie dans ce milieu pourri, alors j'ai total craqué, surtout après l'alcool, et la coke évidemment qui servait à épicer nos escalopes. Au début je voulais juste qu'il se casse, mais au fil de la nuit je sais plus ce que j'ai dit, j'ai tenté de tout foutre en l'air entre nous, juste par des choix de mots méchants, j'insultais ses yeux bleus, s'il te plaît barre-toi vite sinon je vais être horrible, laisse-moi tranquille gâcher ma vie, comme je sais si bien faire.

J'ai plus eu de news pendant six mois. Puis on s'est revus, mais par intermittence. En ce moment il répond pas, et ça me fait tellement souffrir, s'il savait, s'il pouvait lire ce cahier, Mouss je ne peux pas vivre sans ton amitié, j'ai besoin de toi, je veux plus qu'on se déchire, on s'aime trop pour ça.

Samedi 24

Pour revenir à mon premier jour au sex-shop, bizarrement j'ai ressenti, dès la première heure à la caisse, que Salvo allait me quitter. Que maintenant que j'avais du travail, que j'allais pouvoir l'inviter tout le temps au resto, il allait plus vouloir. C'est ça les mecs. Lui super, italien, architecte, mais un radin pervers.

Ce fameux premier jour, j'ai travaillé que quatre heures, mais ça a commencé fort. Un mec arrive, avec le cul un peu épais, enfin j'ai pas capté tout de suite. Il me dit, bonjour, est-ce que je peux vous parler ? En fait voilà, j'ai un délire. Mais il osait pas me dire. Et moi, vous inquiétez pas, j'ai l'habitude, alors qu'évidemment pas du tout. Mais je suis tellement humaine, et j'aime tellement les gens, qu'il a voulu y croire.

Je peux entrer dans la cabine, il me demande, vous montrer mon délire ? Je fais, euh, non. Et là, il me montre. Il avait une couche qu'il s'était fabriquée lui-même. *C'était ça son gros cul.* Et moi, comme si j'étais habituée, d'accord monsieur, je vois. Maintenant, après trois ans et demi de boulot ici, j'aurais tout de suite compris. Mais je suis jamais retombée sur un scatophile aussi extrême. Il fallait que ce soit mon premier client.

Il me montre sa couche. Vous auriez quelque chose dans ce délire-là ? Et moi je lui montre des costumes qui me faisaient penser à ça. Il me dit, non non, pas du tout. Il m'explique que, par exemple, il y avait une vendeuse qui était là avant vous, je lui achetais sa culotte. Une blonde un peu ronde. Si vous voulez, je paye de suite, 300 euros. Et si elle est sale, je suis prêt à mettre jusqu'à 1 000 euros.

Hé là, non monsieur ! *Moi ma culotte elle est pas sale, et je la garde pour moi !* Il me regarde, mais sinon c'est quand, vous, votre moment ce mois-ci ? Mon délire c'est aussi les tampax, les serviettes usagées. Ou en cas je t'invite au resto, je te mets une couche, tu vas pas aux toilettes de la soirée, je te ramène à la maison, et je te punis de t'être fait pipi et caca dessus.

Et là bizarrement, alors que deux semaines avant je passais dans la rue, à Pigalle, je voyais des plug-ass, ça me faisait halluciner, devant un cas pareil, moi, professionnelle direct, je trouve le bon ton et l'envoie chier gentiment, comme si c'était mon quotidien. Puis je vais fumer une clope dehors, pas à cause de ce gros cul tordu, mais à cause de tout, parce que quand tu sais intimement que tu vas te faire plaquer, et que tu vends des bites, il y a un truc qui se passe, je sais pas, d'horrible.

Sur ce arrive Foumi, mon collègue béninois, et je lui raconte l'histoire. Il me dit, ah, mais il était pas cheveux mi-longs, un peu mat de peau ? Oui, c'est ça. Je le connais, il me fait, c'est un prince des Émirats. Il habite dans un hôtel particulier près de Montmartre. Un jour il a invité une copine à venir dormir avec lui pour 700 euros, à rien faire, juste dormir. C'est un grand malade.

Dimanche 25, café-clope dehors

Je suis comme Suzana, ma meilleure pote, je déteste les dimanches. Sauf que je suis pire qu'elle, j'ai jamais supporté cette journée. Je vais demander à travailler de samedi minuit à dimanche minuit, faire vingt-quatre heures d'un coup, qu'on m'enferme complet, pour pas avoir la moindre vie le dimanche.

Ce qui est bien dans un sex-shop, c'est que les gens t'écoutent. Les gens y connaissent rien, et leur plaisir dépend de toi. Pas comme de vendre des chaussures. Eram, la cliente va te casser les couilles, tandis que là, non, la meuf je peux lui dire, ça ça marche du tonnerre, tu vas jouir trois quatre fois, alors là, attentive !

Pour la plupart, rien qu'entrer dans un sex-shop, c'est déjà un truc de dingue. J'ai pas l'impression d'être une vendeuse de merde, de vouloir faire acheter à tout prix. Je dis à Foumi, regarde comme ils sont pendus à mes lèvres ! C'est une blague mais au fond c'est pour ça que je l'aime, ce métier. Les gens m'écoutent. J'ai pas l'impression de les arnaquer. Je pourrais, en pilules, en machins, mais je le fais pas. Je suis comme au théâtre. Je vends avec humour. Je fais le show et encore un dimanche qui s'en va.

Mardi 27

En soirée hier, dans un mi-bar-mi-boîte, avec Suze et son homme. Un type, quarante-cinq ans, démon de midi, trop vieux pour être là, se rapproche gentiment, on discute, je lui roule une demi-pelle, alors il me dit qu'il est en instance de divorce. Ce qui fait que ? Je dois en conclure quoi ? Ensuite il me fait, donc ce serait mieux d'aller chez toi. Je lui dis, non, carrément pas. Alors il va voir Suzana, oh, ta copine, elle a pas envie de rentrer avec moi. Et Suze, ben non, elle a pas envie. Mais ça va, il lui fait, on a plus quatorze ans ! Là je lui fais, *justement, c'est pour ça qu'on a le choix ! Moi je rentre pas chez moi avec le premier mec venu !*

Et d'un coup, comme une conne, je commence à me justifier. Chez moi c'est petit, je lui dis, et puis je travaille demain, j'ai besoin de dormir. Et lui, non mais t'inquiète, je te toucherai pas. Merci de me prévenir que tu vas pas me violer, ou me baiser sans mon accord. Non, mais t'as rien compris aux femmes ou quoi ? (le mec, ce plan Z) T'inquiète, il me dit, je te toucherai pas ! C'est juste pour dormir ensemble. Comme s'il envisageait que ça puisse m'intéresser, de juste dormir. Mais mec, si je te ramène chez moi, et d'un, c'est pour baiser, et de deux, tu peux partir après, pas la peine de dormir !

Les mecs parfois ils croient qu'on est des petits poussins perdus. Alors que pour nous c'est plus simple de baiser que de dormir. Dormir c'est tout un art, très intime, et puis tu sais jamais comment tu vas réagir le matin.

Mercredi 28

La dernière fois que j'ai vu Salvatore, c'était à cette soirée de merde. Après, pas un texto, pas un mail, pas un coup de téléphone.

Deux mois plus tard, je découvre sur Facebook qu'il est

retourné dans son pays. Six mois après, je vois qu'il est à Paris. Je lui écris un message. Deux jours après il me bloque sur Fb. Et le lendemain, Joce m'appelle, il y a Salvo qui est passé, il me dit, il a posé un sac pour toi.

Je l'ai toujours pas touché ce sac. Deux ans qu'il est dans la cave à Joce, qui est ultra saine heureusement, rien à voir avec son appart.

Avec Salvo, on s'est jamais tapé dessus, on s'est jamais insultés. Il était allergique à tout ce qui est extrême. C'était un mec cool, qui s'en foutait de tout, à l'aise dans la vie, le moindre symptôme d'hystérie le rendait ouf. Comme c'est un Italien bourgeois, le père médecin, la mère avocate, lui architecte, et en plus fils cadet materné par deux sœurs, il a pas eu du tout la même vie que moi, c'est clair.

Ce qui m'énerve le plus, c'est que je sais *trop* pourquoi je l'ai aimé. Les Italiens, il y en a beaucoup à Paris, et leur truc, c'est l'humour. Ils ont un humour incroyable. Même le plus dépressif d'Italie a de l'humour, et en plus ils sont sexy sans le vouloir, et ça c'est vraiment bluffant.

Après la rupture, je pouvais plus entendre ne serait-ce qu'un enfant parler en italien. Le seul tort qu'il a eu, c'est qu'il m'a pas aimée. Je peux pas lui reprocher, mais c'est un fait. Il a tenté de m'aimer, quelquefois, à partir de son désir, mais ça ne prenait pas et je l'ai pas non plus harcelé, ça aurait rien changé. Quand je raconte aux gens comment il m'a larguée, mais Gwenn, ils me disent, on quitte pas les gens comme ça.

Je savais pas quoi faire, j'ai rien de lui, zéro, pas une lettre, et j'y pense encore, pas comme je pense à Mouss, autrement, comme à une terrible déception de moi-même, un terrible plafond de verre, l'impression de pas avoir le droit, de pas être assez bien. J'ai qu'une envie, c'est de le croiser pour être dégoûtée de lui, de son côté pourri gâté radin, avec ses soirées de bal guindées. Mais qu'il se trimbale de la porte de Vincennes jusqu'au canal de l'Ourcq pour larguer mon sac chez Joce et après me bloquer sur Facebook, j'en ai encore les jambes coupées.

Mercredi, suite

Déjà il m'entretenait pas du tout. À l'époque, j'avais été privée de RSA trois mois, à cause de ma mauvaise gestion des papiers. Mais je faisais quand même des chèques en bois, pour pas paraître trop pauvre, et lui, avec sa grande baraque à Rome, il m'invite au resto, il en a pour 25 euros, on a pas bu ni rien et on a pris des pâtes. Deux semaines après, il m'en reparlait encore.

J'ai dépensé 25 euros, il me dit, et tu as rien mangé. Mais on s'était disputés, je lui réponds, ça m'avait coupé l'appétit. Et lui, *c'est pas le coup des 25 euros !* Et moi, mais quand même, t'en parles, ça t'est resté en travers, ces nouilles que j'aurais dû manger !

En fait j'avais capté aussi deux trois trucs, mais comme je l'aimais tellement, j'en avais rien à foutre. Et puis il m'invitait chez lui, il y avait toujours à bouffer, parce que les Italiens, ils ont ce truc de la bouffe. Les gens de mon âge, on fait quoi, on tape de la coke et on boit du vin rouge. Eux, non, ils mangent.

On a fêté l'Épiphanie, on a mangé des crêpes. Tout le monde avait préparé son petit truc, tout le monde était bien. Son coloc était célibataire, il avait vingt-sept ans et il se faisait des brocolis pour lui tout seul parfois, en lisant un livre, avec du parmesan dessus. Je lui disais, mais moi mes potes célibataires ils ont jamais eu même l'idée de s'acheter des légumes, ils vont tous au McDo. Les Italiens, même jeunes, ils mangent comme si leur mère les surveillait.

Suite (raturé)

Salvo il m'a appris l'humour, la bouffe, se retrouver autour d'une table, à vingt Italiens de Paris, et à manger leurs plats de pâtes aux sauces qui mijotent des heures.

En plus, il était pas macho. *Ventiquattro mila baci*, cette chanson, pour moi c'est lui. Il m'a quittée l'été, et c'est bien de se faire larguer l'été, comme ça tu peux en profiter. Mais quand t'es amoureuse, c'est vraiment un *carnage*, parce qu'il fait chaud, que t'as pas du tout envie, que tous les mecs te branchent, sans parler que tu travailles dans un sex-shop.

Opprobre

ce mois où

on pose ses ovaires,
et on avorte par terre

Samedi 1er

Zina est passée hier. Et ça m'a fait trop plaisir de la voir, ma belle fisteuse des Cités d'Or. Le gode 70 centimètres, je l'avais en ligne de mire, mais j'ai pas voulu en reparler. Je crois que j'abandonne l'idée de le vendre. Il est mieux là où il est.

Zina, elle est super humaine, mais aussi très business. Elle me dit, il y a un truc si tu veux qu'on pourrait commercialiser toutes les deux. Ah bon, tu penses à quoi ? Et là elle me sort son idée de breveter des capotes pour pieds. Des foot-condoms, quoi. Je t'avais dit, elle m'explique, qu'ils me demandent parfois de les fister du pied. Eh ben j'ai rien de spécifique à me mettre, ça manque. On doit être plein comme moi à avoir le même problème. S'il y avait des capotes adaptées, par exemple en trois pointures, 32-36, 36-40, 40-44, comme pour les chaussettes, je pense que ça ferait un carton. Je lui dis que ça a l'air porteur, mais comment tu foot-fistes, en attendant ? Et elle, je me couvre de film alimentaire classique, jusqu'au genou. Comme je suis bien épilée, ça épouse la peau, et mon truc, je fiste *toujours pied gauche*. Pour que ça porte bonheur. Surtout ça me fait rire d'y penser, je lutte contre le glauque.

Lundi 3

Depuis cinq mois dans cet appart, métro Anvers. Heureusement que je touche la CAF. Je m'occupe aussi de celui d'à côté pour mon proprio, qui me donne 40 euros le ménage à chaque Airbnb.

Au début ça me faisait grave baisser le loyer, mais depuis les attentats il arrive plus à remplir. Comme on avait surtout des Ricains, du touriste étranger qui aime se caler juste à côté de Montmartre, et surtout de Pigalle.

Les deux apparts ont été refaits glamour, surtout celui qui est loué aux touristes, avec lumières tamisées, parquet chauffant grosses lattes, collection de DVD, immense écran plasma, jacuzzi. Sans parler du carrelage mosaïque partout dans la salle de bains, façon chiottes de boîte de nuit. Et le lit qui s'enfouit dans le parquet, que tu peux plus t'en extraire. Certains couples que je hoste sortent même pas voir la ville. Le Sacré-Cœur, tant pis. Le musée d'Orsay, on le fera une autre fois. Non vraiment, un appart bien stylé, un traquenard.

Mais bon ils ont trop peur maintenant, ils restent tous à New York à flipper, à s'envoyer en l'air entre leurs tours détruites. Alors il va falloir que je me trouve d'autres revenus, faire plus de modeling pour Serge et les autres, plus de castings de pubs, trouver des petits rôles, de la figuration.

D'ailleurs c'est comme ça que je l'ai rencontré, le proprio,

300 euros la séance photo. Mais le type très respectueux, j'ai eu le nez de lui faire confiance. Et vraiment il m'a mise en valeur. À la fin du shooting, on boit un coup et il me parle de cet appart métro Anvers qui se libère, alors que j'avais besoin de bouger.

Mais je sens qu'il va plus vouloir s'emmerder, qu'il va louer à l'année. De toute manière, je m'en fous, ça va me faire avancer de partir. Il est sombre l'appart, c'est un premier étage avec juste une fenêtre. Même si j'ai un plafond doré, un jacuzzi et un bar coulissant, en vrai on y voit comme à travers une pelle, et moi j'ai besoin de lumière.

Mardi 4

Si je fais la liste de mes rôles les plus marquants de ces dix dernières années, soit dans des films, soit dans des séries télé ou des court-métrages :

– je suis morte d'overdose et mon corps a été balancé dans un canal,

– je me suis fait fracasser par mon mari,

– j'ai perdu ma fille,

– j'ai été assommée d'une pierre pendant une randonnée, et ligotée à un arbre,

– j'ai mangé de la merde,

– j'ai uriné sur le cuir d'une décapotable,

– j'ai arraché une bite avec mes dents,

– on m'a embrassée, puis mangée à vif et tuée.

Sans parler du théâtre, où j'ai été giflée quatre fois par semaine pendant deux mois par Suzana dans *Bel Ami*, de Maupassant.

Mercredi 5, 3 h 30

Hier, soirée branchée, un truc vraiment peu importe. Il y a ce type sympa, on s'embrasse, je lui tape une ligne de coke, on se raconte nos vies et là je découvre que *c'est Marc* ! Que je connaissais bien, en plus ! À Marseille, ça t'arrive jamais un truc pareil. Les mecs que tu connais, tu sais les reconnaître, même des années après.

Dans le même style, avec Joce, tellement on était défoncés un jour, on a baisé par accident. Je me réveille et je découvre qu'on est en train de baiser, tranquilles, comme dans un rêve. Je le regarde, et lui aussi se réveille, il me regarde, oh, putain, Gwenn ! Il comprend en même temps que c'est moi qu'il baise, et pas sa copine.

Il se retire de suite, comme on est juste potes. Avec Joce on a aucune attirance, c'est mon poto de sang. Mais là je lui dis, attends, tu vas pas t'arrêter, vas-y viens, continue, on est potes mais tant pis maintenant. Et donc on a fini de baiser par accident comme ça.

Jeudi 6

Arrivée hier gare Saint-Charles avec deux heures de retard, et Joce quand même là pour m'attendre, vu qu'il est aussi descendu de Paname avec sa nine. Je sais pas pourquoi, mais il tient à chaque fois à me les présenter, comme s'il en était fier. Alors que la meuf, dix-neuf piges, les ratchs toutes noires, qui parle trop mal. Un moment on la perd, et je lui dis, mais Joce, c'est quoi cette meuf en carton ?

Ensuite on va à un bar que j'aime bien à Marseille, le Semikini, en face de l'Épic (avec sur le logo un sein caché, un sein montré). Son seul problème, c'est les toilettes en mezzanine. Il faut grave faire attention de pas se prendre la poutre. Parfois tu ressors de là, t'as l'impression de vivre un casting pour le prochain *Mad Max*.

Et donc, ping, gros taquet mezzanine, en plein front. Ça m'a comme réveillée. Après j'ai remis un peu de potion, on a fait quelques tournées. Puis bang, c'est Joce qui a pris dans son gros nez. Ça pissait, mais il avait l'air gai, comme un Christ revenant d'Ibiza.

Samedi 8

En ce moment j'ai trois expressions que je répète tout le temps :

On est pas là pour être ici.

On est pas là pour acheter du terrain.

On est pas là pour pêcher du surimi.

Par exemple, si je suis au comptoir et qu'un type que je sens pas me demande s'il peut m'offrir un verre, je lui réponds, on est pas là pour acheter du terrain, hein, que je sache ?

Le paradoxe, me disait Mouss, c'est qu'à force de leur donner du surimi, les saumons ont la chair rose. Avant ils étaient plutôt blanc cassé. Plus les saumons sont saumon, moins ils ressemblent à des saumons.

Dimanche

Fini la bringue marseillaise, et retour à Pigalle. Aujourd'hui notre Richard des grands jours est passé au sex-shop acheter des trucs pour sa nouvelle conquête de back-room, soi-disant islandaise. Richard est prof de philo dans la vraie vie, mais surtout fétichiste et une folle pas possible, mais pas encore mûr pour le vivre à plein temps, ce qui signifierait arrêter son boulot. Il me dit qu'il ose pas, qu'il adore ses élèves. Par contre son Islandaise, qui devait s'appeler Momo il y a à peine trois mois, a déjà sauté le pas. Pourquoi tu penses qu'elle est islandaise ? je lui dis. Moi je dirais plutôt une Auvergnate de Kabylie. Et lui, si elle veut être islandaise, avec toutes les hormones qu'elle prend, elle peut bien être ce qu'elle veut !

Richard, il est pas seulement drôle, il se prend grave la tête, et c'est toujours dans ces moments-là qu'il est le plus marrant. Parfois il me dit, pourquoi on est sur terre, est-ce que c'est pas absurde ? En tout cas toi, je lui dis, à côté de la philo tu sais bien t'occuper.

Avec Richard, on s'aime bien. Lui non plus, il est pas là pour être ici. Il le sait théoriquement, mais il l'a pas concrétisé.

Lundi 10, matinée

René connard, c'est mon patron. Il fait plutôt grand Slave pas vraiment distingué, avec sa prestance d'after-shave. Surtout c'est un grand manipulateur, qui t'enlève des jours de paye quand ça lui prend, pour aucune raison.

Quand même, je suis rentrée chez moi avec un peu de cash hier soir. Il s'est saigné, le pauvre René, il m'a lâché 200 euros, vraiment je lui suce le sang, j'ai eu mal pour lui, avec ses douze magasins et sa bagnole de sport.

Comme j'avais pas mon vélo, je marche pour rentrer sur le boulevard, et là je me fais braquer par un gamin de huit ans, qui avait dû sentir l'odeur des billets neufs. Un petit Noir de trois heures du matin, tout perdu. Donne-moi ton sac ! il me fait. Toi d'abord, je lui dis, va bouffer du Kiri !

Mardi

Au début tu travailles, t'es là avec tes bites, tu te sens un peu dépassée. Mais maintenant ça me fait rien, les godes je les vends comme des dragées.

Tout à l'heure je fais une démo de godes à un type, et dans le même temps une nana vient me parler, donc je réponds, et quand je me retourne, je vois le mec en train de sucer mes godes. Oh, je t'ai pas dit de faire ça, ducon !

L'autre fois un couple arrive, mais au début j'avais vu que la nana, comme j'étais à l'étage. Je l'observais, une bonne chaudière de cinquante barreaux, en train de draguer très sexuellement un jeune de moitié son âge, à lui tourner autour, lui caresser l'épaule. Bon, moi je m'en fous, c'est leur problème. Mais un mec arrive, elle est où ma femme ?

C'est elle ? je lui demande, et je lui montre la rombière du doigt. Mais oui c'est elle. Et ça fait longtemps qu'elle lui tourne autour ? il me demande. Au début, je crois qu'il va être jaloux, qu'il va défoncer le type. Mais pas du tout. Sans attendre ma réponse, il me fait, mais quelle salope !

On vient juste d'arriver, et déjà en action ! Nous on est fous, on est des libertins. Moi ça m'excite trop ça, qu'elle aille brancher des inconnus.

Après un bon moment, le jeune part finalement, et la femme nous rejoint à l'étage. Alors, chérie ? Et elle, t'inquiète pas, je lui ai touché l'engin, il bandait dur comme fer. Et là je découvre qu'elle est à poil sous son manteau, et lui, tu leur fais peur, ma biche, tu vas trop vite, tu les allumes, mais après on peut pas en profiter !

Jeudi 13, 9 h 13

Rencontré Blaise hier soir. Franchement que dire, je crois qu'il m'a plu instinctivement. On vient de passer la nuit ensemble, ça a été sportif, mais aussi trop sensuel.

Il est entré dans le magasin avec un pote à lui, les deux je dirais vingt-sept vingt-huit ans, tatoués, mastards bad boys, mais gentils, c'est ça le contraste aussi que j'ai aimé. Très calmes, tout mignons, à s'intéresser aux dés des positions du *Kama Sutra*, aux petits livres érotiques, tous les trucs soft qu'on vend jamais.

On se met à discuter tranquille, évidemment de sexualité aussi, vu où on se trouve, et son pote me demande si je connais cette tradition qu'on a, dans les îles, de se faire mettre dans la teub des billes en fer, ou des bouts de brosse à dents si tu as pas de billes. Je dis, non, incroyable, c'est quoi ce délire ? Oui, tous les bad boys ont ça, en Guadeloupe. Et à travers le pantalon, mais en mode hyper respectueux, il me la montre, toute déformée de billes. Par contre les filles qui aiment la sodomie, il explique, ça leur fait hyper mal.

C'est un truc de prisonniers, tu vois. Et là Blaise, on peut aller boire un verre après ton boulot ? Alors moi, c'est que, vous deux, vous me faites un peu peur, je leur dis en riant. Et Blaise me dit, t'inquiète, je suis pas un forceur.

Comment j'ai pu accepter l'invitation ? Je sais pas. En tout cas, au rencart, il y avait plus que lui pour m'attendre, lui et ses magnifiques yeux verts. Blaise, tout tatoué de la tête au cul. Sexy Blaise. D'écrire là sur lui, je remonte le film de la nuit, ça me refait les sensations. Et lui avait pas de boules au zguègue, ni de bouts de brosse à dents. Il avait juste ce qu'il faut.

Vendredi 14

Cette tradition quand même, ces implants de zguègue en prison. Peut-être pour se venger du manque de sexe. Selon le pote de Blaise, 99 % en ont. Lui non, donc on retombe à 50 %. Mais les maths, je pense pas qu'il pratique beaucoup, à part pour peser ses savonnettes de shit.

Au début, avec leurs lunettes de soleil sur le nez, ils m'avaient agacée. Mais après avoir brisé la glace, j'ai adoré leur façon d'être, leurs vraies gueules de voyous-connards. Même les tatoos sur le visage du pote, je les trouvais attirants. Ils avaient une façon de parler cool et langoureuse. Pour qu'un mec te montre sa bite perlée et que tu te sentes à l'aise, il faut quand même être en confiance.

Depuis je pense à cette teub. J'ose même pas imaginer ce que c'est de se taper un engin comme ça. Il avait l'air inquiet pour nous. C'est incroyable de vivre dans cette culture de zonzon. De s'infliger ça comme un devoir. Et d'avoir cet air pas si mauvais, même touchant, presque victime du monde qui est aussi ça, plein d'hommes des îles aux bites perlées ! Demain je revois Blaise, et j'ai plein de questions pour lui.

Dimanche 16, matin

Hier Blaise était finalement plus dispo à la dernière minute, et donc je suis sortie avec Joce, on a fait un tour de quartier, puis une fois rentrée, il m'est venu une de ces envies de pâtes à l'ail, que j'ai encore en bouche. Les pâtes à l'ail, ça te fait une haleine de poney, mais t'es contente sur le coup.

Après ça Joce nous trace deux énormes barres de chaise, puis dit qu'il veut sortir, qu'il a encore faim, je sais pas pourquoi, alors qu'il mange rien, et que normalement, après la coke, t'as pas envie de manger.

On arrive au McDo, on nous sert, et là pour une feuille de salade qui manque à son burger, il se met à taper un scandale, il balance son plateau, viens, il me dit, on change de McDo ! Psychorigide de dingue. Et moi là, à ses basques, à lui courir après, mais tu vas où, garri ?! Quel mauvais vent t'embrouille ? C'est tout juste s'il regardait, pour vérifier que je le suivais. Parfois je suis contente de le voir, mais souvent je me pose des questions.

Lundi 17

Un type arrive tout à l'heure, exprime son besoin de pilules pour bander. Et là moi, naturelle, je lui ai fait toute la vente en anglais.

Depuis que je travaille au sex-shop, je suis devenue bilingue, je me suis découvert ça. J'imagine grâce aux films en VO. En tout cas, vu la quiche que j'étais à l'école, c'est sûr que ça vient pas de là.

Bref, il achète les gélules et une heure plus tard, madame, I am muslim, et il y a de la dgélataïne in your pilules ! And in the gélatine, it is full of hallouf, donc je peux pas prendre ça, donc vous me remboursez !

Et moi, vas-y descends d'un ton, et je lui demande avec tact, mais tu t'es cru à Mondial Moquette ? On rembourse rien ici ! Comme il insiste grave, et qu'il a l'air fâché rouge, je déploie de new ressources que j'ai cachées en moi. En bonne droguée, je lui fais, si tu not want la gélatine, just you take it away ! You open it, you verses la capsule, you put in glass, you touilles, you drink like Aspégic, and you arrêtes de me casser les glaouis kho, enfin j'ai pas dit ça, ou alors en français. Et lui, tout étonné, benêt, sevré. Or you sniff it, si tu préfères ! Ah bon ? Et puis, ah yes, ok, j'y avais pas pensé. Et il est reparti.

Avoir un passif et même un actif de droguée, ça t'aide toujours dans la vie. Tu connais certaines choses. Combien j'ai d'amis qui travaillent dans le social juste grâce à leurs addictions, en CDI dans des assos de prévention. Alors que leur seule compétence, c'est d'être de vrais bons gros drogués, ils ont pu faire de leur passion un vrai métier. L'État a besoin de toi pour conseiller les autres drogués, vu que tu es légitime. Tu parles de ce que tu sais, tu accueilles les autres passionnés qui viennent te voir pour causer, recharger en seringues, en capotes. Si j'en ai trop marre du Pig'Hall, je me dis, je peux toujours faire ça. Ils me prendraient tout de suite, vu mon bac + 16. Et même si je touche pas à l'héro.

Les héroïnomanes, eux, c'est juste tapis rouge pour avoir un bon taf, ils te recrutent direct à la sortie de l'école !

Mardi 18

Vu Blaise hier. Tout allait bien, on baisait comme des oufs, mais finalement il est parti plus tôt que prévu. Enfin j'ai dû lui demander. Et là j'ai peut-être merdé, je sais pas. En tout cas j'ai été franche, est-ce qu'il va me pardonner ?

En fait j'aime pas qu'on me touche les seins. Parfois les mecs râlent. Des petits tétons érectiles comme ça, qui les rendent dingues, je peux comprendre, si je me mets à leur place. Mais moi je déteste ça, je suis hyper sensible du téton. Donc ça peut être frustrant, mais hormis les tétons je suis dispo partout, donc ils devraient pas se plaindre. Si j'aime pas qu'on me les touche, il faut juste accepter.

Mais Blaise insistait, alors je me suis énervée, et il s'est mis à me dire, oh, mais pourquoi tu aimes pas ? Tu dois être complexée parce qu'ils sont pas très gros ? Et moi, mais t'as craqué, toi ! S'il y a une chose de sûre, c'est que je les aime, mes seins, ils sont tout beaux, tendus, y a rien à redire !

Suite, 17 heures

Elle a raison Suzana, même nos cheveux nous appartiennent pas, avec tous ces stalkers de rue, tous ces gratteurs de nuit.

Il y a quelques jours, je passe sur le boulevard, le mec, s'te plaît s'te plaît ! alors que je suis à vélo. Je m'arrête, qu'est-ce qu'il y a ? je lui dis. Il a été tellement surpris que je m'arrête, il savait plus quoi demander, il avait rien prévu. Rien que sa gueule, j'ai éclaté de rire. Il pouvait pas imaginer que quelqu'un lui réponde et s'intéresse à lui, tellement il se déteste. Tchao mec, c'est vrai, je sais même pas pourquoi je daigne te parler, j'étais juste trop de bonne humeur, et maintenant c'est encore pire.

Je déconstruis, je reconstruis, je reprends le pouvoir. Autre coup, plus hardcore, j'étais en train de trier mes bas vers la porte d'entrée du sex-shop, pour l'inventaire. Un mec passe là, kss kss. Qu'est-ce qu'y a, toi ? Viens ! Et il me faisait le geste, viens, suce-moi ! Et il se casse. Je sors du magasin, je regarde et je le vois pas au loin, alors je sais pas pourquoi, je pressens qu'il est dans le kebab à côté, chez mes potes où je vais tout le temps. J'entre, je le vois, il se blottit à mon entrée, je commence à gueuler à la marseillaise, sale hartaï ! Sale pédé de tes morts ! En arabe comme ça.

Il se réfugie aux toilettes, et là je cogne à la porte, alors tu veux toujours que je te suce ?! La hchouma sur toi, maintenant tu vas respecter les femmes, sinon on te les coupe ! Kader, vas-y, donne-moi le couteau, que je lui tranche les couilles et qu'on en parle plus ! Oui, le couteau à kebab ! Merci Kader, putaing comme il est aiguisé, viens sors te faire exciser, ça va te soulager et nous soulager toutes d'en avoir un de moins comme toi à gérer ! Vas-y sors, enculé de tes morts !

Je suis partie, il paraît qu'il a mis une demi-heure à quitter son chiotte, dont au fond et en vrai il sortira jamais. Mais la terreur qu'il a dû vivre, j'étais trop fière de moi. Avant, l'ancienne Gwenn, sans ce travail sur elle que je fais depuis un moment, elle aurait juste rien dit, elle aurait continué à compter ses culottes, mais maintenant je les rate pas, et j'en rate plus un. Même chose pour Blaise, qu'il aille se faire foutre s'il peut pas s'empêcher de me palper les nibards. Je supporte plus ce carnage avec les femmes.

Mercredi 19

Ce qui est marrant dans ce métier, tu te dis que t'as tout vu, et survient à chaque fois de l'étonnant. Là c'était deux petites nanas normales. Ce qui est chiant parfois avec les jeunes femmes, les couples classiques, c'est que ça fait un peu visite du château. Les gens viennent, ils rigolent. Bon il y a un côté sympa d'entendre rigoler, c'est mieux que de torcher des vieux. Mais quand tu as deux gamins de vingt ans qui se poilent devant une paire de bas, tu as envie de leur dire, c'est bon, mec, sors le dimanche, ou retourne dans ta campagne !

Donc, là, deux nanas, je croyais qu'elles venaient pour la visite, mais non, elles me demandent si j'ai des bulles liquides. J'ai cru qu'elles parlaient des bulles de lubrifiant qu'on se met dans la chatte et qui explosent avec la chaleur, sauf que nous on vend pas ça, c'est très mauvais pour l'utérus, et mon patron René est un connard, mais quand même, il fait gaffe.

Je leur dis donc que non, on a pas. Mais ce qu'elles cherchaient, c'était des boules de virginité, qui sont censées exploser au bon moment pour faire croire que tu saignes.

La nana concernée est en stress, vu qu'elle se marie dans un mois. C'est là que la féministe en moi peut pas s'empêcher de monter au créneau. Je fais un métier pas très féministe, mais justement, je suis à un endroit où je peux divulguer un message. Par exemple un mec intelligent, réceptif, qui me disait que la prostitution, il en faut, ça évite les viols, j'ai réussi à lui faire comprendre que c'est pas parce qu'il y a des violeurs que des femmes doivent faire putes et foutre leur vie en l'air. Il avait ce truc tout établi, mais il était pas borné, et je crois qu'il a compris.

La fille avait déjà commandé des boules sur Internet, mais elle avait trop peur qu'elles arrivent pas à temps. Je lui dis, il s'en fout que tu sois vierge ou pas, il veut juste qu'il y ait du sang, t'as qu'à en renverser sur le drap, ça fera pareil. Faites votre arnaque entre vous, prenez-les tous pour ce qu'ils sont. La petite feuj est repartie, toute honteuse, en colère. Parfois je suis pas bonne vendeuse, vu que je suis trop humaine.

Jeudi 20, midi

Blaise, trop cool hier soir, hyper détendu, qui s'excuse pour les tétons, puis cunnis sur cunnis, presque il avait posé sa teub, juste pour moi, et m'a fait jouir en mitraillette. Ça j'adore quand ça arrive, mais c'est rare. Lolo langue de velours, je me suis murmuré sous la douche en me frottant lentement, tellement j'avais de lui partout, comme si tout mon corps avait aspiré son odeur.

Donc je suis amoureuse là, obligé, j'ai envie de faire des cœurs dans la marge, d'ailleurs tiens j'en fais un, et sinon j'ai quasi pas dormi, vu toute la coke qu'on a prise, mais bizarrement en pleine forme quand même, et il en faut de la forme dans ce métier de chienne, car tu dois être prête à tout.

Dans la série des clientes sur une autre planète, après mes

deux petites feujs que je reverrai jamais tellement j'ai rien su écouter de leur angoisse (je m'en veux), débarquent pile à 10 heures, même pas le temps d'ouvrir, de me poser, deux rebeus, la fille vingt-deux ans, la mère je dirais cinquante, d'abord à rôder, qui voulaient un conseil, mais qui osaient pas. Alors moi, même si j'avais pas fait ma caisse, bonjour madame, est-ce que je peux vous aider ? Et la mère, étonnée, vous travaillez ici ? Ça tombe bien, parce que j'aurais jamais osé parler à un homme ! Alors voilà, je vous explique, j'ai mon frère qui vit en Algérie, et il est malade. Il faut qu'il mette son… dans un truc… vous voyez ?

Moi je me dis, sans bien comprendre, encore mal réveillée, qu'il veut un gode-ceinture, mais je suis loin de chez loin. C'est pas froid, c'est glacé. Du coup, elles, outrées que je leur propose ça, et moi, excusez-moi, j'ai pas compris ! Il faut me dire les choses, sinon je peux pas deviner ! Alors la mère me montre un gode normal. Par exemple, mademoiselle, est-ce qu'il peut mettre son machin là-dedans ? Mais non, bien sûr ! Et moi, débile, vous voyez pas que le gode il est plein ?! Par contre, le gode-ceinture, oui, comme il est vide. Mais de quoi vous me parlez, c'est pas ça que je veux ! Et moi, il a quoi, votre frère, des problèmes d'érection ? Et elle, ultra choquée, mais de quoi tu parles de problèmes d'érection, il va très bien mon frère !

Elles sont parties, je pensais pas les revoir, puis elles sont revenues, alors voilà, c'est bon, j'ai appelé mon frère, c'est des préservatifs qu'il veut. Tu l'as, ça, des préservatifs ?

En fait le frère avait le sida. Tu vas en pharmacie, putain, j'aurais voulu leur gueuler. C'était des cas, ces deux-là.

Sinon j'ai remarqué que les musulmanes qui viennent pour elles au sex-shop, les trois quarts portent un voile léopard.

C'est marrant, non ? Le voile léopard, il faut savoir, c'est un truc de coquines.

Suite

Ce flash du matin, juste avant le réveil : dans un joli petit cadre en bois doré, en bordel au milieu de babioles sur la table de sa chambre de l'époque, à Montpellier, m'apparaît la photo des parents de Mouss, en vacances en Turquie pour leurs trente ans de mariage. *La seule photo qu'il avait d'eux.* Je comprenais pas d'ailleurs qu'il la conserve, après tout le mal qu'ils lui avaient fait, surtout sa mère. Et dessus, je suis certaine, elle portait un tchador léopard, alors que dans mon flash du réveil, elle avait les cheveux lâchés, comme revenant de la plage, et un sourire heureux.

Direct j'ai voulu appeler Mouss, pour lui raconter. Mais le tél a sonné, c'était Joce, qui appelait pour rien, juste pour m'empêcher d'appeler Mouss. Alors j'ai compris que je devais me taire, que Mouss n'était pas prêt, que j'allais le faire souffrir. Et maintenant je le note dans ce carnet, en attendant la suite.

Dimanche 23

L'histoire se passe dans la jungle, certainement un dimanche comme aujourd'hui, encore un de ces jours de déprime pour moi et pour l'espèce animale. Mais juste ce dimanche-là, les fourmis en Afrique en ont marre d'accepter de déprimer, elles en ont marre de l'éléphant, elles sont vénères, elles se révoltent, c'est des rebelles de ouf, elles en ont plein le cul de lui.

La reine des fourmis, sur son petit rocher, crie avec sa toute petite voix : Vous en avez marre de l'éléphant ? Et toutes les fourmis, avec leurs petites pattes, leurs petites antennes, leurs petites voix répondent : Ouais, on en a marre de ce gros con ! Vous en avez marre de l'éléphant ??!! répète la reine. Ouaiiis !!!! Ok, alors rendez-vous demain à 6 heures, ce groupe-là sur telle branche, vous la patte arrière droite, vous la trompe, vous le rocher, vous la patte avant, ouais ! Vous l'oreille, ouais ! Rendez-vous demain à 6 heures, ouais !

Le lendemain, elles sont toutes là, bien organisées, révoltées, ordonnées. On entend les pas lourds de l'éléphant s'approcher. Attendez mon signal, dit la reine. Maintenant ! Allez-y ! Elles sautent sur le pachyderme, et l'éléphant se recouvre de fourmis, mais il s'en fout, il se rend compte de rien, il continue sa route.

À un moment donné, quand même, il ressent une petite chatouille, et là il s'ébroue. Toutes les fourmis tombent par terre, sauf une, qui reste accrochée au cou de l'éléphant. Elle regarde ses copines dispersées par terre. D'abord elle comprend pas ce qu'elles disent. Puis à un moment elle réalise qu'elles sont là à hurler : Vas-y, étrangle-le !

Suite

Richard a débarqué tout à l'heure au sex-shop avec une petite annonce : *Cherche heures de ménage, Ch. donner crs part. philo.* Je lui ai dit, tu sais Tara que c'est pas une boulangerie ici, je vois pas trop où la mettre, ton annonce. Mais en fait je l'ai punaisée avec les autres, à côté de *Ch. dominatrice, Ch. salope blacke à gross teub pr. partouz…*

Il en peut plus de se faire maltraiter. L'autre jour il m'a vue à la télé dans *Le Moment de la vérité*, alors il a pensé venir me saluer. Tu regardes ces conneries ? je lui ai dit. Toi, le prof qui sait autant de choses ? J'avais honte d'avoir joué dans cette série de reconstitution sur TF1, l'histoire d'un mec qui veut être chanteur d'opéra, mais la mère croit qu'il veut être avocat, et moi copine du baryton. Il me dit, en effet je suis tombé par hasard sur cette histoire, que j'ai estimée c'est vrai un peu tirée par les cheveux, mais tu y étais magnifique.

Il m'a dit ça et je sais pas pourquoi, je me suis mise à pleurer. Je l'ai pris dans mes bras, je lui ai dit de venir faire le ménage chez moi, s'il veut. Je lui préparerai mes crêpes spéciales, béchamel champignons, on se fera péter une ou deux bonnes bouteilles, et on matera des vieux films sur YouTube, pour se laver le cerveau.

Lundi 24, au soir

Quand le sexe s'arrête, je nous fais deux infusions, et je lui dis, à moitié sur le mode déconnade, tu sais que c'est du viol, ça ? Et Blaise, mais qu'est-ce que tu racontes ! C'est toi qui voulais ça, moi j'ai fait ça pour te faire plaisir ! Alors que non, c'est clair, j'ai pas demandé ça, je suis pas maso à ce point !

Et après c'est parti en western. Le déclic de sa rage, ça a été ce mot, *viol*. Même dit sur le ton de la rigolade, alors que ça l'était pas vraiment. Le fait de mettre *viol* sur la scène, il s'est levé, il a balancé sa tasse de thé au mur, limite il allait tout casser. Ses yeux pleins de joints brûlaient de tout démonter.

Depuis, je lui envoie des textos, pour lui dire qu'il faut qu'on en parle, mais pas de réponse. Ensuite un pote de Suze, qui joue dans sa troupe de théâtre, qui est gay, et guadeloupéen comme Blaise, m'explique, tu sais les mecs des îles, je suis désolé de dire ça, mais ils ont justement cette *culture du viol*. Et il me parle d'un journal engagé là-bas, *Rebelle*, qui se bat, qui dénonce le viol monnaie courante, qui raconte comment tout se fait là-bas par la violence sexuelle. Et donc moi je réalise soudain que, depuis une semaine, je vis avec un violeur, qui m'a d'ailleurs déjà violée ou presque, et qui défonce mon mobilier. Tout va bien, Gwenn, t'es au top.

Je dois avoir un don pour me foutre dans la merde. Et particulièrement avec les mecs. Parfois on appelle ça l'effet connard boomerang avec Suze. Un connard remplace l'autre et l'effet est à peu près le même. Ou sensiblement, on va dire. Par exemple il y a un mois j'ai encore failli me faire envahir l'esprit par un petit con sans dimension. Un sans-gêne bien joueur, qu'on croit d'abord ultra sensible, mais qui est juste un petit baltringue de rien du tout, qui se donne des airs.

Blaise c'est pas du tout le même genre, là je suis dans le viril, d'ailleurs c'est ce qui m'a plu, le bad boy des tropiques, alors faut assumer, et au fond je suis sûre qu'il est pas si méchant. Il réfléchit très bien même, on parle beaucoup, il m'a raconté sa mère, comment cette femme en a chié toute sa vie, avec son père coureur, toujours jamais chez lui. Ça prouve qu'il a pas mal de recul, qu'il comprend où il en est. Mais là, je lui ai dit *viol*, et ça l'a fait vriller. Viol, peut-être qu'il a vécu des sévices lui-même, c'est possible. Se faire traiter de violeur, alors qu'il en a été victime. J'écris ça au hasard, il faut qu'on se parle, c'est tout. Mais j'ai aucune nouvelle.

Mardi 25

Suzana me dit de faire attention, de pas nier certains actes. Elle a peur pour moi, mais elle le connaît pas. Est-ce que je suis sûre de vouloir le revoir, après la dernière scène ? Oui. Il ne donne pas de nouvelles. Mais réjouis-toi au lieu de pleurer ! elle me dit.

Le problème, c'est que je suis triste pour lui. Je sais pas où il est, peut-être qu'il dort n'importe où, et puis il a toutes ses affaires chez moi, tout un gros sac de sport que j'ai fouillé pour voir, un vrac d'habits, de papiers, un couteau militaire. Je veux dire par là que c'est sûr qu'il va revenir, et j'ai hâte, pour qu'on puisse se parler, faire la paix. Blaise, comme je dis à Suzana, il a cette douceur d'enfant triste, qui me ressemble tellement, et qui me fait craquer.

Jeudi 27 (raturé)

Madame, monsieur,

Je vous écris pour déclarer une agression subie le mercredi 26 octobre à mon domicile, en complément de la plainte déposée dans la nuit.

La personne qui a fait ça s'appelle Blaise T***, de son vrai prénom M***. Nous avons vécu une relation de deux semaines, qui s'est achevée tragiquement hier, quand il m'a attaquée de façon disproportionnée en m'insultant de tous les noms d'abord, puis en levant la main sur moi à de multiples reprises. Tout cela suite à une dispute liée à sa force, et à ma décision de le mettre à la porte, car une vie commune n'était plus du tout possible étant donné la violence exercée. Vous trouverez ci-joint le PV, ma feuille de certificat médical qui atteste les six jours d'ITT (alors que ça aurait pu être bien pire, j'ai eu beaucoup de chance).

Suite

J'ai perdu deux semaines de ma vie avec cette personne, et cela a fini par un réel traumatisme. Je pense que j'ai réagi mercredi soir dans le sens de la justice. Je tire un trait total sur cette personne pour ne plus me porter préjudice. Je reste dans le silence et la souffrance. J'espère que la police saura l'arrêter et faire son travail légitime.

Je découvre aussi que cette personne m'a menti sur sa vraie identité, sa profession, son statut. Comment refaire confiance ? À moi il ne reste que des tocs au visage et aux mains. La seule réponse que j'ai eue de l'enquêteur : *Si vous ne vivez pas avec, vous n'avez plus rien à craindre.* Je ne sais pas s'il se rend compte, je ne sais pas si on peut continuer à traiter les femmes ainsi.

Quand les victimes restent, on leur reproche de ne pas être parties avant. Quand elles partent, on ne leur rend pas justice non plus. Et une femme meurt tous les deux jours en France sous les coups de son compagnon.

Ce que je n'ai pas spécifié dans mon PV, c'est que ma

voisine a appelé la police et les pompiers le soir de l'agression.

Les hématomes me font encore très mal, dont un interne dans la cuisse qui me brûle. Je n'ose plus sortir de chez moi ou rester seule. Heureusement, je suis entourée d'amis, mais qui ont leur vie, je ne peux pas leur demander d'être avec moi H24.

Cette personne est dangereuse, et même si j'appréhende la confrontation au tribunal, je la désire et me battrai pour y accéder. Que dois-je faire ? Pourquoi minimise-t-on de telles agressions ? Il y a deux ans, une amie a porté plainte la veille de son mariage forcé, et rien. Maintenant elle est morte. Faites quelque chose pour mon cas, s'il vous plaît ! Sachez que j'aurai la patience et que je peux serrer les dents, mais qu'il faut que cet homme paye pour son crime. J'aime les gens, je ne suis pas assez méfiante, je ne mérite pas cette injustice, comment voulez-vous que les hommes comprennent et changent, si on leur laisse et le champ libre et le bénéfice du doute ?

Vendredi 28

Aujourd'hui c'est le neuvième anniversaire du décès de Lylia. Depuis sa mort, ma vie n'a plus été la même. Enfin, disons qu'un truc s'est installé dans ma tronche. Et maintenant s'ajoute mon Roméo, qui nous a lâchés ce matin.

Rom connaissait pas Lylia, mais il y a quelques années j'avais proposé une virée nocturne pour aller rendre hommage à ma copine au cimetière, et Rom était dans le coup. Comme je croyais que le grand portail d'entrée était fermé, je l'ai escaladé, mais il était ouvert, on s'en est aperçus une fois en haut, avec le mouvement de la porte dû au poids. On a ri, Rom était avec nous, à se marrer, et donc c'est comme s'il avait connu Lylia. Près de la tombe, il fixait autant que nous. On était bourrés, moi je pleurais, je parlais de Lylia aux autres, de toutes les conneries qu'on avait faites ensemble.

Il y a dix jours, Roméo m'a écrit sur Fb, Ola, chou, comment tu vas ? J'ai répondu que quatre jours après, avec une photo blague icône, qui envoyait direct une toph de lui prise par sa webcam, sans qu'il le sache. Et souvent ça mène à des mauvais cadrages et une tête de con pour chacun, donc ça peut être drôle. Mais il a pas commenté, on a tchatché vite fait, puis il m'a dit, je te laisse, je suis avec mes filles. Puis plus rien.

Ce qui est dur, c'est cette certitude d'avoir raté un moment précieux. D'avoir pas su l'écouter, alors qu'il avait besoin de parler. Pour tous les potes, Rom était toujours là. Pro-Mélenchon à fond. Lui, c'était un vrai ancien de la techno et des free-parties. Pas un cramosore tout pourri qui joue n'importe comment. Une fois il m'avait eu deux invitations pour le Cabaret Sauvage. Il jouait sur cette grosse scène et il avait déchiré. Hier soir tout ce que je sais c'est qu'ils ont maté le match avec un pote, à Fos-sur-Mer. Lille - OM. Ils avaient dans l'idée de se mettre au sport, ils voulaient se motiver ensemble, arrêter les produits. Rom avait aussi prévu de voir ses filles ce week-end, mais finalement il y est pas allé, on ne sait pas pourquoi. Hier il est parti à minuit de chez son pote, et il a dit, à demain pour le sport, et une heure plus tard il s'est crashé dans un mur, à pleine vitesse.

Il était en dépression, c'est sûr. Une vraie. Et le dos en vrac, à plus pouvoir rien faire, depuis son divorce c'était un peu la cata. Alors j'arrête d'écrire dans ce cahier maintenant, mais je vais continuer de pleurer.

Samedi 29

Avec ce que j'ai déconstruit et appris depuis deux ans, ça me paraît impensable d'avoir laissé entrer cet être abjectement sombre dans ma vie. Je ne pense pas que ce coup de cœur valait un aveuglement pareil. Et je sais au fond qu'il lui est encore possible de m'envahir et de me conditionner, que je pourrais même lui pardonner s'il avait assez de talent, mais que non, je le ferai pas, car j'ai aussi la haine.

Après, et immanquablement, il me faut penser à la drogue du pif au cerveau, qui joue beaucoup dans les rapports humains intenses. Et paf dans ta face, c'est aussi la drogue qui frappe, tout le flou alors oui, est-ce qu'il est moins responsable d'être violent défoncé ? Évidemment mes prises de drogue mêlées aux siennes, ça pouvait craindre un peu. Mais pendant la scène, j'ai aussi entendu ce que je voulais entendre, et ça je m'en souviens. Ce qu'il pense au fond des femmes, ces trous béants, ces juste bonnes à se faire pointer. Tout ce que j'avais deviné sans le vouloir, il l'a dit, j'aurais dû l'enregistrer. Est-ce qu'on pense ce qu'on crie ? Est-ce que les mots qui viennent du fond du cœur sont forcément les plus vrais ?

Je ne veux rien minimiser. Ça doit être une leçon. Qui me pendait au nez. Et par ma faute aussi. Ma vie est en danger, liée à la non-méfiance que j'accorde facilement.

Je dis pas que je mérite. Je dis que c'est encore l'effet connard boomerang. Mais surconnard cette fois, puissance dix, pour que j'imprime bien la marque du boomerang. Peut-être aussi qu'il faudrait que j'arrête de pécho tous ces minables au vol.

Des fois, même deux jours après une rencontre, et sans avoir couché forcément, je repense à la conne que je suis d'accorder mon temps et ma sensibilité à des mecs pareils. En plus, on les remarque de suite, surtout moi, je suis un radar, mais on y va quand même, et donc on aurait pas un peu ce qu'on demande ?! Non, c'est faux, et je suis pas d'accord !

Entre la drogue et l'apprentie féministe que je suis, le boulot au sex-shop et le rejet total du sexisme, ça devient ombrageux. Toute la journée chez Serge, à l'atelier, j'ai eu envie de tracer des hommes nus. Des jambes bien pliées, des dos d'hommes et toute l'émotion qu'ils peuvent comporter. Une main aussi, j'aimerais beaucoup savoir vraiment dessiner une main.

Dimanche 30

Ce Blaise qui m'a massacrée et que je porte encore aujourd'hui sur la gueule, c'était un rasta à tresses. Mais c'était pas un bon rasta, qui mérite qu'on l'aime, juste un rasta amoureux de sa 8,6, un rasta plastique, que tu peux pas bouger. Il a été ultra violent sur moi, mais c'était aussi je pense largement contre lui-même.

Je dis pas ça pour l'excuser, j'ai toujours envie de le tuer, de lui mettre un contrat sur la tête.

Navrante

ce mois où

ça fait vingt ans que tu payes une assurance-vie,
et t'es toujours pas morte

Mardi 1er

Depuis le réveil, je chante *Envole-moi, envole-moi, envole-moi, loin de cette fatalité qui colle à ma peau. Me laisse pas là, envole-moi.* Il a raison Jean-Jacques. De toute façon j'adore Goldman. Il est de Marseille en plus, et c'est un type super, ultra normal. Depuis un an, je crois qu'il y habite plus. Mais sinon, quand il y est, c'est dingue comme il passe inaperçu, tellement il est comme toi et moi.

Je te donne, Je marche seul, Elle met du vieux pain sur ton balcon, c'est la BO de mon enfance, quand on habitait au quartier du Castellan, à Istres. Je tenais déjà un journal à l'époque. Ma mère, elle était trop Goldman. Mais pourquoi ça rejaillit maintenant, c'est les Mystères de l'Ouest.

Un soir Blaise me lâche, tu sais moi j'aime les gros culs, les gros seins, et pourtant je suis là avec toi. Texto, comme ça. Comme s'il se dévouait, comme si c'était une preuve d'amour de baiser un petit cul. Le mec qui sait y faire en compliments. Et moi je disais rien.

Jeudi 3

Je viens de me faire tout le chemin à pied du Pig'Hall à chez moi, vu que j'ai crevé mardi, et que non je ne suis pas, contrairement aux apparences, la Reine de la Rustine.

Donc je marche et je sais pas pourquoi, je le sentais, obligé il fallait que je tombe sur un marsouin de l'espace. Comment le décrire en mots ? Un type cinquante balais, mal habillé, pégueux, moitié obèse moitié malade du foie. Alors qu'il va m'adresser la parole, j'ai envie de lui glisser en intro, mais quoi ? Tu te crois tout permis ?! Tu crois que tu me fais peur, parce que t'es en train de mourir ?!

Et lui, comme si ça l'excitait de se faire potentiellement pourrir par une petite meuf comme moi qui ramène sa voix, avec des gestes lubriques, si je te mets maintenant sur le bout de ma bite, il me dit, tu vas tenir debout ! Si je te mets sur le bout de ma bite, tu vas te retrouver collée au plafond ! Avec son accent de Narbonne à deux francs. Mais moi, tu sais quoi, ta gueule de zombie, elle me file la chiasse !

J'arrive chez moi, encore vénère de ce vieux dégueulasse, mais ça va, c'était le genre gros porc fils de pute XXL cernable, au fond inoffensif. Je me fais une petite infu, tout va bien, et je me dis, ce soir pourquoi pas profiter de ton temps pour te mettre tout bien ma belle, les factures, les chèques en retard, vu comme t'es réveillée, te mettre clean pour avancer dans ta life ma cocotte, pas te laisser stagner.

Sur ce, coup de fil d'Angel, qui me dit qu'il débarque sur Paris, qu'il adorerait me voir, c'est-à-dire me baiser après le restaurant. Est-ce que je suis prête à rouvrir les jambes ? Est-ce que ce vieux plan foireux pourrait me dérider ?

J'en suis là de mes pensées, quand voilà que débarque Joce, total foncedé, qui s'installe sur mon pieu comme s'il était à la plage à La Baule, en m'expliquant qu'il est là pour me défendre si jamais Blaise se pointe, et qui me lâche, en s'ouvrant une canette, si on se faisait livrer des céréales ? Si ça te dit, je peux nous faire livrer pour 350 euros de céréales bio ! Des mueslis, tout ce que tu veux ! Ça te dit ? Plutôt que de manger n'importe quoi. Ça nous fera des graines pour un mois, on sera comme des oiseaux en cage, on aura rien à faire que bouffer nos graines et regarder des DVD, ce sera le paradis ça, non ? Ça te dit ? Monoprix, ils me livrent quand je veux !

Je lui dis, Joce, je crois qu'on est pas dans la même énergie, roule un joint, détends-toi. Mais lui, il insiste, du lait frais et des graines, des DVD, vivre le bonheur en autarcie. Je lui dis, écoute, je suis de corvée paperasse ce soir, je viens de me faire emmerder par un vieux pervers, et surtout je suis pas ta perruche ! Trouve-toi d'autres amis que ça va faire kiffer !

Il est reparti squatter ailleurs, avec son plan All-Bran. Après j'ai regretté. D'abord, j'adore ça les graines. Et puis encore une fois, j'ai pas été réceptive, j'ai pas su écouter, pas été la super pote à la hauteur.

Vendredi 4, bien tôt

Mange des carottes, ça donne bonne vue, disait maman. Et mon père ajoutait, ta mère elle a raison, les lapins portent jamais de lunettes.

Mon père, c'est un homme sceptique sur tout. Parfois on avait des moments de bonheur, quand il s'arrêtait de ressasser, qu'il retrouvait de l'humour. Mais c'était du compte-gouttes.

Moi j'ai une tête à lunettes. Il y a des photos de lapins, sur des tee-shirts, des coussins, qui portent des lunettes. Mais c'est seulement pour la photo.

Les lapins ont pas de lunettes, et rien à voir avec le fait qu'ils mangent des carottes. C'est juste qu'ils ont pas de *nez porteur*. Si la nature a fait aux hommes un *nez porteur*, c'est bien pour qu'on porte des Ray-Ban en été, sinon elle aurait fait pratique, pour respirer, on aurait une narine sous chaque oreille, et quand tu te prends une porte ou bien une preuve d'amour, ça ferait bien moins mal.

Je dis ça à cause de ma mauvaise gestion des distances. Tous ces volets, ces coins de commode ou de phalanges. Je me prends de ces branlées parfois, par des mecs ou des objets de passage. Je me retrouve toute noire aux yeux, d'avoir pas su tenir ma garde, puis estompement en jaune fin de règles. Le panda, cet animal qui coûte cher en fond de teint.

Suite, 18 h 12

Serge qui me demande tout le temps si j'ai pleuré. J'en ai marre. Bien sûr que j'ai pleuré. Je sais que tu demandes ça par gentillesse, mais tu pourrais éviter de m'y faire penser.

Il faut en mettre du rimmel, pour que les hommes comprennent qu'on est tristes, ou juste un peu déprimées.

Je sens encore ce regard de peintre de Serge sur moi, depuis deux heures qu'on s'est quittés. Je me traque le visage dans la salle de bains. J'ai fait que peindre aujourd'hui, comme si j'étais toute nue. Je sens que quelque chose m'échappe, que ma beauté s'efface. Ma peau est toute moisie, jaune grisifié, j'arrive pas à cerner ces cernes texture cadavre, poupée gonflable morte trouée de cernes. Des détails de tombeaux périmés. Je l'ai devant moi ce visage, et j'arrive plus à le comprendre.

Suite, 21 h 21

Parfois j'ai des élans, je me sens partir à Rome, refaire ma vie dans une autre langue. Du plus bas que je suis j'ai au moins rien à perdre. Les mecs penseront toujours qu'à leur gueule, avec moi. Même les vrais gentils, les amis. C'est le rapport de force qui veut ça, je suis trop en demande d'absolu.

D'ailleurs je peux pas concevoir qu'on puisse m'aimer. Je veux dire par là que j'arrive pas à y croire. Les mecs qui ont le droit de m'aimer, en qui j'arrive à croire, c'est des types comme Blaise, au moins j'ai ce que je mérite. Pour n'importe quelle gonzesse normale, tu le vois qu'il est dangereux, mais moi non, l'illusion de sa drague de cramé fonctionne. Je suis là, ah oui, il coche les cases, il dit je t'aime, il fait les actes qu'il est censé faire, avec les limites de ce qu'il est, et tout passe.

Il y a que Mouss en qui je peux croire au fond, mais on a tellement dévié. Il m'aime, je sais, mais il veut des enfants. Il veut qu'on ait des enfants et qu'on les aime ensemble, c'est aussi ça le problème. Qu'est-ce que je peux faire de ça ? Comment lui faire comprendre qu'on n'y arrivera jamais ? Mouss, je t'adore, mais je veux juste que tu me protèges, je veux juste être TON enfant, ton amie, ta chérie, que tu me rendes heureuse, moi je suis trop fatiguée déjà et je peux pas faire mieux, tu comprends, mon amour ?

Samedi 5

Zina est une fille désarmante. Elle m'explique qu'elle invente des recettes pour constiper les clients. Il y en a qui mangent pas deux jours avant de la voir. Ils savent que s'il y a du caca qui dépasse ou qui suinte, ne serait-ce qu'un chouïa, elle se barre. Et comme ils payent d'avance, pas question que ça refoule. Ils se font des régimes pizza-patates, que ça tienne aux parois, que ça adhère à mort. Bien sûr si ça dépasse, ils enlèvent tout eux-mêmes, ils rincent avec une poire. C'est un micmac le SM comme hobby, il faut autant d'équipement que la pêche à la mouche. Les cuissardes, les appâts. Et pour le head-fucking, les toques de jockey. Non, j'exagère, Zina elle fait pas le head-fucking. En tout cas, on en a pas parlé. Si ça se trouve, avec les dingues en liberté qu'on a dans ce pays. Je lui dis, Zina, on devrait ouvrir un zoo ! On ferait un malheur ! Malheureusement c'est déjà fait, ça s'appelle *Internet*. Ah oui, c'est vrai, alors qu'avant on avait *Interville*.

Imagine Gwenn, le délire, elle me dit. Un type blindé aux as. On était moi en dominatrice, et sept autres nanas, dont une amie, juste pour son plaisir. Elles ont toutes enlevé leur culotte, et je leur ai donné l'ordre de traîner le mec en laisse, pour qu'il retrouve, à l'odeur, au centre de la pièce, la propriétaire de chaque culotte. En le fouettant un grand coup à chaque fois qu'il se trompait. Imagine comme il était aux anges.

Zina a aussi un client à Dijon, quarante ans, marié, des gosses. Il la voit une fois par mois, pour qu'elle lui fourre tout ce qu'elle a sous la main dans le cul. Pour préparer la séance, elle prend des photos de son poing à côté d'ustensiles, afin qu'il ait une échelle du désastre à venir. Ah, je te jure, s'il pleurniche que c'est trop petit, j'y vais pas ! Imagine, s'il en crève !

Zina, je sens qu'on commence à être copines. Aujourd'hui elle m'a dit, c'est en train de me tuer à petit feu, ce que je fais. Mais c'est pas ça la vie au fond, Gwenn, mourir de petit feu en petit feu ?

Dimanche 6

Tant que c'est encore dimanche et qu'on a rien à perdre, j'en profite pour écrire sur ma plus grosse honte.

Un jour je vais chez la gynéco, parce que ça puait, mais vraiment à vomir. Et depuis cinq jours comme ça. J'avais beau me laver la chatte toutes les cinq minutes, l'odeur restait tenace. Donc j'explique ça, elle m'examine, et là l'odeur qui déborde, la honte quoi. Mais elle, mademoiselle, pas de stress, vous avez juste oublié un tampon. C'était quand vos dernières règles ? Et moi, rouge écrevisse lié à l'état de poissonisation de l'atmosphère ambiante, euh, il y a à peu près cinq jours je crois, oui, c'est ça docteur. Et elle, si vous voulez m'excuser, je vais tout de même aller porter le corps étranger dès maintenant à la poubelle extérieure. Bon, en tout cas, ce n'est rien, vous voilà comme neuve !

La honte de ma life. Ce déni de tampax. Comment je pouvais encore regarder même sa plante verte dans les yeux ? Elle m'a donné quelques ovules désinfectants, et je suis repartie, comme si j'étais quelqu'un de normal.

Suite

Dans ce monde, il y a pas que les culottes sales et les tampax qui s'achètent à prix d'or. À une époque je vendais des vêtements sur eBay. Surtout des pompes. Trois fois j'ai été contactée par des fétichistes, ils kiffaient les chaussures *malodorantes*, c'était ça leur terme. Je prenais les clients en conversation MSN à l'époque, je leur faisais la description des Converse ou des Clarks, des Jourdan, des Clergery, mais eux voulaient toujours mes chaussures les plus pourries. Ok, garri, mais ça sera plus cher !

Lundi 7

Quand je suis arrivée au lycée pro à Marseille, pour faire mon CAP de projectionniste, j'étais avec Jérémy. Et puis je l'ai quitté, au bout d'un mois, parce qu'il y avait d'autres mecs un peu mieux que lui quand même. Plus mûrs, qui aimaient le cinéma. Quand tu as le choix, tu regardes, tu compares, c'est logique. Mais je m'en veux aujourd'hui, je l'ai plaqué comme une merde. J'étais jeune à l'époque, pas du tout psychologue.

Je vivais en squat dans une épicerie, boulevard de la Blancarde. Puis j'ai trouvé une autre coloc jusqu'à l'examen, que j'ai raté. Puis CAP photo, mais j'étais trop chez les uns chez les autres, c'était crevant. Finalement, je suis rentrée chez ma mère, à Istres.

Suite

Je note que je suis contente de me mettre à écrire sur mon enfance et mon adolescence et ce qui viendra avec. Besoin de repartir de là, pour comprendre, arrêter de faire toujours la même merde, de me prendre les mêmes poutres et me mettre à risque pour rien, dans le but de toujours tout faire foirer et de me saborder comme ligne de conduite.

Blaise est pas juste un hasard. Blaise habite en moi. Il sait qui je suis, il en profite, et tant que je le couve, la menace couve aussi.

Mercredi 9

Avant de prendre le taf, j'avais calé un casting pour une série française policière, *Le Renard*. Ils cherchaient une droguée en fuite pour l'épisode 3, et je crois que j'ai été convaincante, mais ils m'ont quand même dit que j'étais un peu vieille pour le rôle. Fugueuse de trente-quatre ans, ça fait ado sur le retour.

J'arrive au taf, et là cette cliente, comment expliquer. J'ai cru que je l'avais vue venir, mais c'était pire que ce que je pensais. Elle m'explique que son bonhomme veut des rapports complets alors qu'elle, elle préfère des rapports qui dépassent pas, sur le bord. Ok, je comprends rien, vous pouvez répéter ? Elle répète, mais avec pile les mêmes mots, donc ça m'aide encore moins.

En fait, je lui dis, vous êtes là pour quoi ? Elle me fait, mais bon donc, c'est parce que, si vous voulez, j'ai des hémorroïdes, et donc… Alors là je l'interromps, oui madame, mais moi je suis vendeuse de godes, que puis-je faire pour vos hémorroïdes ?

Encore une, j'ai pensé, restée cachée derrière la porte, le jour de la distribution d'intelligence. Comme l'autre qui me fait, vous avez du poppers pour femme ? Ou un client, vous êtes sûre que ce sex-toy est clitoridien ? Parce que ma femme est clitoridienne, donc je voudrais pas acheter un sex-toy vaginal qui servirait à rien !

Dieu, my gode, mon vieux papy bourré, qu'est-ce que tu cherches à me dire, en m'envoyant ces êtres ?

Jeudi 10

Je crois que c'est fini pour de bon avec Angel. Ce pauvre revival aura même pas duré le temps de la pub. De toute façon je le voyais quoi, ce bâtard de l'amour, un jour de pleine lune sur deux ?

Quand on s'est engueulés ce matin, à un moment je me suis dit, mais qui c'est ? Je l'ai regardé et j'ai eu du mal à remettre son visage. Il était flou, comme déjà quasiment effacé. Un de ces disparus du petit déjeuner. Sa voix sonnait bizarre, et plus flippant, la mienne aussi. J'ai eu comme l'impression d'engueuler *cet inconnu qui ne m'a rien fait*. D'ailleurs j'avais du mal à monter dans les tours, comme j'aime bien d'habitude, tellement on était irréels.

Angel c'est une star, il a une chaîne YouTube, où tu le vois tout le temps en short, avec jumelles, chapeau, à la rencontre de pays qu'il s'éclate à découvrir sans toi. Une vidéo, il te raconte la culture du coin (alors qu'il s'en branle menu), une autre, il te fait le coup des derniers lépreux, puis il explique une technique pour faire le thé sans sachet, ou comment la mante religieuse est grave intelligente, et là il a pas tort. Une autre, il s'émerveille sur le style d'organisation sociale des chèvres au Maroc. Mais alors quand tu l'as devant toi, en jean chemise, sans son keffieh ni rien, et qu'il t'explique les relations humaines, c'est d'un autre calibre, comme une version porno de *Science & Vie Junior*. Et son rapport aux femmes, là ça t'emmène au-delà de *Star Trek*.

Ange, ce beau gosse hyperactif. Un de ses trucs, c'est le chaud-froid. Sa prise spéciale de judo. Que du chaud-froid, tout le temps. Il te dit un truc sympa, puis paf, une saloperie, pour te calmer de ton bonheur. Enfin bonheur, si tu as autant besoin d'y croire que moi. Par exemple, il a mis quatre mois à me dire qu'il m'aimait. Quatre jours après, il me plaquait. Et le pire, je crois qu'il peut pas se retenir, il a besoin de faire chier pour qu'on s'occupe de lui, qu'on s'accroche, comme si sa vie en dépendait.

Ange, pour aller plus loin, et j'ose maintenant l'écrire, c'est le genre de mec qui aime déverser son sperme. Il y en a beaucoup comme lui. Les déverseurs. C'est-à-dire ceux que ça fait kiffer de nous mettre enceintes, sans jamais imaginer aucune des conséquences. Qui veulent qu'on se souvienne d'eux, de n'importe quelle manière, et particulièrement celle-là. Et si elle a pas compris au premier môme, je lui fais un trisomique la prochaine fois ! Qu'elle puisse pas faire semblant que j'ai pas au moins un peu changé sa vie ! Qu'elle puisse pas dire que j'ai pas été important dans toute la merde qui lui arrive !

Les déverseurs, je les sens venir, je les renifle de loin. Des bonshommes tellement pas sûrs d'eux, qui portent vingt couches de camouflage. Donc ce matin, honnêtement, ciao bello avec ton short moulant et tes chaussettes en laine, continue comme tu aimes à essaimer le monde, mais moi j'ai bien donné récemment, je vais faire une pause.

Vendredi 11

J'avais quoi, dix-sept ans, la première fois que j'ai avorté. De Jacques Ronzon, un pote à ma sœur. Il avait dix ans de plus que moi. Je m'en souviens encore, un gentil. Il me disait, tu ressembles trop à ta sœur. Et moi, à l'époque, comme je vénérais ma grande sœur, ça m'a rendue dingue. On s'est mis à s'aimer, on fumait des pétards, j'étais au lycée pro, lui en Staps à Luminy. Il faisait triathlon, il aimait bien les trois, mais surtout le vélo. On s'épilait ensemble. Il avait ce côté féminin, et il aimait les free-parties. C'était un mélomane de ouf, ultra pointu en musiques inaudibles.

À dix-sept ans j'étais à balle de cinéma, je le vivais comme une obsession. Les carrières, les bios, je dévorais. Je bloquais sur les photos. J'allais à Cannes toute seule pendant le Festival, et je restais des heures devant le Martinez, un hôtel où logent les vraies stars, genre Isabelle Huppert, Adjani, Nathalie Baye, mais aussi les stars de merde, genre Denisot, les gens de Canal. J'ai rencontré

Emmanuelle Béart une fois là-bas, à traîner, à me faire frotter par des vieux, qui venaient là exprès pour te fondre dessus, des connards pédophiles du monde entier. Quand je l'ai vue, je me suis mise à pleurer, elle m'a prise dans ses bras et ensuite elle m'a écrit un mot sur mon cahier, *Personne ne mérite que vous pleuriez.*

Mon grand-père habitait Vallauris, alors j'allais dormir chez lui, et puis à Cannes en bus. J'attendais à mon arrêt, j'avais de beaux cheveux longs à l'époque, que j'avais même pas besoin de coiffer. C'est là que ce vieil Italien m'a repérée. Un peintre en plus, alors que c'était pas encore mon délire. Il m'a dit qu'il voulait que je sois sa collaboratrice, son modèle. Le type limite sénile, avec une Jaguar rouge.

Des fois on partait à Monaco, des fois il me payait 500 francs pour trois jours. Je devais toujours être belle. Quand je mangeais, il refusait que je mette les cheveux derrière l'oreille. Quand je disais bonjour au concierge, il me reprenait, tu dis jamais bonjour si je t'ai pas présentée.

Les gens l'appelaient Maestro, il avait une maison sur la Côte, pleine de belles choses, et aussi une vieille caravane, à Mandelieu, avec des miroirs partout. On va te faire poser, il m'a dit, allonge-toi. Et ils se sont mis à me toucher tous les deux, avec sa rombière, qui était là pour me rassurer. Je sais plus comment ça s'est fini. Je suis partie, c'est sûr, en cata. Je me rappelle le goût de trauma.

Depuis que j'ai recommencé à peindre, je repense à lui, à comment les artistes ont ce truc chelou avec le corps des autres, ce besoin de s'en saisir pour le recréer à leur façon, pour après avoir le droit de le tailler en pièces.

Mardi 15

Quand j'étais petite, l'école avait une classe pour les hyperactifs et les malentendants, mais mélangés avec nous, les normaux. Moi ma mère était dame de cantine. Tous les élèves me jalousaient, alors qu'en fait, elle me calculait pas. Je pouvais me faire jambonner par quelqu'un, elle bougeait pas d'un poil. Mais les copines, c'était, toute façon toi, tu fais trop ta belle, parce que ta mère elle est dame de cantine ! Un truc que tu arrêtes vite de dire, en grandissant.

J'imagine aujourd'hui quelqu'un qui me dirait, vous, mademoiselle ! Oui, vous qui faites tellement l'intéressante ! On m'a confié que votre mère est dame de cantine ! Vous avez pas honte de profiter de cette situation pour faire votre chemin dans le monde à Paris ?!

Sinon, je m'entendais vachement bien avec les malentendants. Il y en avait une, Radia, ma meilleure amie. Elle était sourde complet. Je lui prenais le visage pour lui parler, qu'elle me fixe. Je savais qu'elle lisait sur les lèvres. J'avais quatre-cinq ans. Maintenant elle habite à Marseille, elle vocalise un peu.

Un jour avec Radia, on jouait à Un, deux, trois soleil. Je m'étais mise de dos, en position de chat, et j'ai pas vu les deux garçons jaillir. Ils m'ont poussée, m'ont fait riper sur le mur, m'ont abattue au sol. Ils m'ont bien défoncée, et ma mère a tout vu, mais comme c'était son habitude, elle est pas intervenue. Pour elle c'était nos histoires de gosses, elle considérait qu'elle avait pas le droit de s'en mêler, et moi j'hallucinais, je comprenais pas qu'elle soit pas victime de son instinct de mère.

Mais elle avait raison, je pense. D'ailleurs, j'étais pas hyperactive à l'époque, ça c'est après, au collège. En primaire, j'étais une enfant sans problème. Le seul truc, comme ma mère faisait le ménage dans ma classe, j'engueulais tout le monde pour pas qu'on foute trop le bordel. Après ils m'ont changée de classe, parce que c'était pas bon pour la pédagogie.

De toute façon j'ai toujours vu ma mère nettoyer la merde des autres. Ou les servir. Les gosses, les cantines, les ménages. À soixante ans, nettoyer des tuyaux de cuisine à quatre pattes, elle en pouvait plus. Maintenant c'est la retraite, enfin, elle est partie s'installer en Bretagne, elle profite de souffler. Elle passe des films une fois par semaine dans la salle du village, et elle me les raconte après. Je sens qu'elle aimerait que je sois dedans, elle serait tellement fière de passer un de mes films. Ma mère, elle m'a toujours soutenue dans mes choix, que ce soit le cinéma ou le reste, et ça c'est le principal.

Jeudi 17

Angel Suarez Roldan. C'est son vrai nom, pas son nom de YouTubeur. Angel Suarez amor, qu'est-ce que je vais faire de toi, cousin ?

Il faudrait que je pèse le pour et le contre. Comme un tableau plus ou moins réussi. Putain mais qu'est-ce que c'est que cette relation ? Je crois qu'il ne faut pas projeter, et arriver en amie si jamais je le revois.

Depuis hier, j'arrête pas de me gratter. Mais sans avoir de bouton, sans raison. Est-ce que se gratter partout, suite à une relation, à un pauvre coup de fil, c'est normal ? Est-ce qu'Angel ne ramène pas des puces psys magnétiques de ses treks dans la jungle ?

Vendredi 18

Le sang menstruel. Voilà ce qui terrorise les mecs. Qui les met plus en flip que tout le sang versé pour que dalle dans le monde. C'est en pensant à ça, bizarrement, que j'ai compris que notre relation avec Ange était basée sur l'amour flou. Et c'est comme ça qu'on l'aime. A priori, ça fait partie de notre histoire d'être sûrs de rien entre nous.

Alors je retourne sur sa chaîne YouTube, et là Ange dans un hôtel indonésien avec des voleurs de peaux malgaches. Ange dans un asile birman. Ange conduisant une voiture de facteur pendant le Noël orthodoxe serbe. Ange consultant de la police scientifique tchadienne.

Angel Suarez Roldan, quelle vie ! Je vais me placer où dans ses aventures ?

Ok, on va dire que je l'admire. Que je suis aimantée par les stars, ce qui brille. Mais en même temps, je suis pas intimidée. Il est mignon et je sens qu'il a besoin de repos. Si ça se trouve, moi aussi, je peux le prendre par la main et l'emmener dans notre aventure, maintenant que j'ai compris que le futur n'est pas une photo, même floue, dans ma tête. Le futur n'existe pas.

Suite

Toujours pas de news de lui, alors qu'il m'avait dit, sûr aujourd'hui, mon cœur, et qu'il devait me présenter son producteur, qui a un nouveau programme dans lequel je pourrais selon lui tout à fait m'épanouir, en tant que présentatrice.

Ça lui ressemble tellement, il se passe tellement ce qu'il doit se passer. En queue de poisson, Monsieur se défile. Monsieur a une vie dingue et doit se concentrer. Monsieur explique que je dois relativiser, que c'était juste une piste. Monsieur a vu tellement d'horreurs sur terre, comment je peux être aussi mesquine, aussi bornée, penser qu'à ma carrière.

Il part un mois, dimanche. Ça me peine pas, il manquerait plus que ça. Je suis juste curieuse de savoir s'il m'appellera pour me voir la veille. Sa façon de procéder, comme avec tous les êtres humains ou lieux ou animaux qu'il filme, tapi derrière quelque chose, et là, son téléphone. Ça lui ressemble tellement ! Courageux quand il s'agit de crocodiles, et lâche avec les femmes. Mais je lui reproche rien, il me déçoit sans surprise. De toute façon, je me sens jamais moi avec lui. Et ça, c'est grave.

Samedi 19, matin

On m'a volé mon vélo, sa mère. Et Ange qui me propose de me donner le sien. Faudrait déjà que je le voie, c'est toujours pas certain. Et je viens de rédiger ma lettre de démission, voilà, fini le sex-shop. J'avoue ça me fait du bien, et bizarre en même temps.

J'ai la tête prise, tout en étant à peu près sereine. J'ai pas peur. Même sans mon vélo, mon (presque) fidèle destrier. La Providence, cette pétasse de dingo, va enfin se mettre en branle !

Et puis j'ai anticipé quelques galères, alors niveau fric, si tout se passe comme prévu, je peux m'en sortir. Et comme ça je suis libre de rejoindre mon petit Ange en Sicile, comme il m'a proposé. Ce serait génial, depuis le temps que j'ai pas voyagé !

Dimanche 20

Je suis une fille de l'eau. Le moindre ruisseau, la moindre piscine. D'origine Atlantique, mais née en Méditerranée. À douze ans, je faisais natation dans un club à Istres. La prof, une Espagnole, s'appelait Mme Pesca. Avec un nom comme ça, elle était toute tracée, toute une famille de maîtres nageurs, avec les maladies de piscine qui vont avec.

Vite je me suis spécialisée en dos crawlé. On est toujours mieux sur le dos. La brasse, le crawl, ça va, n'importe quel bras cassé y arrive. De toute façon j'étais trop lente sur le ventre, je flotte moins bien dans ce sens. Par contre, sur le dos, mon corps fait comme un surf, avec les bras qui moulinent autour, je peux te dire que ça dégage, un moteur de 180 dauphins. Elle en a des dauphins sous le capot, cette berline ! Manaudou, c'est du combien de dauphins ?

En dos crawlé, j'envoie grave, je peux aller n'importe où, Miami, l'île aux Moines. Je remonte les courants, je me fatigue jamais. Le seul problème, sur le dos, tu vois pas où tu vas. Si tu oublies de tourner, tu finis à Hong Kong. Là tu débarques dans un film de kung-fu, et le chef op, oh là ! Il arrête le tournage, hé, regardez les gars, il y a une fille en dos crawlé dans le cadre, qu'est-ce qu'on fait, on la noie, on la garde ? Elle a pas l'air d'ici, note l'acteur principal.

Ah oui, on dirait une Bretonne de Martigues, dit une des figurantes. Mais bien sûr qu'on la garde ! fait le réal. C'est une apparition, une sirène, un miracle ! Et il te paye le resto pour te connaître mieux.

C'est juste ça, le cinéma. Parfois il faut savoir s'incruster. Tu finis au pieu avec Wong Kar-wai, et parfois tu comprends ni comment ni pourquoi.

Sinon le papillon je sais faire, mais j'en ferai jamais. Et je vois vraiment pas pourquoi ça s'appelle *papillon*. Si tu vois des papillons qui font du papillon, c'est qu'il y a eu une attaque nucléaire.

Avant la natation, je faisais GRS. Kitsch à mort. La gym me fascinait, mais en fait c'était chiant. Dès que tu fais plus d'un mètre et huit ans, tu comprends ça. De mon expérience en GRS, j'ai juste gardé le mauvais goût, qui ressort de temps en temps.

Lundi 21

Quand mes parents se sont séparés, ça a été brutal. Je suis revenue à Istres après deux mois de vacances en Bretagne avec mon père, et là j'ai découvert ma nouvelle chambre. Ma mère avait tout préparé. Les murs couverts de posters des Worlds Apart. Ma passion pour ce boys band a duré au moins deux ans.

Il y avait deux meufs dans le quartier, qui me faisaient la misère. Coline et Jeanne Mauch elles s'appelaient. Ça s'invente pas. Elles étaient moches comme leur nom de famille, peut-être depuis des millénaires, et même pas jumelles, moches à deux ans d'écart.

J'ai revu Coline en ville un jour, avec son gros cul, ses trois gosses, et ça m'a fait plaisir. Elle était au McDo avec ses srabs, le genre de meufs qui passent leurs journées au fast-food à commander un café, pour que leurs enfants puissent se vautrer dans les boules en plastique. Je critique pas, mais elle elle m'a tellement pourri ma life petite, alors quand je l'ai vue dans sa vie de merde, en comparaison de la mienne, ça m'a fait chaud au foie. Enfin je juge, c'est dégueulasse, car je suis pas mieux qu'elle, je suis peut-être même plus lâche, vu que j'aurai jamais le courage de me faire faire un gosse. Mais si j'en avais un, je ferais autre chose qu'aller boire des cafés au McDo, ça c'est sûr. En plus je suis pas café, j'en bois jamais, c'est la seule drogue qui me manque. Et aller boire des bières entre copines au McDo, toutes déformées par les vingt-sept accouchements des trois dernières années, je me connais, j'aurais du mal à assumer niveau style.

Mardi 22

Ange est une raclure. Et j'en ai marre qu'on me raconte la *blague de l'extincteur* au sex-shop. Non, je la raconterai pas. Et comme depuis dimanche j'ai toujours pas croisé René connard, mon patron, je lui ai toujours pas remis ma lettre de démission, et comme je vois plus l'intérêt de cette lettre, je viens de la brûler, voilà, c'est clair, oublions la Sicile et ce déverseur fantôme, ta mission dans la vie, Gwenn, c'est gardienne de bites, alors tu restes ici, à ton poste, et tu attends la mort.

Suite

Sinon, je viens d'avoir une ouverture pour faire du doublage. Peut-être demain matin ou jeudi (mais chose sûre). Ça, par contre, ça me tient vraiment à cœur. Si je pouvais m'amuser à faire ce métier, et me faire du fric ! Ce serait un coup de la Pétasse-Providence qui tomberait pile bien. Justement suite à mon vol de vélo, j'ai rencontré Brigitte qui proposait de m'en prêter un. C'est la cousine de mon cousin, qui est dans le doublage depuis l'âge de cinq ans grâce à sa mère, qui, elle, a été voix de plusieurs animaux assez connus pour le *Club Dorothée*, mais je sais pas encore lesquels. Nous sommes amis Fb depuis peu, mais ça fait bien huit ans que j'essaie d'entrer en contact avec elle, et je suis trop heureuse.

Hier j'ai dîné chez elle, et le vélo qu'elle me prête, un vieux Peugeot trop stylé, me va parfaitement. La rencontre fut hyper sympathique, bon là je suis fatiguée pour donner les détails, mais elles sont hyper cool, la mère comme la fille, et carrément dans le circuit, et presque de ma famille, et féministes et en plus friquées. Il faut vraiment que ça marche, ce coup-là ! Ça me ferait dire que j'ai pas encore tout foiré cette année !

Jeudi 24

Ce qui est incroyablement réussi pour eux, et effroyablement courant, c'est que 99 % des femmes (je sors ce chiffre de nulle part, mais je suis sûre de mon estimation) prendront toujours sur elles suite à une situation humiliante ou sexiste. Elles peuvent même avoir de l'empathie et ne rien dire pour l'ambiance, par peur de passer direct pour l'hystérique.

Moi je suis ça, et du genre à réagir tout de suite pour quelque chose qui en vaut pas le coup. Et à réaliser deux jours après ce que j'ai subi. La violence. Bien après la colère et la honte. Voilà pourquoi, oui, nous sommes barges hystériques. Nous sommes ce que les hommes ont projeté sur nous, pour les aider à pas comprendre. Bon, il faut que je me relise demain, mais j'ai promis d'arracher aucune page, ce journal je le veux brut de conne !

Et puis Ange, non mais c'est quoi ce putain d'engouement pour ce héros naze de Camel Trophy ? Et moi qui m'emballe juste parce que Monsieur m'a envoyé des cœurs en émoticône WhatsApp. Émoticonne de chez conne, voilà tout ce que je mérite pour croire à ses histoires ! Après m'avoir fait le coup déjà deux fois, après avoir fui déjà de la plus minable façon, lui, sans-gêne, il me refait la prise du requin marteau ! Mais porte tes couilles, frère, et disparais une bonne fois pour toutes !

Vendredi

Premiers doublages hier. J'adore. J'espère que ce sera régulier, cette nouvelle source de revenus. Par contre, je sais pas pourquoi, j'ai doublé que des obèses. Des meufs américaines, genre thons du Pacifique. J'ai trouvé strange d'incarner cette bidoche à l'écran. Peut-être que j'ai pas le physique de ma voix.

Samedi 26

Encore aujourd'hui, bizarrement, je repense à Lylia. On se connaissait depuis l'âge de dix ans, mais on s'est vraiment rapprochées à seize, et elle est devenue essentielle à ma vie. On avait nos règles en même temps, tellement on était proches. Alors qu'on était très différentes, elle très voluptueuse, avec des seins énormes, un mélange mammaire tuniso-alsacien, du 95 D. Et pince-sans-rire, toujours à claquer ses conneries.

À quatorze ans on vivotait au collège Savary d'Istres. Les potes de classe l'appelaient Lylia Grosnichons. Après on a été au même lycée à Marseille, à Blaise-Pascal. Je faisais un BEP de projectionniste, mais j'ai loupé la pratique, ça a été le cauchemar. J'avais *Les Rivières pourpres* à préparer. Les deux premières bandes-annonces, nickel, mais j'avais changé de technique de collage de bandes deux jours avant l'examen. Pour que ce soit plus rapide. Mais je maîtrisais pas. C'est là que je découvre sur l'écran le titre projeté à l'envers, Kassovitz les pieds en l'air. Deux ans d'études qui partent en vrille. J'aurais pu repasser l'année d'après, mais je l'ai pas fait. De toute façon, deux ans plus tard il y a eu le numérique, ça aurait servi à rien.

Et puis, je voulais surtout être comédienne. Je suis allée à la bibliothèque lire les bios des grandes comédiennes, pour vérifier qu'aucune avait fait projectionniste, et d'abord Isabelle Huppert, dont j'étais déjà fan inconditionnelle. Isabelle, qu'est-ce qu'elle se serait emmerdée à faire projectionniste ? C'est une fille de bonne famille, ado elle apprenait le russe et les langues slaves. J'ai trouvé ça génial, je me souviens, son amour pour la Russie. Je me suis dit que moi aussi j'allais m'y mettre, surtout avec mon look slave, mais évidemment, comme tout ce que je fais, je m'y suis jamais mise.

Il faut dire que comme je vivais en squat un peu partout, rue Sénac, rue d'Aubagne, boulevard Zoologique, les choses étaient moyennement stables, niveau développement personnel. Lylia venait me voir, ou on sortait en ville. On s'adorait tellement, on arrivait pas à se dire au revoir normalement, c'était toujours des adieux, parce qu'on était trop tristes qu'elle rentre dormir chez ses parents. Et puis un an avant de mourir, elle a plus voulu me parler, parce qu'elle s'est mise dans la religion musulmane. Elle m'a dit, je veux plus te voir. Je l'ai trop mal vécu. Pire qu'une séparation amoureuse. Et puis elle s'est pris un camion en allant au boulot, toute seule, à 6 heures du matin. Donc Dieu je l'emmerde, ce vieux gode périmé.

Pourtant, le père de Lylia était pas pratiquant. Mais elle a commencé à dix-huit ans à avoir cette lubie. En teuf, on se défonçait la gueule, mais dès que le jour se levait, hop, je prends plus rien à l'heure de la prière. Ça c'était au début. Après elle a capté que ça se faisait pas comme ça. Elle a commencé à se prendre de plus en plus au sérieux. Elle avait un mec, Abdel, qui se foutait total de sa gueule. Moi je le savais, mais elle, elle voulait pas en parler. Puis un jour elle a appris qu'elle était la maîtresse de son mec. Qu'en fait il était marié. Elle l'a quitté. Pourtant Abdel, c'était sa vie. Elle gardait un chewing-gum à la cannelle de leur premier rendez-vous. Abdel son dieu. Après ça, quelque temps, elle est devenue plus libre, on se marrait bien, puis un jour on s'est disputées pour un truc, mais comme des sœurs, rien de grave, et là d'un coup plus de nouvelles.

En fait, elle s'était remise avec Abdel. Et pour son image, elle pouvait pas recommencer avec lui en conservant une meilleure amie qui en savait trop. On se comprend pas spirituellement, elle m'a dit. Et puis tu fais trop la fête. Je l'ai très mal vécu. Abdel, j'avais dû le voir deux fois, un minable, je me souviens, à jamais la calculer, à me draguer, moi, alors qu'elle était là.

Et puis elle s'est retrouvée dans une histoire de braquage, parce qu'elle payait le forfait d'un pote d'Abdel, dont le téléphone était resté à la banque. Des fois je me demande même si son accident de bagnole, il y a pas eu autre chose, je suis dans la parano.

À l'enterrement, Abdel avait bien l'air du con qu'il était, vu qu'il connaissait personne. Depuis tout ce temps qu'il était avec elle, il avait même jamais rencontré les parents, ça faisait sacrément tache.

Trois semaines avant qu'elle meure, je l'ai comme pressenti. Il y avait une émission de Jean-Luc Delarue qui parlait des amitiés fusionnelles, et là une meuf qui dit, voilà, on était tellement proches avec ma srab, mais on s'est disputées, et puis elle est morte, sans que je puisse lui dire au revoir. Là j'envoie un texto à Lylia, ça va ? Elle me répond, t'inquiète, on se fait pas la gueule, on va se revoir bientôt, à mon anniversaire. Moi, sur le coup, soulagée. Et puis pouf, trois semaines après, ce camion. Mais quand même, je remercie Delarue, ça faisait un an qu'on se parlait plus. Sans lui je l'aurais peut-être pas appelée, et là c'était comme si on s'était réconciliées avant qu'elle nous quitte.

La veille de sa mort, j'étais avec Suzana, que je connaissais pas encore bien, qui me dit, qu'est-ce que t'as ? Je pleurais, je pleurais dans la loge, avec mes marionnettes, sans savoir pourquoi. Je pleurais pour plein de choses, mais je pense peut-être aussi parce que quelque chose d'horrible allait arriver, et que j'étais démunie encore une fois.

Suite

Suze elle est née le 15 mai 86 à Marseille. Son père est de Split, en Croatie. Le gros macho de base.

Avec Suzana, on s'est rencontrées au théâtre, deux semaines avant la mort de Lylia. Elles se sont passé le bâton. Je me casse, tu reprends le flambeau de t'occuper de cette folle de Gwenn. Merci, et bon courage !

À l'époque elle dormait dans le théâtre. Son père voulait pas qu'elle fasse saltimbanque, après toutes ses années d'études à la fac. Mais elle, toujours à l'arrache, déterminée, sensorielle, qui devine tout des gens, et pas trop susceptible.

On a été recrutées pour ce spectacle de marionnettes. Un jour, je me suis ouvert la tête avec une pince. J'avais plein de sang, ça faisait une mare dans mon dos. Je m'essuyais la tête sur son pantalon noir, alors qu'elle continuait la pièce, que les enfants riaient. On s'est pris un fou rire, on a pas pu finir la représentation.

Cet été-là, on est parties en Bretagne faire la teuf, toutes les deux. Mais c'est exceptionnel. Suzana, elle a toujours un mec avec elle, elle sait pas être seule, sinon elle fait n'importe quoi. À un enterrement de vie de garçon, comme son mec bossait, elle s'est tapé le marié. Elle a vraiment besoin de quelqu'un pour la cadrer tout le temps.

Décevembre

ce mois où

les vieux, ils ont vécu,
et certains vivent encore

Samedi 3

Il faut que je me taille de cette adresse, rue d'Anvers. L'ambiance boîte de nuit de ces deux apparts, dont le grand toujours vide. Je m'épuise à danser toute seule. J'y vois plus rien, tout est faux et trop près du taf. J'étouffe dans ce miroir, il faut que je scinde ma vie, Pigalle déborde jusque dans mon salon, il y a cette buée de partout, je me piétine l'espace.

Je dis souvent que je veux juste vivre sur un bateau-skate-board, avec mon chat Chicha, la cuisine et les chambres dans chaque roue… Et si je reçois des amis, on montera sur le grip, ça nous fera une immense terrasse, je mettrai de la pelouse, que ce soit moins abrasif, et tout roulera parfait.

Lundi 5

Le bide tordu en quatre, et encore par surprise. Pourtant je le connais ce vide immense, qui donne envie de se suicider chaque seconde, et annonce la suite.

Elles ont jailli de nulle part, d'une autre galaxie, comme Capitaine Flamme. Mais quelle injustice, qu'est-ce qu'on nous a programmé pour que ça se passe comme ça chaque mois ?

Si c'est toi mon vieux god, ça se sent que tu nous aimes pas, que tu nous en veux de quelque chose. Je dis même plus mes règles, je dis mes anarchies, tellement c'est violent et n'importe comment, qu'elles arrivent quand elles veulent. Vos anarchies attaquent, capitaine, attention ! J'ai envie de hurler par la fenêtre, tellement ça me fait mal.

Depuis que Lylia est morte, mes règles sont déréglées. Je pense aussi que c'est lié à la fin de notre histoire avec Mouss, et aussi aux drogues qu'on prenait en même temps, je sais pas, là j'y comprends plus rien. Parfois ça se recale quatre-cinq mois, puis ça repart en vrille. Là entre Blaise et Angel, deux violences différentes, mais c'est toujours une émotion, un pincement, cette peur de mourir, qui défonce le système intime, enfin j'en sais trop rien en vrai, je comprends pas ce que j'ai, la gynéco non plus.

Suite

Je suis un genre d'éponge, traversée de mille courants. Une eau-de-vie-de-mort. Parfois, j'ai l'impression de régénérer les corps mutilés des deux dernières guerres, de rejouer tous les champs de bataille.

Mouss est une fleur opposée qui me submerge, il joue avec mes anarchies, j'ai l'impression qu'il les commande à distance. Je l'imagine à pêcher sur sa plage, complètement défonce après une grosse semaine de taf, à regarder le coucher de soleil rouge, à se connecter à mon ventre, à faire rougir mon soleil et à déclencher le ciel pour se rappeler à moi.

Cette impression d'être enceinte, et de le tuer chaque mois. Parfois même je le laisse grandir jusqu'à un mois et demi, puis cette douleur rouge sombre, anarchies presque noires. Je pense à la douleur positive, celle qu'on subit quand on donne la vie. Mais la douleur des règles est un pacte de ténèbres, avec de grandes descentes de désespoir et le cerveau qui tourne à trois mille.

C'est difficile à décrire. D'abord ça tord le bide, le dos, la cervelle, le tout relié aux jambes pour te les couper au-dessus des genoux. Puis carence, tremblotage, en prise directe avec les sensations, traversage de toute chose, en mode film d'horreur, version *Dents de la mère*.

J'aurais voulu qu'on se règle ensemble avec Suze, mais on a jamais été sœurs là-dessus.

Mardi 6

À fond de Facebook toute la journée. Il y a tellement de groupes de casting, c'est l'hallu, enfin surtout pour de la figu, de la pub, et mélangé à des tas de conneries, de vidéos de chats qui s'enculent, de palmiers-bites illuminés, en même temps que tu prospectes pour du taf tu te coltines les délires du monde.

Je dirais que c'est ça le plus usant dans ce boulot de comédienne. Il y a aucun horaire, tu y es H24, même si tu tournes jamais. Ta vie privée, tes fantasmes et ta carrière professionnelle s'embobinent dans le même biz infernal, qui explose ta charge mentale. Après tu as cineaste.org si tu veux sortir des réseaux sociaux, mais t'es obligée de tout pister.

J'avais un agent avant, mais je l'ai plus. Il prenait 10 % pour des trucs que je trouvais moi. Il m'a jamais mise sur un seul plan, et le pire c'est qu'il était connu, se présenter de sa part, t'étais grillée d'avance.

Avant l'Internet, ma mère nous avait abonnées au magazine *Casting*, avec des tas d'annonces, et dans les dernières pages il y avait toujours quatre profils sélectionnés par le journal. Il fallait envoyer des photos et répondre à des questions, du genre ton film préféré, ta star préférée, ta couleur préférée, ta nourriture préférée. Et le journal expliquait pourquoi la personne avait été castée.

Chaque mois j'envoyais mes photos et ma présentation. J'étais toute blonde aux yeux bleus, toute mignonne, et un jour, miracle, je me découvre dans le journal. Ils écrivaient qu'ils m'avaient choisie *pour ma pureté*. Le film, la star, je sais plus ce que j'avais mis, certainement déjà Isabelle Huppert, mais le plat préféré, par contre, tout le monde s'en souvient. Alors que les autres filles mettaient genre *crevettes sauce aigre-douce* ou *saumon fumé blinis*, moi j'avais mis *raclette*. Du coup chez moi à chaque fois qu'on se fait une raclette, on porte un toast à ma pureté.

Je me souviens aussi que j'avais répondu à cette annonce, pour un casting à distance. Il fallait se filmer, et moi c'était pas un problème, j'avais un caméscope et je filmais tout ce qui bouge à l'époque. Quand je suis partie au Maroc avec mes copines, j'ai tout filmé. J'étais la seule de ma classe à avoir une caméra. Chaque repas de famille, je faisais un reportage.

Le type m'envoie le scénario, avec le passage à apprendre souligné au stabilo rose je me souviens, tout un long monologue à dire, et en même temps, je devais faire semblant de fumer des tampax. Je sais pas si c'était un réalisateur génial, surréaliste comme j'aime, ou quelqu'un qui abusait d'innocentes jeunes filles pour vendre des films bizarres à des pervers, mais quand il a fallu me filmer dans ma chambre, à crapoter sur mes tampons en récitant mon texte, j'ai eu un moment de solitude. Ensuite j'ai quand même envoyé la VHS, mais aucune nouvelle.

Mercredi 7, 3 heures quelque chose

Depuis à peu près trois semaines, je me fais pousser, ou plutôt non, je me laisse pousser les poils des aisselles. Oui, il y a forcément quelque chose de féministe là-dedans. Mais à l'arrivée, non.

C'est encore pas très velu, mais je découvre cette partie de moi qui existe et que j'avais éliminée systématiquement. Je ne sais pas pourquoi, je les aime comme ça, et je me demande quel événement me poussera à les retirer.

Il y en aura sûrement un.

Pour l'instant ils sont là, et j'ai de la tendresse pour mes poils. Je pense qu'au prochain rencard, je les garderai. Pour voir si j'en suis capable, si je m'aime assez pour supporter le regard d'un type sur ces aisselles poilues.

J'ai toujours vu ma mère en avoir et sans honte. C'était son style, et je me disais, pourquoi elle a jamais essayé de les raser pour voir ?

Mais non, ils sont là ! Pourquoi pas ? Laissons-les vivre leur vie !

Jeudi 8

Il m'a stupeurisée, il m'a endormisée, je sais plus comment dire ou écrire, avec ses petites paroles de victime affligeante.

Je voulais pas qu'il entre. C'était la seule chose claire. Devant la porte, il a forcé, mais je l'ai écartisé, j'avais une force de lionne et j'ai rien lâchisé. Il pleurait il pleurait, et non j'ai rien cédé, j'ai cadenassé la porte, mais il est pas parti, il s'est paillassisé, par terre dans le couloir, juste un écart de bois de porte entre lui et moi. Lui Blaise, dangereux prédateur, en boule pour se faire pardonner, et sur mon paillasson. Quel honneur ! Je l'entendais se frotter à terre pour se trouver une position.

Il a dormi devant ma porte fermée, et moi toute la nuit, les allers-retours dans ma tête, j'appelle les keufs ou j'attends juste qu'il parte, ou, si j'appelle les keufs, qu'il paye, qu'il soit puni, mais c'était comme s'il se rendait, j'ai pensé, comme s'il la faisait sa zonzon, à mes pieds, en s'humiliant comme ça, sur le paillasson qui sert à m'essuyer les pieds, comme si je lui ratissais le visage.

Je savais pas quoi faire, j'aurais dû paniquer, mais bizarrement j'avais pas peur sur le coup, je l'ai tellement senti sans défense, usé, au bout de sa vie, je l'entendais qui ronflait doucement, en boule avec cette vieille parka orange qu'il sortait de nulle part et ses yeux d'évadé. Peut-être qu'il m'avait fait tellement peur quand il est apparu qu'après j'ai plus eu peur, tellement je me suis mobilisée, tellement l'adrénaline s'est mise à me remplir le cerveau.

Et puis ce matin, j'ouvre la porte, et je le vois parti. Je me couche et m'endors de suite, comme après une bataille, et je dors bien dix heures. Mais maintenant réveillée, la peur remonte, je tremble qu'il revienne, qu'il me refasse vivre ce cauchemar-rêve. J'ai peur de sortir et qu'il me suive dans la rue. Alors oui, je viens d'appeler les flics pour tout leur raconter, et eux, ben c'est trop tard, il fallait nous appeler quand il dormait, on serait venus l'embarquer. Ok, je sais, mais j'ai pas pu, vous comprenez ? Et eux, pas trop dégueus sur le coup, passez quand même porter plainte, et voilà maintenant je dois y aller, mais j'y arrive pas, Blaise l'homme-loup est là qui rôde dans ma tête, je grelotte, je veux pas y aller, je veux aller me cacher quelque part, qu'on m'oublie, vu que je cause tout le temps des problèmes.

Vendredi 9

Heureusement que Suzana est là. Ma sœur, ma plus belle amie. Heureusement que tu existes.

Je viens d'avoir une discussion téléphonique avec un cousin au deuxième degré, qui est dans la cyberpolice et assez haut placé. Il va m'aider. D'abord il se renseigne auprès de mon commissariat. Tout ce que je sais de plus, c'est que l'affaire est bien enregistrée et bien en cours, mais que le nom de Blaise n'est pas au dossier, ce qui paraît bizarre, car je n'ai évidemment pas porté plainte contre X.

J'ai peur que Blaise soit un indic de la police. Il aurait le profil parfait, et ça expliquerait que les flics aient changé à cent quatre-vingts degrés quand je les ai rappelés pour ajouter des détails importants sur lui. D'un coup, ils sont devenus hyper distants, alors qu'hier, quand ils ont pris ma déposition, ils étaient grave à l'écoute, faut dire que j'ai fait un de ces numéros, je suis trop bonne actrice en fait quand je joue pour de vrai, je comprends pas qu'aux castings ils voient pas ça en moi ! Peut-être que je leur fais trop peur, aux gens du cinéma, parce que je suis trop réelle !

Samedi 10

Je me relis et je me dis que si je pouvais me payer un psy, j'arrêterais de tartiner comme je fais dans ce cahier, je me soignerais peut-être, je mettrais un peu d'ordre, plutôt que de m'enfoncer. Il y a vraiment un choix à faire, soit écrire, soit guérir. Le psy tu peux pas te relire, et il est si différent de toi. En plus, il s'en fout de ta gueule, c'est ça toute sa force.

Mais l'écriture c'est moins cher, alors tu continues. Le nombre d'écrivains j'imagine qu'on pourrait éviter juste avec quelques séances.

Écrire en plus j'ai l'impression d'y gagner, comme d'économiser ma vie en remplissant ce cahier. Au moins je suis pas à tirer sur un joint ou commander un demi ou acheter un autre gramme ou écouter un calu me raconter sa version de l'existence.

Écrire parfois j'ai l'impression que je me livre comme on se livre aux flics, mais sans vouloir aller au bout des conséquences. Je me fais mes petites gardes à vue, comme pour minimiser mes crimes, comme quand je parle de Blaise et que ça va pas assez loin dans les actes, que je change rien profondément. La seule utilité, j'arrête d'être en cavale cinq minutes, même si c'est tarte à souhait. J'écris comme on fait une pause clope au boulot, pour gratter du temps de vie sur ce temps que le travail nous vole.

Je sais que les gens commencent aussi à écrire en prison. Peut-être que ce sera le cas de Blaise, je lui souhaite, ça lui ferait du bien, il a des choses à dire. Mais moi j'écris justement pour pas péter un câble, pour pas avoir un livre à écrire en prison. Je m'ennuierais trop là-dedans, gavée de médicaments. De toute façon, quand tu as plus une thune comme moi, tu es comme en zonzon, et il vaut mieux écrire que traîner, vu que dehors la vie est chère, et qu'à moins d'être à la rue, les murs, tu les payes, autant en profiter, surtout qu'à Paris, c'est le double.

Dimanche 11

Mais la vie continue, et voilà, j'ouvre un mail, que des sales news de la CAF. Alors je m'y confronte, je tente ce que je peux sur le site, mais rien à faire, ils vont m'en faire chier des ronds de CAF, ces bâtards, jusqu'à la fin de mes jours. Ils veulent ma faillite ou quoi ?! Parce que j'ai touché 73 euros d'APL depuis trois mois, ils me prennent la tête ! Alors que nos dirigeants détournent des milliards !

Il va falloir apprendre, princesse Gwenn-la-blanche, à savoir vivre pauvre, à grands coups de pied au cul. J'ai plus une thune, je panique un peu, trop fait la conne la semaine dernière aussi, avec l'histoire de Blaise, je pouvais pas rester chez moi, et j'ai trop dépensé.

Et ce mec rencontré hier qui doit me parler d'un rôle avec un jeune réal qui monte. Il a pas dit qui. Évidemment il veut me baiser, ce gros porc en plus marseillais à la base, fils de bourges de première. Mais il me baisera pas, donc pour le rôle, je suis assez sceptique.

Lundi 12

Ce matin au sex-shop à vélo sous la pluie. Heureusement que j'avais pris mon sèche-cheveux-chaussette. Direct au magasin je me fais un séchage tête aux pieds, pour avoir l'air d'autre chose que d'une flaque, et redonner à l'ensemble son estime personnelle.

Arrive un monsieur que je reconnais, qui nous avait déjà acheté un soutif silicone à 65 euros la semaine dernière. Un familier du lieu, mais avec l'air perdu, alors je le guide, il se laisse faire, et petit à petit, il se détend, prend confiance, commence à s'amuser, se met à essayer ce qu'il veut, tant qu'il veut. En tout, il en a pris pour 250 euros. Et moi je lui ai offert des faux cils et un lubrifiant fruits exotiques.

Il voulait plus quitter ses nouvelles affaires. Heureux mon bonhomme. Il a gardé ses collants, ses seins et même la robe sous le costume. Je suis sortie prendre l'air à la porte, sur le trottoir trempé. Je l'ai regardé descendre lentement l'escalier de la bouche du métro, et j'ai pensé qu'il disparaissait comme un bonbon fond sous la langue.

Mardi 13

Je fume trop de pétards. Je suis crevée du week-end à pas dormir. Et donc j'ai encore pas été aujourd'hui à la CAF. Ce soir je bosse. Et hier soir j'ai vu mon voisin qui se branlait devant sa fenêtre. Mais c'est quoi ce monde de viols à répétition ! Il avait mis une loupiote sur sa teub. Pour faire ombres chinoises.

D'un coup j'ai eu tellement peur, une peur irrationnelle, alors que j'étais totalement protégée. J'ai éteint ma lumière pour qu'il me calcule pas, pour vérifier que je l'accusais pas à tort, qu'il faisait bien ce que je pensais. Et oui, c'était pas dans ma tête, c'était bel et bien ça ! Et puis au bout de quelques minutes, je me suis sentie trop conne dans le noir, à plus pouvoir rallumer. Tu parles, il attendait que ça, ce porc. Il est resté un moment à sa putain d'affaire. Et moi, comme interdite de vivre, à me planquer, en pleine guerre de tranchées, une colère m'est montée contre moi, contre ma gentillesse. Alors j'ai rallumé et j'ai ouvert la fenêtre pour lui gueuler après, mais sa fenêtre était vide, il avait disparu.

Ce soir, réjouissons-nous, il n'est pas là à se branler comme un gland. N'empêche, même à distance, je me suis sentie salie, comme la fois avec Paolo, un autre Italien, on tchattait tranquillement sur Facebook et lui me sort sa bite. Moi j'appelle ça un viol visuel. Alors qu'on parlait même pas de cul ou rien, il l'a sortie, il s'est branlé. J'ai bien vu ce que j'ai vu ? je lui dis. Et lui, oh, ça va, tou es trop compliquée comme meuf !

Je le recroise à Marseille, tu te souviens que tu m'as sorti ton zguègue ? Ah oui, ça t'a pas plou, avec son accent. Excuse-moi, je lui ai dit, mais non ça m'a pas plu. Mais il m'a fait son numéro de charme, et donc on s'est retrouvés chez lui, sauf que j'avais mes règles et qu'il avait un train une heure après. Je lui ai dit, non non. On s'est juste embrassés.

Ce mec, il est sublime. Des meufs, il en a comme il veut.

Mercredi 14

Je viens de rappeler l'enquêteur. C'est pas demain que j'en saurai plus. Il a été naze et froid. Il savait même pas de quoi je parlais, ni qui était Blaise. Il a même cru que je me trompais de commissariat. Le mec qui te met le doute, vous êtes sûre que c'est bien vous au téléphone ? Et puis il m'a lâché comme ça, de toute façon, vous vivez plus ensemble, alors c'est quoi le problème ?

J'ai la boule au ventre. J'en ai marre de tout. Je regarde sur Internet des possibilités de formations artisanales, en Bretagne. Je rêve que je fuis Paris, que je change total de vie. Ce soir, ok, c'est la lune que je vois à travers le rideau. Mais demain, quoi ?

Demain, essayer de me lever. Mais me lever vraiment.

Jeudi 15

Me suis levée tard, ai rejoint Serge à l'atelier. Ai repris une vieille peinture que j'avais laissée de côté, ma *Femme à tête de chou*. Puis posé nue deux heures pour lui, à me les geler.

Ensuite réaménagé le meuble rouge près de l'établi, pour y mettre les magazines, les pinceaux, ainsi que les pigments, qui seront plus à l'abri.

La peinture, c'est comme du yoga. Je me pose, je rentre lentement dans le trait, avec minutie. D'ailleurs c'est tout mon corps, à force de poser pour les autres, qui a voulu que je peigne, que je reprenne le pouvoir. J'avais aucun exemple de famille ou d'ami là-dedans. Et je peins pas pour exposer, pour devenir artiste ou quoi, non, c'est vraiment juste entre moi et moi, rien d'autre. Comme une méditation. Quand je peins j'oublie tout, je suis mon trait, je trace.

Le soir Lulu, que je vois tous les cinq ans, m'a invitée au resto pour un dîner à quatre. On se connaît à peine, et il m'invite comme si je faisais partie de sa vie, alors que c'était l'anniv d'un de ses amis, en petit comité. Il faut que je le revoie bientôt. J'étais avec trois beaux mecs, plus gays les uns que les autres. Toute la soirée, j'ai entendu parler d'amour, et moi, pour faire ma provocante, j'ai parlé que de cul.

Puis j'ai rejoint mes voisins musiciens, dont Joe que j'aime beaucoup, qui me plaît avec ses plus de 100 kilos de timidité, et avant tout je me suis jetée sur une prise pour brancher mon portable, pas le rater si Éric appelle. Mais il était déjà là, il jouait au baby-foot. Ce moniteur de ski de fond, rencontré l'année dernière à Auray en Bretagne, soudain recroisé hier.

On est rentrés chez moi, et je lui ai raconté ma vie et d'autres conneries sans importance. Et lui mignon et vraiment à l'écoute. On s'est à peine touchés alors qu'il est masseur maintenant. Je ne sais pas s'il me plaît en fait. Quatre heures de sommeil et je retourne à l'atelier.

Vendredi 16

Je sens que ça va pas du tout, nécessité de m'installer des protocoles survie.

Ce putain de téléphone aussi, avec Angel et sa nouvelle conquête partout étalée sur Fb, une jeune tatoueuse argentine couverte de grafs, piercée jusqu'à la moelle, peau sombre, cheveux crépus, tout en chair, exactement mon contraire, exprès j'imagine. Quand tu es un 34 comme moi, un petit gab', et que ton mec te largue pour un 42, c'est que t'as raté des mises à jour, et moi comme une conne qui me fais du mal, à me faire défiler les tofs de chez lui avec cette meuf, dans le même lit, avec le même chat que je tripotais la semaine dernière, et ça monte, le venin qui m'envahit, Angel ma vengeance sera terrible, je sens qu'un croco va te bouffer les couilles pendant ton prochain trek.

Suite

J'arrive pas à rester chez moi, donc je décide d'aller faire chier Joce, pour rien, histoire de partager, de le faire chier autant qu'on se fait chier soi-même. Hurler autour de soi, pour tenter de rester en vie. Comme ce clodo l'autre jour, qui a bloqué toute la ligne 2 parce qu'il a shooté dans une bouteille de coca, qu'il a glissé et s'est déchiré le dos sur les rails. Une chute impressionnante, mais moi je sais qu'il a eu raison de shooter dans cette bouteille et se casser la gueule, pour alerter le monde. Maintenant il est à l'hôpital, à se faire dorloter, alors que moi je suis là, à mon comptoir, à attendre de refourguer du poppers à des gamins instables, avec la story d'Angel Camel Trophy au sauna en Égypte, et j'ai envie de brailler, de péter quelques vitres.

Suite

En fait, je le vois comme ça. D'abord c'est un jeune type qui se lève, pour te laisser sa place dans l'autobus. Le lendemain, c'est une vieille, ensuite une femme enceinte, puis un handicapé. À chaque fois que tu montes, les gens se lèvent et te laissent leur place. Et toi tu finis par capter qu'en fait tu es pire qu'eux, que leur place, elle est pour toi, réservée, la place du plus *fragile*. Et le lendemain, c'est tout le bus qui descend dès que tu t'approches de l'arrêt, tellement ils ont de la peine. Et le soir, la RATP a réservé un métro, toute une rame, pour te ramener chez toi. Un wagon spécialement affrété, première classe, avec des couvertures, du champagne, un pack lunch d'un grand chef étoilé pour ton dernier repas.

Et toi tu vois venir les phares.

Samedi 17

J'arrive une heure en retard à l'atelier aquarelle qu'organise Serge cette semaine, puis je rentre dormir et retour au boulot. Je croise René connard qui me dit que je suis la pire vendeuse qu'il a jamais eue. Je suis sûre qu'il exagère. Mais tant pis pour toi, mec. Je le paie cher de travailler ici, et toi pas assez de m'avoir. On est quittes. Gros connard qui écrase les autres et ment à l'arraché. Tu me dégoûtes avec ta petite meuf de vingt-trois ans.

Il me monte de ces angoisses de début de règles. Je passe à côté de ma vie. Ce quartier me plante sur le dark trottoir de la force.

Rentrage chez moi et contente d'y être. Demain, ma dernière chance de me lever et démerder les fucking papiers CAF, vu que je bosse toute la nuit ensuite. Je vais m'extraire putain, mais il est déjà 4 heures du mat. Je vais mettre ce putain de réveil à midi, voilà, je me mens pas, je le mets pas tôt. Je la déteste, cette grosse moule en moi.

Lundi 19

Finalement suis pas allée voir la CAF, mais Internet est avec moi, j'ai enfin reçu le papier, dématérialisé. Pour fêter ça, suis allée boire un verre avec un de ces Stéphane qui me draguent depuis des semaines et me réclament par textos. Ensuite il m'a accompagnée à vélo jusqu'au taf, vu que René connard a accepté de me faire une avance – yahoo, je suis riche, j'ai 100 euros.

Mercredi 21

Au Pig'Hall ce soir, un rasta apparaît devant moi, et j'ai une horrible stupeur d'angoisse, tout mon corps se fige comme une statue de sel, car ce rasta bien sûr me rappelle Blaise, j'ai même cru que c'était lui qui revenait me hanter, mais en fait c'était pas lui du tout, tout juste un ouvrier, le genre crevé, des montagnes de journées chiantes aux cernes. Et c'était clair qu'il avait fumé, ça se voyait, les yeux, les mouvements, il était loin. On commence à discuter, malgré ma répulsion primaire, et à un moment, tout misérable, il me fait, *avant j'emballais toutes les meufs, maintenant j'emballe des cartons*.

J'ai adoré cette phrase, je l'ai notée direct. Mais après j'ai compris, ça m'a fait un déclic, comme si la Mort était venue exprès au sex-shop me délivrer ce message. J'ai pensé à tous les cartons de bites, mis en rayon depuis quatre ans et aussi à cette expression d'appeler les meufs des cageots ou des thons en cagettes. Et j'ai pensé que bientôt on serait des cagettes en carton, peut-être même pas recyclables.

Il y a pas que les riches qui ont droit aux belles gonzesses (la preuve, je couche souvent avec des pauvres), mais en fonction d'où tu en es dans la vie en tant que mâle, il faut être plus ou moins tactique. C'est compliqué d'être pauvre et d'avoir les mêmes fantasmes qu'un riche, avec la meuf qui va avec.

Soudain, je me suis mise à la place de ce rasta, mais aussi à la place de tous les types frustrés qui errent en chien dans le quartier, dans le monde, ces rebeus à deux balles qui draguent à la quantité, et j'ai eu de la peine pour nous tous, hommes et femmes dans la même galère, d'être incapables de faire mieux, incapables d'inventer une société aux sexes vivant en paix.

Jeudi 22

Ce midi je déjeune avec Serge, on est lancés dans une énorme discute sur les techniques de peinture, lui soutient que l'aquarelle peut amener plus de profondeur que l'huile (comment ça ?!), quand tout à coup, dring, coup de fil de l'hôpital, voilà, on a retrouvé votre numéro sur lui, il s'appelle Réda, il est dans le coma, moi, comment ?! Mon Réda ?! Donc direct, je déboule à Cochin.

J'y connais pas grand-chose, mais l'hôpital a l'air d'avoir un super personnel, proche des gens. Peut-être parce que c'est grave quand tu y es. Qu'ils savent qu'il faut faire encore plus attention.

On me dit que son état est stable, et que si ça se résorbe comme ils veulent, ça ira. Je poireaute deux heures, devant la détresse d'une mère pour sa fille, puis enfin j'ai accès à la chambre, et là je sais pas d'un coup ce qui m'habite, mais je me mets à lui parler, comme s'il pouvait m'entendre. Bordel, quel moment de vie ! J'en redescends à peine. Qui était-il, qui j'étais, à ce moment-là ? Tous les deux, on est allés au bout du bout. Parce que j'avais vraiment l'impression qu'il comprenait, qu'il me répondait par la pensée.

Maintenant là je panique à l'idée que son corps cède. Même s'il m'a promis. Je me convaincs qu'il va vivre. Ces deux heures, je lui ai tout lâché, tout ce qui me passait par la tête, Blaise, Angel, la came, mes échecs successifs en tant que comédienne, et puis Mouss, comment j'aurais tellement aimé lui présenter, qu'ils se seraient kiffés, c'est sûr, parce que Mouss, il est génial avec tout le monde, et qu'il comprend la souffrance des autres.

J'ai pleuré, j'ai raconté des conneries, je l'ai massé, je l'ai pris dans mes bras, j'y retourne demain, j'ai envie d'être sûre qu'il m'a entendue.

Et maintenant là, je redescends. Je réalise que j'ai parlé deux heures à quelqu'un qui ne répond pas. Qu'il était là sans y être. Réda, ce grand gaillard, partira pas comme ça. Il va se réveiller, bordel ! Il faut que j'appelle Mouss, qu'il me dise quoi faire.

Je l'ai vu immobile et me suis questionnée sur son passé. Est-ce qu'il en a bavé, lui aussi, avec une meuf ou autre, pour en arriver à boire comme ça ? Je savais même pas qu'il avait plus sa mère et que son père vivait au bled.

Le soir, un ami de Réda m'appelle pour me dire qu'il

m'a vue en salle d'attente. Il m'assure que Réda m'aime beaucoup, et d'autres choses émouvantes.

Je suis déboussolée, c'est trop en une journée. Éric, le mono de ski auvergnat, me branche encore. En fait j'ai pas envie, mais je me dis que ça me fera du bien de sortir.

Ce mec, je le sens pas. Trop de choses sympas dans ce qu'il raconte, mais dans ses actes, je vois juste un mec qui dit ce que je veux entendre. En fait, il mérite pas que j'écrive quoi que ce soit sur lui, après ce que je viens de vivre avec Réda. C'est le genre de mec très flou dans n'importe quel domaine, qui dit tout et son contraire, et qui est dans le déni. Comme je m'ennuie avec lui, comme je préfère la discussion d'un Réda dans le coma à celle d'un Éric-le-mielleux, ce mine-de-rien, qui m'ennuie à me faire le résumé de sa journée. Avec les morts, au moins, tu vas à l'essentiel.

Vendredi 23

Je savais que ça allait pas le faire, mais j'ai quand même dit ok, histoire de changer d'air. On a bu quelques pintes, Éric était de bonne humeur, puis on passe chez moi se faire un bédo, et là bizarrement il se met à me coller, me palper, m'embrasser dans le cou. J'ai rien compris, je me suis sentie prise au piège, j'avais envie qu'il parte. Alors je lui fais, t'es pas un peu trop câlin, là ? Ça me déstabilise ! Et lui, qui se décompose.

On avait pas mal bu, mais c'était pas que ça. Il s'est senti mal de chez mal, rejeté. Alors que c'est une bête de mec, beau, costaud, sportif, sûr de lui avec ses mains de masseur. Il a fondu en larmes, de grosses quintes de pleurs, je comprenais pas ce qui arrivait. Et puis il relève la tête et il me lâche qu'il a été violé il y a bientôt dix ans, quand il était moniteur dans le Jura. Des types l'ont drogué, ramené à l'arrière d'une bagnole. Il s'est réveillé sur le parking d'une boîte, à poil, en sang. Avant d'aller direct se faire recoudre à l'hôpital. L'humiliation totale. Et jusqu'à aujourd'hui il sait pas qui lui a fait ça, combien ils étaient, il se souvient de rien. Le test sida il a flippé, mais c'est surtout qu'il peut pas en parler à ses parents, à personne, je suis la première personne à qui il s'ouvre, même ses meilleurs potes savent rien.

Je l'ai pris dans mes bras, il a pleuré un long moment, puis il m'a demandé, pourquoi tu me rejettes ? Pourquoi tu es si dure ? Pourquoi on est comme ça entre nous, à pas se respecter, à pas vivre dans la tendresse ? Pourquoi on a tous ces rapports de force horribles ? Il disait ça avec une toute petite voix, et j'ai rien répondu, moi aussi je pleurais. Puis il s'est endormi, mais pas moi. Moi j'ai pas pu dormir, comme je m'en voulais sur le coup de l'avoir jugé, comme je l'avais ramené, simplifié à ce qu'il est censé être, un mec qui a envie de niquer, et moi à ce que je suis, une meuf qui a la trouille, qui a le réflexe de mettre de la distance, qui doit se méfier de tous ces mâles qui rôdent, toujours le même scénario de cartoon, avec la fille qui court et le mec en chasse. Alors qu'Éric fait partie je découvre de ces mecs qui savent, qui ont subi le pire, qui ont vécu la violence des hommes, qui ne veulent pas reproduire ça. Est-ce qu'on en finira un jour, de cette corrida ?

Suite

Je retrouve Suze chez elle, vu que son mec est en tournée et qu'elle peut pas rester seule, et là elle me lâche qu'il y a des bruits qui courent dans le quartier sur moi, des trucs hyper mesquins.

Alors que toi tu écoutes tout le monde, elle me fait, que tu es toujours là pour les autres, ça raconte que tu te prostitues avec certains clients. Moi je sais que c'est pas possible, que tu ferais jamais ça, et puis même, je m'en fous, t'es ma pote, que tu poses pour des riches et puis si ça dérape, on est tous entre adultes consentants, mais voilà je voulais te prévenir, je leur ai dit, mais vous êtes dingues, ou quoi ?!

Je l'écoute, mais choquée, bloquée, complètement vide. Ta meilleure pote qui te sort ça. Et je vois qu'elle sait pas quoi penser, que c'est tellement tout vraisemblable, moi la dégun de chez mytho de chez nimp'.

Donc je sais pas quoi répondre, je me sens comme transpercée, je fais, qui c'est qui te raconte des conneries pareilles ?! Vas-y lâche-moi les noms, je vais les défoncer !

Elle me dit que c'est juste des pauvres meufs, genre au Chems', au Chat Noir, où elle a entendu ça, mais c'est pas elles l'embrouille, elles c'est juste des poukaves de base, mais qu'elle sent qu'il y a du Angel là-dessous, son instinct, elle me dit, et le pire, c'est que j'arrive pas à lui faire à 100 % confiance. Qu'est-ce que je peux faire de cette info de merde ?

Suite

Je peux demander à Serge qui les connaît (il a passé une semaine à décorer le bistrot des potes d'Angel) ou demander à Éric. Voilà Pigalle qui me saute à la gueule, qui me pisse dessus. La soi-disant bande d'amis connaissances que t'adores, qui font la teuf et se défoncent avec toi, qui ont des bars, qui sont blindés et qui profitent de ta petite gueule, mais qui te mettent à l'amende quand ça leur plaît.

Angel c'est le seul homme avec qui on avait complètement décidé de faire un enfant. On y était même allés sans capote et tout, c'était parti. Tout ça pour qu'il me ghoste trois semaines après. Et maintenant qu'il me bave dans le dos de la plus basse des manières.

On a été ensemble huit mois en 2015, puis deux mois en 2016, juste après ma précédente agression, il avait eu de la peine, il adore les victimes. Et maintenant il explique à tout le monde que je suis folle borderline. Comment je vais faire confiance aux hommes et à l'humanité, si ça se poursuit comme ça ?

Samedi 24

Une mauvaise rencontre, c'est croiser quelqu'un qui n'existe pas, mais qui se présente.

Une mauvaise rencontre, sans se demander ce que la bonne aurait pu être.

Comment aimer un corps absent ? Détruit, violé à travers ciel ?

On oublie tout
On oublie ça aussi
On oublie tout…

C'est juste un début de slam… j'essaie de parler de ce froid, cette frousse, cette orgie de cris intérieurs. Comme j'aimerais qu'on m'aime, à l'ancienne, c'est ça dont je suis nostalgique. À l'époque où un baiser avait une *vraie valeur*, où une main dans la tienne pouvait être éternelle.

Aujourd'hui la romance vaut 20 centimes d'euro. On crève la dalle sexuelle, à pas pouvoir s'aimer. Les mecs sont modifiés en VRP de leur bite. Si tu rencontres un mec en or, il a jamais d'argent. Ou l'inverse, tout plombé.

Lundi 26

Arrivées à Guerpaix avant-hier, avec Suze qui m'a accompagnée faire Noël chez nous, vu que je pouvais pas la laisser seule pendant les fêtes, ces moments de catastrophe programmés.

Bon, il y a toujours Jean-Michel, mon beau-père, cet amour de Papa Noël, lui ok ce râleur, la France insoumise à fond, mais en même temps joyeux, ouvert, gentil. Comme il aime pas les dindes, il nous a fait un couscous de Noël, avec merguez du pays et de vrais gros bouts d'agneau du voisin, le tout casher bien sûr (le fermier récemment installé est sépharade breton, de troisième génération).

Ces babs, mes parents. Enfin surtout ma mère et mon beau-père, et mon père bab au carré, depuis qu'il est devenu ermite. Mais ma sœur, non. Katell a toujours rejeté ses origines hippies.

Comme on parlait de ça à table, Jean-Mi a expliqué que beatnik venait de *beat*, de la Beat Generation de Kerouac et Ginsberg, mais qu'il fallait pas oublier non plus le *nik* des spoutniks, comme on appelait les communistes à l'époque aux US, en référence aux satellites russes. Donc que pour lui un *beatnik* c'est pas juste un mec qui fume des joints en attendant la fin du monde, un beatnik c'est un communiste qui fait la révolution en écoutant du gros rock dans des trains clandestins, en marge de l'ordre bourgeois. Je lui dis que j'adore le principe, que ça me va tout à fait. Mais ma sœur me regarde et me fait, tu penses vraiment que si on fait tous ça le monde ira mieux ?

Tout est carré chez Katell. Bosser, se battre, avoir de la volonté, peiner, avaler des pilules sans jamais se droguer, avoir mal mais refuser les Doliprane. Comment des prolos baba cool ont fait une pareille guerrière qui dépote tout sur son passage, personne a jamais compris. Certainement en réaction, une puissante crise d'adolescence jamais éteinte.

Je me dis, pourquoi la nature a pas un peu mieux réparti la richesse entre nous deux ? Elle la fille carrée, sûre d'elle. Et moi le boucan, le petit frère chiant qu'on doit toujours recadrer, supporter, le cadet gâté de la famille, le fils que mes parents ont pas eu, surtout mon père qui m'adore, qui aurait voulu tout me montrer, la mécanique, les bateaux, les voitures, toutes ses passions. Ce besoin de fils que j'ai essayé d'incarner pour lui faire plaisir. Je me sentais fils et très fille en même temps, avec cette intuition que j'aurais dû être un garçon. Et puis comme ça j'aurais été le petit frère de ma grande sœur, on aurait pas du tout eu les mêmes rapports. Je suis certaine que si j'avais vraiment été un garçon, elle aurait pris soin de moi, elle aurait pas été si dure, parce qu'on a toutes pitié des hommes, qu'on sait qu'au fond ils sont fragiles, qu'ils font tout le temps semblant à en être ridicules. On les observe depuis le début, eux et leurs inconséquences, celles de nos pères mais aussi celles de nos amants, de nos potes.

Les femmes, elles naissent avec le courage et la ténacité, liés aux nécessités. Moi je suis née en homme avec ce corps de poupée, donc il y a du borderline en moi, de la fragilité puissance mille. Dans l'idéal j'aurais besoin d'un harem, avec trois gros eunuques qui m'attendent à la maison quand je rentre du boulot, une douzaine de cousines juste pour me border, et les chœurs de l'Armée rouge pour me chanter des berceuses.

Katell me dit jamais quand c'est bien, alors que j'attends que ça. J'aurais tellement aimé avoir une vraie grande sœur, qui me prend sur ses genoux, qui me juge pas, qui me montre pas l'exemple, qui me démontre pas clairement à chaque fois que j'essaie de parler que je suis hors sujet, qui aurait été juste conçue pour me réconforter quand je vais mal. Peut-être que c'est pas une sœur qui peut me donner ça aujourd'hui, mais plutôt un homme-poule, poulet-aux-petits-oignons, un dorloteur de princesses, mais discret, qui me laisse faire ma vie quand j'ai besoin, un pouponneur de grandes filles comme moi, qui ont jamais dépassé les six ans d'âge mental.

Noël, suite

Et Suzana qui roule des pelles à ma mère ! Franchement ça me dérange pas, mais je trouve bizarre. Et ma mère qui fait l'étonnée, qui dit à Suze devant moi, je comprends pas qu'elle soit choquée, depuis toute petite je roule des pelles aux copines, elle devrait être habituée. Mais moi ça me fait pas rire, en plus je suis là, *on parle de moi et je suis là*, *à côté d'elles*, et non tu roules pas des pelles à toutes tes copines, *mais c'est quoi ce mauvais délire ?!*

Janveux

ce mois où,

si j'étais léopard,
je mettrais des strings en peau de pute

Lundi 2, dans le train au retour de Guerpaix

Et d'abord me promettre, à court terme, de plus voir cette bande de cons liée à Ange.

D'arrêter le Bistroy et autres bars du genre.

De sortir qu'invitée et de plus accepter personne chez moi le soir.

Cette année, je veux tracer ma route, rencontrer d'autres personnes.

Faire attention à mon cœur. Cardio !

Ne plus appeler mon dealer.

Ne pas dormir plus de huit heures par jour, ou moins de six heures.

Boire beaucoup d'eau, arrêter la cocaïne.

Utiliser l'écriture inclusive pour ce cahier, j'aimerais tellement.

Faire un stage de secourisme, je sais que ça me plaira d'avoir ce savoir-faire.

Écrire tous les jours aux castings, faire du forcing et enfin décrocher les vrais rôles que je mérite !

Acheter une cigarette électronique, pour tenter de diminuer, je me ruine.

Courir régulièrement.

Lire lire lire ! Pourquoi j'adore lire et je prends jamais le temps ?!

Songer à un autre travail alimentaire ! Lutter contre ce foutu syndrome de Stockholm !

Mardi 3

Ça doit être l'effet nouvelle année, et cette semaine de vacances chez ma mère. Hier je rencontre un homme, qui ne se dit pas féministe, mais qui l'est sans le savoir. Comme quoi, il y a pas que nous les conscientisées qui trouvons cette patriarchie immonde. Certains hommes la captent instinctivement l'énorme couille dans le potage. Parce que si on fait gaffe, ça se voit, ça s'entend, et même ça se sent à chaque étage.

Là je suis tentée de commander de la C de Noël, mais je me retiens. Demain j'évite la tête en skaï et le moral qui va avec. On est le 3 janvier, ce serait déconner.

23 h 58

Nous sommes le 3 janvier, et il n'y a pas encore eu de féminicide en France. À moins d'un miracle il y en aura sûrement prochainement. Et je les citerai ici dans ce journal. En 2016, il y en a eu 130. Dans la grande majorité, parce que la femme quittait son conjoint. La plupart avaient porté plainte pour des antécédents violents. Mais pour l'instant il n'y a pas encore eu de femmes assassinées cette année. En 2016, à la même date, il y avait eu Sandra, trente-neuf ans, poignardée dix fois devant l'école de son fils, mais cette année tout va bien, c'est plus calme.

Et le 4 janvier 2016, c'était Catherine, abattue au fusil de chasse.

Mercredi 4

Cette femme qui disait aux infos l'autre matin, en parlant de son mari, *si je l'avais tué la première fois que j'en ai eu envie, je serais déjà sortie de prison.*

Jeudi 5

Ce matin au sex-shop, on reçoit un pot de lubrifiant énorme, genre pot de mayonnaise géant, mais avec écrit DEATH dessus. Je lis les instructions derrière en allemand, mais sans comprendre, comme je parle qu'anglais. Heureusement, un client germaniste m'explique que c'est du lubrifiant animal, pour inséminer des vaches par exemple. Donc un enfer orificiel pour nous, mais pas pour elles, qui ont une plus grosse chatte, et aussi un plus long chemin jusqu'à l'égalité. Quand tu te sers à d'autres fins de produits pour violer du bovin à la main, fist-féconder les vaches, tu dois t'attendre à tout. Si toi tu l'absorbes, tu crèves. Nos clients auraient pu en mourir.

Donc j'ai sauvé des vies. René patron connard m'a dit,

merci Gwenn. J'ai dit, de rien, René, je suis là pour ça, même si pour toi je sers juste à que dalle.

3 h 33

Des fois je crève de jalousie quand je vois des actrices magnifiques dans les rôles énormes qu'elles ont. Je les aime et les envie. Et je sais pas ce que je traîne encore à m'éloigner d'elles, de leurs destins chaque jour.

Je regarde pas mal de films tout de même. Je vois Sarah Forestier et je me dis que si je m'étais pas autant défoncée, si j'avais pas perdu autant de temps avec les mecs, j'aurais pu aller aussi loin.

Je le sais.

J'ai trente-quatre ans, est-ce que c'est trop vieux ? Je me sens ruinée par cet appartement tout nimp. Je suis venue ici, à Paris, pour le cinéma, et j'ai failli l'oublier.

Je vais me bouger le cul, voir moins de monde, voir d'autres mondes, il faut devenir meilleure.

Mais par où commencer ? Et je note aussi là, pour pas oublier, mater *L'Intelligence des arbres*.

Vendredi 6

Il y a eu un féminicide le 3 janvier. Elle avait trente-deux ans et l'assassin était connu pour de nombreux faits de violence envers ses ex. Je suis désolée madame, je ne connais pas encore ton prénom. Mais je suis désolée de ne parler de toi que ce soir. D'ailleurs j'aurais préféré ne jamais parler de toi. Ça me met en rage, voilà. Évidemment que ça arrive, et on l'attendait presque. C'est terrible.

Samedi 7

Aujourd'hui, troisième anniversaire des attentats de *Charlie* et décès de France Gall. Ma chanson préférée, *Attends ou va-t'en*.

Il y a vingt ans pile poil, j'allais sur mes quatorze ans, avec mes copines, pour le jour de la sortie en salle de *Titanic*. C'était vraiment quelque chose. Le lendemain, tout le monde savait que Jack meurt in the END, et moi j'étais contente d'avoir pu voir le film sans connaître la fin.

J'ai déjà dit que j'étais hypermnésique, mais sans que ça m'aide en rien. Le 7 janvier 98, je m'en souviens comme si c'était hier. On était toutes raides dingues du Carpaccio, Leonardo, amore ! On en pouvait plus de lui, ce 7, journée concours de petites culottes mouillées.

Dimanche 8

Deuxième féminicide de l'année. Une femme de quarante-trois ans poignardée au moins vingt fois par son amant. Des témoins ont appelé la police et à leur arrivée il avait pas fini, il mettait les dernières touches de couleur, la lame entrait encore.

L'histoire, c'est qu'il avait une femme officielle. Alors lui, correct, il a voulu mettre un terme à son amante. Mais elle l'a pas accepté, cette grosse pute, cette salope qui gâche les mariages des gens bien. La discussion aurait dégénéré, mais au fond c'est de sa faute à elle. Après, par le plus grand des hasards, lui qui est cadre chez Alcatel, il avait un couteau sur lui. Un type assez DIY. Parfois il vaut mieux venir discuter avec ses outils, avec les connes qu'on se paye aujourd'hui.

Et là je trouve d'autres précisions. En fait, ils se sont donné rendez-vous dans un bois pour parler. Sous un chêne ils ont eu un rapport sexuel, dit *consenti*. Parce que vous comprenez, il a craqué, explique-t-il. Quand il l'a vue sous un arbre, il a juste eu envie de la baiser. Mais après, les couilles vides, il s'est senti perdu, peut-être aussi un peu déprimé.

Moi je peux dire qu'aucun homme m'a jamais protégée. En général, et en situation dangereuse. Quelle bande de merdes je me suis tapée. Collabites, bitards, glandoches, prépucettes. Un vrai ramassis de moineaux.

Lundi 9

Cette semaine, descendue voir Mouss chez lui, vers Sète. Moustapha, depuis qu'on s'est connus, moi dix-huit ans, lui vingt-huit, on s'est jamais perdus de vue. Mais là ça faisait un petit moment, depuis son passage à Paname de septembre. Quatre mois qu'on se donnait plus de nouvelles.

De toute façon René connard m'a forcée à poser des congés, vu que les ventes sont nulles après les fêtes. Ce qu'il sait pas, ce porc, c'est que maintenant j'ai la carte IDTGV Max. Quarante destinations. Je vais où je veux si je veux. Et autant que je veux. Pour 65 euros par mois, le train à volonté. C'est ça la liberté, René, pas tes montres Sarkozy en latex.

Avec Mouss, on se retrouve comme d'hab au Levantin, chez Deniz, une grande et belle Turque, la cinquantaine, les cheveux épais comme Dalida, et ses bracelets en or. La terrasse de ce vieux café-resto donne direct sur la plage immense, la mer a l'air tranquille dans le soleil du matin, à peine réveillée, un petit vent de nulle part.

À l'intérieur, une grande cheminée-gril, même l'été. Un concept spécial, qui marche à bloc. Pour l'entrée, le cuistot crame du camembert ou du fromage de chèvre sur du pain de mie, avec un peu de thym et de miel. Ensuite en fonction, des saucisses, des légumes, des poulets, des champis. Tout le monde adore venir manger là. En plus il y a de l'herbe au sol, fausse, mais très bien imitée. On se croirait au Stade de France. Et sur les murs c'est tapissé de vieilles photos de stars de cinéma, Greta Garbo, Marilyn, jusque dans les chiottes, avec aussi des stars françaises comme Jeanne Moreau, Michèle Morgan, surtout des femmes. L'ancien proprio, un Libanais de Tyr, adorait le cinéma, et Deniz a conservé la déco dans son jus.

Quand on était ensemble avec Mouss, les gens croyaient qu'on était DJ, tellement on était beaux. Les gens nous admiraient de loin. On dansait, on discutait avec tout le monde.

J'avais pris mon premier ecsta sur une plage, un dauphin bleu à Fos-sur-Mer. Avec Lylia, bien sûr. Le week-end d'après on en reprend et on va à la Nytro, une boîte techno à Montpellier, et là vraiment on se régale, au point qu'à 5 heures, on décide de poursuivre en after.

Moi, pleine forme, dix-huit piges, blonde platine, piercings tout bien, j'arrive là-bas, un spot de ouf, des mecs qui se galochent, trente-cinq kilos de son. Sète, Montpellier, ces coins, quand tu commences la drogue, c'est de la boulette, tout est génial. En plus, tu sais même pas ce que c'est qu'une redescente, tu t'en fous. La drogue, c'est au début qu'il faut en profiter.

Là je roule une grosse pelle à une meuf que j'avais prise pour un mec, tellement j'étais happy, et d'un coup je vois Mouss entre deux têtes, qui me sourit. At first sight, ou presque. On danse ensemble, mais moi à l'époque je savais pas ce que c'était l'amour, je le cherchais pas. On s'embrasse et comment tu t'appelles. Il me dit, Mouss, et moi je comprends Maurice. Puis il me montre son téléphone, qui avait un autocollant en forme de soleil. Je dis, ok, super, Maurice, ton bel autocollant, je trouve ça trop mignon. En fait il cherchait à me taxer mon numéro, j'avais même pas capté.

Sur ce, Lylia qui me dit, on se casse, et Maurice, lui, qui me dit, mais ça va pas, attends ! D'abord t'es d'où ? Là je lui avoue que je suis d'Istres. Et là, truc de ouf du destin, justement, il me dit, le week-end suivant, il y a grosse teuf à Istres, et je compte bien m'y rendre. Là je lui dis, ça m'étonnerait, je viens de vivre dix-huit ans à Istres, et normalement c'est impossible qu'il se passe quelque chose. Mais il me montre le flyer, et là oui je découvre que bizarrement il y a bien une soirée techno, organisée aux jardins de Suloz. Et Maurice qui me fait, donc écoute, moi, j'y vais, toi tu fais ce que tu veux. Et moi, mais c'est bien, ça, Maurice, que tu sortes t'amuser. Ça va te faire du bien. Et en fait là, quand même, il me lâche son numéro.

En vrai moi sur le coup je m'en battais la tavelle de lui. C'était juste un mec à qui je roulais une pelle. La semaine suivante donc, teuf à Istres, la première depuis l'invention de la roue, donc obligé d'y aller. Avec Lylia et un mec d'ailleurs qui s'est pendu depuis.

Je me souviens j'avais pris juste un quart d'ecstasy, et j'étais en folie. Mouss m'a retrouvée dans la foule, il m'a dit, viens ! Mais moi je vivais chez ma mère, j'avais pas encore ce truc de liberté de dire, oui, allons niquer n'importe où dans un pré, sur le dos d'une jument. Donc je l'ai pas suivi. J'avais que dix-huit ans, je faisais quarante-trois kilos, pour moi c'était une histoire de dope. T'as pas honte, t'as pas de couilles, je lui ai dit, total en vrac de la vodka orange. Ils ont pas de couilles à Sète.

Et là je me souviens aussi très bien, hop, je pars dans les champs, je cours. Quand je pars, moi je pars. On me retrouve pas normalement, je suis hyper humaine. Mais Mouss a rien lâché, il m'a couru après deux heures, il m'a retrouvée, il s'est posé avec moi dans un champ de patates. Courir deux heures, ça m'a fait dessaouler, et on a fait un gratin tellement on a parlé, enfin tellement il m'a écoutée ce soir-là. Je crois qu'il avait plus d'oreilles après, elles ont repoussé que la semaine suivante.

Week-end suivant cette fois je l'ai rejoint chez lui, on est restés une semaine emboîtés, total fous amoureux. On sortait tous les soirs narguer le monde avec notre bonheur, à La Villa Rouge, au Bar Live. On vivait sur les toits de Sète, raides dingues en un éclair, comme une baston de manga.

Il me croyait pas que j'avais dix-huit ans. Lui avec ses dix de plus, c'était pas un souci, on parlait vachement bien. Il roulait des pétards à outrance, alors qu'à dix-huit ans, tu peux pas te permettre vu que t'as pas une thune. Donc c'était cool, tout allait bien. Comme il y avait pas Internet à l'époque, on regardait des cassettes vidéo. Lui travaillait la journée, je me prenais un quart ou un demi-taz en l'attendant, comme il en avait plein, mais lui voulait me préserver de ça. Je réclamais et lui non, pas tant, mais ça y allait quand même très love.

Mardi 10

Avec la carte IDTGV Max, je vais où je veux. Comme une star. Me casser de cette ambiance parisienne visqueuse, avec mon Blaise en toile de fond tragique.

J'ai pris toute la Bretagne bien sûr, et puis Sète, Biarritz, Perpignan, Montpellier, Toulouse, Marseille, Nîmes, Avignon. Mais rien dans l'Est, ça m'attire pas ce côté. Et puis je connais personne.

Avec IDTGV Max, je m'organise des séances de casting un peu partout en France. Quelquefois, par hasard, je croise Muriel Robin. Malheureusement, je suis jamais retenue, vu que j'habite Paris. Pourtant je leur explique cette fameuse carte de train, mais eux veulent pas comprendre, ils trouvent que c'est grave si j'habite pas Nantes ou Brive, que ça complique tout, alors qu'ils devraient être fiers d'avoir une Parisienne comme moi, par exemple à Poitiers, qui s'intéresse à eux.

Pas grave, je me prépare en attendant, je me projette sur des tournées en province, quand j'aurai mon spectacle ou ma série télé, qu'on ira jouer partout. Et l'équipe sera là, ah ouais, tu connais déjà Bègles ?! Et la vieille ville de Tours ! Et les remparts d'Autun ! Et moi, ben oui les gars, il faut sortir un peu, la France, c'est pas juste Bastille-République !

Même pour rien des fois je prends le train, pour aller nulle part, juste pour m'évader. Je vais à Quimper par exemple. J'arrive à Quimper, je suis là, ok, non, peut-être pas quand même. Allons à Brest alors. Mais vite fait.

Ensuite je rentre, les potes sont là, t'étais où ? Je leur réponds, et eux, quoi, Brest ? Je connaissais même pas le nom ! C'est bien Brest comme ville ? Et moi, vous rigolez ? Vous voulez dire quoi ? Les monuments à Brest ? L'expo au Quartz ? Le musée des Nœuds marins ? Bien sûr que c'est super, Brest.

Parce que en vrai ça ouvre l'esprit de voir des trucs chiants. Si tu fais que ce qui te plaît, tu découvres jamais rien. Tu passes ton temps à stagner dans ce que tu connais, la belle vie parisienne, à fumer du crack à Stalingrad. La tour Tanguy de Brest, flâner quartier de la Recouvrance, se balader sur la promenade avec le monument aux morts américain en forme de minaret, c'est ça les plaisirs de la vie. On peut pas que rester à se camer sur le canal de l'Ourcq.

Suite

Ensuite tu rentres à Paris, et là ça se ressent de suite, juste aux escalators. Déjà ils sont plus rapides qu'en province. Et les types, gare Montparnasse, qui te bousculent, puis se mettent à gueuler, hé Bécassine, bouge ton cul, on est plus au village ! Alors que tu t'es mise bien à droite sur l'escalator, avec ta valise à roulettes, le plus à droite possible, limite à l'extrême droite, car tu sais ce qui t'attend, que c'est fini de rire, t'es en ville, si tu déconnes, pas de pitié, tu vas te faire défoncer, ton épaule elle est morte.

Par exemple à Marseille, personne est encore au courant de cette règle de bien tenir sa droite dans les escalators. Les gens se calent n'importe comment, on dirait un Tétris de joueurs nuls. Un Parisien les voit, il a envie de tout réagencer, de leur apprendre la droite, à laisser passer le flux. Mais il y a pas de concept de flux à Marseille, personne bouge trop, ça a pas l'air de les inquiéter de pas pouvoir gagner du temps en marchant comme des dingues.

Ils se tiennent contents, l'un à gauche, avec ses deux gros sacs du bled, l'autre à droite, l'autre un couple en plein milieu, avec trois valises de croquettes. Ils savent pas qu'il y a un arrière et un après, que des choses se trament dans leur dos. Des innocents idéalistes, qui adorent l'escalator et s'éclatent à descendre par la bouche du métro, comme si c'était une attraction et qu'ils avaient payé leur place.

Certains, normal, débarquent des Grandes Comores, ils ont pas tous les codes. Mais les autres se sont juste adaptés, ils se sont mis au rythme. Comment ça, il y aurait une droite ou une gauche, alors qu'on va au même endroit ? Comment ça, il y en a qui se pressent ! Oh je vais pas m'emmerder à marcher, à monter descendre des escaliers, alors que c'est exprès qu'ils ont créé une machine pour le faire à ma place ! Ce serait un manque de respect pour l'ingénieur qui a conçu l'engin. Tu respectes l'effort du mec, tu lui montres que tu apprécies. Si je marche, le pauvre, il va mal le prendre, il va sortir de sa piscine de millionnaire, depuis qu'il palpe le brevet, il va venir nous voir, vous croyez que j'ai inventé l'escalator pour que vous l'utilisiez comme un simple escalier ?! Moi je vous crache au visage ? J'insulte votre famille ? Alors restez courtois, prenez le temps, essayez de vous détendre, qu'on s'en sorte vivants !

Mercredi 11

Chaque dimanche, je lui faisais la crise du dimanche. Il me ramenait à la gare, au train de 16 h 44. C'était la déchirure.

Je pleurais toutes mes larmes. Il fallait me pshitter comme les plantes, pour me réhydrater après un week-end de taz et de speed à gogo. Je voulais pas quitter Mouss. J'étais à fond sur lui.

Encore maintenant il est trop beau, mais avant c'était pire. Avec sa gueule de méchant qui est en fait gentil, de loubard qui l'est pas, c'est-à-dire l'homme idéal pour moi. Et ses yeux bleus de ouf. Bon, moi j'avais dix-huit ans et lui vingt-huit, c'était un peu too much les produits, surtout que comme j'étais trop mûre pour mon âge, il faisait pas gaffe à la différence, il me faisait que des quarts au début, mais si tu prends deux quarts, puis un quart un quart un quart, ça fait trois bus entiers à la fin du week-end, je pleurais j'étais mal, je voulais pas retourner me galérer dans ma vie ordinaire.

On fumait un dernier joint, pour redescendre un peu. Et chaque dimanche, à 16 h 44, j'avais mon train pour Istres. Chaque dimanche je pleurais. Ok, les premiers dimanches, je veux bien, mais ça pendant un an.

J'étais dépendante de lui, toute la semaine j'étais mal, j'attendais qu'une chose, c'était d'être le week-end pour le retrouver. J'étais accro à ce mec. Je le quittais tout le temps, pour voir son degré d'attachement, puis un jour il m'a vraiment quittée, parce qu'il en a eu marre. Alors depuis, on joue la comédie, qu'on est frangin frangine, mais il est encore là, et on s'aime toujours.

Dimanche 15

Après notre énième séparation, Mouss m'appelait encore tous les jours. Et moi, pour tout bien faire foirer comme d'habitude, j'avais déjà un autre copain. Il l'a très mal vécu, mais on a jamais coupé les ponts. Et quinze ans plus tard, c'est-à-dire en mai dernier, on a tenté de se remettre ensemble. Mais c'est un mec dans le déni, qui a eu une enfance de merde mais qui veut rien montrer, qui joue le mec heureux.

Mouss il a été battu toute son enfance, près de Bordeaux. Ses parents étaient à fond dans la religion musulmane. Ils ont tourné le dos à une de leurs filles parce qu'elle s'est mise avec un Français, qu'elle a eu trois enfants. Elle a été malade, et sur son lit de mort, à l'hôpital, ils sont même pas allés la voir.

Mouss lui est contre toutes les religions. Il est parti de chez lui à dix-huit ans, avec son sac à dos et une meuf plus vieille, et maintenant il a réussi, il est devenu régisseur général dans le spectacle pour de grosses structures. Tout seul et sans diplôme. Il a galéré, je me souviens chez lui l'électricité coupée, on avait qu'un poste à cassette, par contre il travaillait comme un enculé, soixante heures par semaine. C'est une autodiscipline qu'il s'est créé. Moi ma vaisselle, c'est ma mère qui me l'a donnée. Lui, rien. Ses parents savent même pas ce qu'il fait, ils s'en foutent. Comme il a rejeté la religion musulmane, ils veulent pas entendre parler de lui. Par contre il a un frère, presque tout le temps en prison, un cassoce de première dont Mouss s'occupe comme il peut. Lui, excellent musulman même s'il braque des PMU pour des histoires de came, ses parents l'aiment encore.

Quand il est revenu me voir, en mai dernier, je me suis dit que moi aussi je l'aimais, que Mouss a tout pour lui, féministe, gentil, beau, en plus le côté artistique et bosseur. Mais trop dans le déni, et aucune mise à jour.

Il m'a dit qu'il m'aimait, que j'étais sa plus belle histoire d'amour, alors qu'en fait dans sa tête c'était, elle est jeune, je veux des enfants, elle est parfaite, ce sera tout nickel, enfin j'aurai ça de réglé. Et puis j'avoue, sexuellement, il y avait pas la fougue. Après je me suis rendue mal, pendant trois mois, à pas savoir quoi lui dire. Mais au final, il l'a assez bien pris. Mouss c'est quelqu'un d'essentiel dans ma vie.

Lundi 16

Les hommes, vous êtes vraiment des lâches. Maintenant je peux l'affirmer, j'ai les mots. Mais c'est récent, ça fait juste deux ans que je me déconstruis. Que je me laisse pousser les poils sous les bras, et qui m'aime me suive. À l'odeur, que ça te plaise ou non.

Ce soir de retour à Pigalle au comptoir du Chems, le type me sortait tellement de conneries, que ça me ruisselait comme si j'avais de sa bave dans l'oreille. Mais va te laver la bouche, je lui balance comme ça. On se boit un digeo, et après on s'encule ?! C'est ça pour toi, une relation ?!

À dix-huit ans, j'étais révoltée pareil, mais j'avais pas les mots, j'osais pas. La déconstruction, c'est pas juste dans les yeux. Le féminisme, ça s'apprend par la bouche, par le vagin, par les cheveux, par tous les pores de la peau. Tellement on se fait patriarcher, depuis le Néandertal. L'injustice, il faut la défoncer. Comme la pilule bleue, la pilule rouge, dans *Matrix*. Tu fais le choix, moi j'ai pris le révélateur, parfois j'aurais aimé avoir pris l'autre, me faire patriarcher tranquille, continuer le déni, mais impossible de revenir en arrière, je me suis fait exciser les œillères, tout va bientôt exploser les petits gars, mes ovaires sont en pierre, mes ovaires sont précieux !

Mardi 17

Pour Mouss le plus gros problème à l'époque entre nous, c'était la différence d'âge. Les dix ans de plus qu'il vivait mal devant ses potes.

Un jour on est allés chez mes parents, enfin chez ma mère, Bernadette, et mon beau-père, Jean-Michel. Ils ont été adorables avec lui, et lui était tout bouleversé. En plus un Arabe à la maison. Mais eux, pas de problème, c'est des babs, tu comprends, ils aiment n'importe quelle race, tant que t'es bab, ça passe.

On baisait comme des oufs à l'époque, dans ma chambre d'ado, au milieu des peluches. C'était le plaisir du mouvement perpétuel avec Mouss. On s'ennuyait jamais, on vivait comme des stars, et en plus on en était, les gens nous avaient trop repérés, ils nous trouvaient trop beaux, clinquants, on faisait partager notre fureur d'amour fou, ils étaient tous à baver pour avoir une seconde de nos vies.

4 h 02

Je viens de me taper tous les lourdauds de Pigalle. Pas vu le temps passer, grâce à eux. Mais purée que c'était long.

Ils ont fait que demander des choses que j'avais pas, de la peinture, des lentilles de couleur.

Je boucle ma caisse, et sur le boulevard, que des Uber inattrapables, alors je marche jusqu'à Magenta. Et là bim, accident, un bruit sec. Le type a foncé sur une voiture garée. Et ensuite une épaisse fumée blanche, des conscrits complètement torchés, qui font mumuse avec un extincteur. Je me suis mise à marcher vite, en évitant les remarques et propos dégueulasses. Finalement décidée à pas rejoindre Éric, depuis ses grosses révélations on arrive plus à se parler, je crois qu'il a honte de mon regard sur lui.

De toute façon, je pense trop à Mouss en ce moment pour être avec quelqu'un. Si j'avais suivi Mouss, je bosserais plus au Pig'Hall comme une esclave fragile. Maintenant je serais énarque, et je dirigerais une énorme boîte de prod, sur Montpeul, à concevoir des shows dans l'événementiel, et on passerait nos week-ends à Barcelone.

Je me raconte tout ça, et je l'écris pour me rendre compte à quel point je fais fausse route, dans tous les sens possibles.

Jeudi 19

Bonsoir madame, je suis passé une fois vous voir et vos yeux m'ont transpercé. Je voulais vous dire que… Là je lui coupe la parole, c'est bon j'ai déjà quelqu'un.

Ah.

Donc avant de parler, on se renseigne.

Et lui, mais vous êtes fidèle ?

Moi, c'est pas la question.

Lui, parce que je cherche à vendre mon corps. Vous connaîtriez pas des acheteuses ?

Moi, c'est un produit commun, on vous souhaite bonne chance.

Lui, comprenez que je fais cette démarche parce que je suis fâché avec mon banquier.

Et moi, toutes les femmes tapinent pas pour se payer une baguette.

Et enfin il se tire. Un type de vingt-cinq, vingt-six ans. Putain, mais pourquoi je suis pas gouine ?! J'en peux plus de ces crevards. Les jeunes en particulier, avec leurs airs sûrs d'eux, genre pauvre vieille, je te fais une grosse fleur même juste de te parler.

Parfois on dit que les mecs sont cons et les filles sympas. Mais il s'avère que oui. On était en soirée hier, avec Joce et Suze, et toutes les meufs étaient ultra cool et les mecs des gros cons, mais en vraiment abusé. Et Joce qui me sort après, je repense à ce que t'as dit, mais c'est vrai, il y avait que des djobis hier, alors que les nanas, que de la qualité, de la petite bourge en Kooples. Le problème c'est que celles-là elles adorent les pervers narcissiques, pas les mecs bien comme moi. Considération profonde pour un Joce, qui m'a fait penser à la dernière blague de Suze : quel est le point commun entre un homme et un trampoline ? Tu t'envoies en l'air cinq minutes, et après ça prend toute la place pour rien. Joce c'est exactement ça, mais sans les cinq minutes.

Je devais retrouver mon tout nouvel amoureux (Tinder), vingt-deux ans. Dès le départ ce que je voulais, c'était juste de l'amitié ++, et de la sincérité. En plus tout beau tout frais, avec ses petites bouclettes, et pas mauvais au pieu, pour une première fois. Mais qu'il vienne pas du tout, je m'y attendais pas.

Le féminisme, c'est qu'on les aime, les hommes. On veut l'égalité, pas la vengeance. Sinon on vous exterminerait tous.

Déjà hier, il me répondait vaguement, avec des textos les plus courts possibles, *mdr. onsretrve où, mé pa poss ?* qui voulaient dire, si je te fais des sms trop longs, tu vas croire que je t'aime et tu vas t'accrocher, je les connais, les vieilles qui ont la dalle, donc vu que j'ai qu'une vie, et trop de textos en retard à copier-coller à toutes mes bitchs, je t'écris juste de la merde (mdr), c'est le mieux que je peux faire, ok, tu devrais déjà être contente que je te réponde.

Et maintenant il me ghoste. J'en reviens pas. Je vais le détruire ce minet. À coups de barre de fer. On devrait jamais agir autrement avec des cas pareils. Je pensais pas déranger mes potes corses, mais peut-être qu'il le mérite, parce qu'il m'a trop vexée là, il va falloir qu'il paye. On baisait tranquillement, tu me mets du PNL ! Après comment tu veux que je te pète pas les deux jambes ?

Vendredi 20

Sur les sites de rencontres tu trouves quoi, aujourd'hui ? Des Thierry qui te proposent des rendez-vous à 23 heures, parce que avant ils ont sport.

Ils s'affichent tous *partageurs*, *libertins*, mais quand tu les rencontres, ils t'expliquent qu'ils vivent en couple, et que Tinder ils y sont pour un projet théâtre.

Dimanche 22

Hier soir, je vais pécho du shit pas loin de chez moi, comme d'hab. J'ai un billet de 5 euros et des pièces pour faire 10. Mais petit dealer, il aime pas la monnaie. Il veut que des billets. Il se fait appeler Prince, il se la racle avec ses gourmettes, il dit qu'il a la meilleure coke de Paris, tu parles. Alors je lui dis que je repasse demain. Et là, il me fait, demain ce sera gratuit. Je lui demande pourquoi. Comme je viens souvent, je me dis qu'il veut me fidéliser. Mais énorme fourvoiement, il rajoute un clin d'œil, tu m'invites chez toi, et là ça devient cadeau. D'un coup, c'est devenu clair, sur mon drap blanc et pur. Tout se suce, même l'esprit.

Si tu fais pas souffrir un homme, il va te prendre pour un bout de viande. Si tu veux juste baiser, baise. Si tu es très attirée, qu'il t'intéresse vraiment, fais-le bien galérer avant de coucher avec. Le plus longtemps que tu tiens. Voilà ce que je dois bien conseiller à mon âme perdue. Le problème c'est que jusqu'à présent, si je veux aller plus loin avec un mec, c'est que je me le suis déjà tapé. Bref, je veux de l'amour, et je baise. Voilà. Mouss c'est l'inverse, il dit que maintenant il pourrait jamais baiser quelqu'un dont il est pas amoureux. Ce qui rend fou pareil, dans l'autre sens.

Mardi 24

Ce que tu tiens là, je lui explique, c'est un gode pour femme. Mais toi du coup t'as déjà une bite.

Il me dit, oui… mais pas toujours.

Comment ça ?

Et là il laisse un blanc.

Bon. En tout cas, je lui dis, il vibre à différentes vitesses, et je le recommande pour deux choses par rapport aux autres, d'abord il est pas casse-gueule, et surtout la ceinture brûle pas. C'est le gode-ceinture le plus abouti, vraiment stable et bien pro. Et lui, ah d'accord.

Je le connaissais déjà, ce client, et j'ai senti qu'il souhaitait se confier. Après l'encaissement, on aurait dit qu'il réalisait un truc. Il me dit, tu sais j'ai cinquante-neuf ans, et depuis un an je découvre que j'aime me travestir. Là je vais aller voir mon amie, elle va me maquiller, et de la tête au cou. Personne me reconnaîtra et je serai heureux.

Mercredi 25

Je viens de finir le journal de Calamity Jane. La meuf, avec tous ces lourdauds autour d'elle, elle en avait une sacrée paire.

Le fait que très peu de mecs ont conscience des inégalités qu'on vit me rend dingue, voire frappadingue.

Bertrand Cantat, c'est un manipulateur, un pervers narcissique. Sa femme Christina, elle a été manipulée. Quand il a tué Marie, elle a soutenu son homme, à la télé, comme une bonne petite manipulée. Quand il est revenu de prison, il s'est remis avec et puis elle s'est pendue. Il y a un enregistrement, elle appelle ses parents, s'il m'arrive un truc, c'est lui, j'ai peur, je flippe !

En 2014, j'étais sur un tournage, pour une figu, avec

Cluzet. Marie avait un enfant de lui. Moi je me verrais bien avec Cluzet. Je l'adore, il est trop mignon. Je sais pas pourquoi, je me vois bien en vacances avec lui, dans un sauna en Finlande. Et Polanski, cette merde aussi, celui-là. Il a jamais été jugé, mais nous on oublie pas.

Suite

Quand je dis Polanski, je pense à Pôle emploi, et c'est pas agréable. Voilà ce qu'il est devenu, voilà ce qu'il nous évoque maintenant, ce vieux prédateur.

J'y étais hier à Pôle emploi, d'ailleurs il neigeait. Le conseiller me dit, mais madame, ne comptez pas que sur nous pour vous trouver du travail. Et moi, vous inquiétez pas, je pensais même pas compter sur vous, l'idée m'avait pas effleurée. À part me mettre des bâtons dans les roues, me faire lever quand il neige, je vois pas ce que je fous là.

Après ça, je lui dis, écoutez, moi je suis comédienne, et je voudrais être inscrite à l'ANPE Spectacle. Il me dit, ah, mais non. Pourquoi non ? Mais mademoiselle, parce que vous êtes pas intermittente. Oui c'est vrai, mais monsieur, si je suis pas au Pôle emploi Spectacle, si on m'inscrit au Pôle emploi Tractopelle, je pourrai jamais le devenir, non ? Vous comprenez ma logique ? Comment est-ce que vous, vous allez me trouver des rôles clés dans des films, alors que vous allez me proposer que des jobs de larbin de fast-food ?

Il me dit, mais madame, vous savez, vous faites pas d'illusions, ça marche vachement par réseau ce truc de comédienne, à Pôle emploi on a pas ce réseau. Ah bon ? Ben mince alors. Moi qui croyais rencontrer Mickey Rourke ce matin. Regardez bien comme je suis dépitée.

Jeudi 26

Il y a ce phénomène aujourd'hui des *gentils gars*, ces *nice guys*, mais qui le sont en fait pas du tout. Ils t'écoutent parler, font les compréhensifs en mode conseillers d'insertion, mais quand tu leur dis non, pas kèn ce soir, chico, moi pas vouloir, ils vrillent d'un coup, parfois pire que les vrais enculés déclarés, ou alors ils se mettent à te supplier, juste une fois, cette nuit, après pas obligés de se revoir.

À force d'être à l'affût de l'âme sœur, j'en croise de ces minets justement pas de gouttière, et pour moi c'est encore pire que les bad boys enculés prévisibles. Ils minaudent, par petites touches calculées, leur manège huilé sale. Ils restent toujours humains, aucun haussement de ton, aucun gros mot, tu te fais chier tout du long, mais surtout éviter le conflit, trop ringard la violence, ils respectent trop la femme comme concept. Et toi tu es démunie, comme face à un punching-ball vide, impossible à frapper, qui se dérobe, sans aucune résistance, tu peux même pas l'envoyer manger ses morts. Deux soirées à picoler de l'happy hour, ils font croire qu'ils s'intéressent à Fassbinder, mais leurs cerveaux reptiliens, censément nouvelle génération, moulinent que dans un sens : est-ce que je vais pécho ce soir ? Est-ce qu'elle sera pas trop dégueu ?

Vendredi 27

L'écriture inclusive semble moche à certains. Mais, comme la femme, elle existe, et elle est pas là pour faire beau. Donc moi je suis pour, je vois pas le problème. J'en ai marre qu'on nous discrédite, vous êtes des folles, vos petits combats, j'ai pas honte d'être féministe, mais sur dix personnes il y en a encore sept qui se foutent de ta gueule.

Ma première manif, j'avais huit ans, c'était contre la guerre du Golfe. La seule manif qui a marché. Mes parents adoraient les manifs, c'était des ouvriers de l'époque, avec cette tradition d'être ensemble dans la rue et griller des merguez en brûlant des pneus.

Mon premier regroupement féministe, ça a été pour Jacqueline Sauvage, un rassemblement à la tour Eiffel, au Trocadéro. C'est un peu grâce à nous si elle est sortie. Après j'ai fait le harcèlement de rue, maintenant Balance ton porc, et le hashtag que j'adore, des *Tagueurs Fumeurs de Hasch Féministes. Les #TFHF.*

Proportionnellement, les femmes souffrent plus que les hommes. C'est comme ça depuis l'enfance. Quand t'as douze ans et que tu te fais traiter de pute parce que juste tu portes une jupe, et par des copines à toi, tu te demandes ce qui se passe. Alors on te parle de viol, de prédations possibles, et toi tu comprends pas.

Au collège, je me rasais les jambes. Avoir des poils, c'était tellement mal vu, je savais que j'allais me faire taper. Avoir des poils, c'était comme pas porter de marques, être une grosse merde en gros. Avoir des poils et pas de marques, tu pouvais tout de suite te faire seppuku, ça te gagnerait du temps.

Je me souviens un jour, je m'étais rasé les jambes et je m'étais coupée. Pour masquer les entailles, j'avais mis du fond de teint. Une fille a remarqué les traces bizarres, et tout le monde s'est foutu de ma gueule, ça a fait le tour du lycée, la fille qui se maquille les jambes.

T'as tes règles, c'est sale et t'as honte. À douze ans, tu peux avoir un gosse, t'as le ventre qui se tord, et le pote de ton oncle essaye de t'embrasser. Et dans le même temps, les garçons apprennent à pas pleurer. C'est horrible aussi, le virilisme.

Dimanche 29

Je viens de comprendre que Prince, mon dealer, est amoureux de moi. Ça me fait trop bizarre. Maintenant tout s'explique. J'ai dû lui faire mal du coup, avec mes réactions dures. Il arrêtait pas de dire que je suis belle, mais j'étais pas dans les bonnes vibes nécessaires à l'acceptation de cette parole. C'est rabaissant, en fait, ces *t'es belle.*

Là il m'écrit par texto, *j'ai pas voulu te perdre alors je me suis contenté de ce que tu me donnes de toi.* Trop chou pour un dealer, ce texto de gros chaton. *Trop vnr d'être rentré hier.*

Prince, il est de Sainte-Lucie, dans les Caraïbes. Toute sa famille est tox, et lui veut être fleuriste. Pour l'instant il travaille pour une grosse boîte florale, avec laquelle il fait la Fashion Week et d'autres events du style. Lui toujours sapé chic, veste en cuir, jean de marque, un caillera chic rencontré par hasard cet hiver sur le bord du RER. Je rentrais de

Bretagne, excuse-moi, il me fait, t'as pas une feuille longue, pour rouler ? En échange il m'explique qu'il peut avoir de la coke si je veux, qu'il m'en offre. Deux mois après j'avais toujours rien, mais au final il a tenu parole, je l'ai eu mon petit gramme, et pas dégueu en plus.

Au début j'avais peur de lui, je le craignais, avec son style de Blaise, alors que j'avais tout faux, il était juste amoureux, et moi de la merde dans les yeux. Un jour il me fait deux grammes à crédit pour des copains, et là il me prend dans ses bras. J'aimerais tellement t'avoir, il me dit. Et moi, du tac au tac, personne me prend, je suis pas un objet. Alors il m'a restituée, sans rien dire, les yeux bien bas par terre.

À vingt-huit ans, il a déjà deux gosses, et il est depuis douze ans avec la même nana, une Africaine. Un type tout doux, tout fin, sec et musclé comme j'aime. Pour l'instant entre nous, même pas une demi-pelle, et ça restera ainsi.

Lundi 30

Elle est entrée avec son corset mal mis, gracieuse, sincère. Je lui ai ajusté. En se regardant dans le miroir, elle me dit, tu trouves pas qu'elle est belle ma transfo ?

Ça fait combien de temps ? je demande. Elle me dit, sept mois. Et là, je réalise qu'on se connaît. Ah, mais bon Dieu, Richard !! Mon prof de philo d'amour, avec qui j'adore discuter ! Depuis le temps qu'on te voyait plus ! Incroyable, ça y est tu as passé le cap, tu es devenu la femme que tu voulais ! Je suis trop heureuse pour toi !

Je le regarde, je le détaille. Devant le fait accompli, j'ai quand même du mal à admettre. Mais si, il l'a fait, maintenant Richard c'est Tara. Et ta copine islando-kabyle, qu'est-ce qu'elle devient ? Richard-Tara sait pas, me dit qu'on dit qu'elle vit aujourd'hui en province.

Comme le sex-shop est vide, on a le temps de papoter. Tara me raconte son androcure, tellement lourde et dure à vivre comme traitement. Androcure, d'*andros*, l'homme, et cure, comme pour te récurer tout ce qu'il y a de masculin en toi. Si j'avais su l'enfer que c'est, il me dit, les hormones à prendre, je crois que je l'aurais pas fait, même si je vis mon rêve.

Suite

Maintenant, Tara a toujours son Capes de philo, mais elle se prostitue comme escort, chez elle. Son changement passerait pas en milieu lycéen, on en est pas encore là. Et puis regarde, elle me dit, le canon que je suis devenue ! Les garçons pourraient pas se concentrer ! En terminale, tu imagines, faire Platon avec une bombe comme moi ?!

Mais elle m'avoue que son ancien métier lui manque, surtout la relation aux élèves, penser le monde avec eux. Si je me fais trois clients par jour, ça va, je m'en tire. Elle me raconte aussi la souffrance que c'est, la violence qu'elle subit. La clientèle arabe, elle te traite comme une sous-merde. Les mecs te crachent dessus, ils te frappent, ils refusent de payer, tellement ils te méprisent, tellement ils se détestent de ce qu'ils viennent de faire. Une fois il y en a un qui me dit, l'argent c'est le vent qui me l'a pris. Et j'ai rien pu y faire.

Tara, elle se trouve belle maintenant. C'est vrai qu'elle est très classe et semble aller vers le chemin de sa beauté. Ce qui me fait peur, c'est comment elle galère. Parce que les gens sont cons. Parce que sur sa carte on peut lire, *Tara, sexe masculin*, ce qui est encore vrai au passage, et elle compte bien y remédier. En attendant, elle a dans l'idée de devenir domina comme Zina ma fisteuse, que j'ai pas vue depuis une paye d'ailleurs. Domina pour la sécurité de l'emploi, au sens propre, parce que t'as moins de cas d'agressions avec les soumis, parce que eux pensent pas tout le temps à te déchirer la tête et te péter les ratchs, comme les autres hommes normaux, parce que aussi en général les soumis crachent l'argent tout de suite, donc pas de soucis de fric.

Moi qui ai pas fait d'études, je me dis, je sais pourquoi je mérite d'être là. Mais Tara, elle, bac + 5, qui écrit des articles, qui a lu autant de livres, qui a pour vocation de transmettre son savoir. Mais non, pas de profs transsexuels pour l'instant, alors qu'on manque de profs. À la place, elle a été agressée déjà douze fois en sept mois, à travailler chez elle. Tapée, volée.

Là je fais de l'argent, elle me dit, et quand j'aurai ma nouvelle carte d'identité je pourrai reprendre un travail normal. C'est-à-dire qu'elle croit que ça se verra bientôt plus qu'elle est trans, alors que ça se verra toujours, mais j'ai pas pu lui dire ça. Certains se font casser les os, mettre des plaques. Et le pire pour moi, c'est qu'ils le font pour ressembler au fantasme du queutard de base, gros nichons petit cul. Ils reproduisent tous les clichés du patriarcat, et on a eu cette discussion.

Perso je pense pas que Tara sera jamais une femme, et surtout je pense pas qu'elle devrait essayer. En tant que féministe, je lutte contre le genre et tous les stéréotypes associés, je refuse d'être assignée comme faisant partie du genre féminin, par contre je suis de sexe féminin, je revendique mon sexe, un trans c'est juste un homme comme les autres, conditionné par le patriarcat, qui galère avec son genre, mais qui pour moi devrait accepter qu'il est homme tout en pouvant choisir d'être une folle sans problème, de vivre sa vie comme il le sent.

Donc on parle de tout ça avec Tara, on débat, même si je la joue cool, en empathie avec ses soucis, quand soudain la sonnette de la porte, et un autre trans débarque dans la boutique, et là Tara qui me fait, regarde-moi ça le morceau ! Mais comme il est vilaine ! Lui c'est clair, Gwenn, qu'il doit venir du 3-5 (pour 35, c'est-à-dire 35000, le code du département de l'Ille-et-Vilaine). T'as compris ? Alors on s'est mis à parler de la Bretagne. Je lui ai dit que moi je suis du Morbihan, et qu'à part la rivière, il y a aucune vilaine par chez nous, et que des bombes fatales.

Fiévreux

ce mois où

on est pas déchirées,
on est juste surmenées

Lundi 6

Non c'est pas un poisson d'avril. Ni du comique de répétition. C'est juste la grosse louze.

Hier soir mon 231546533436^{e} téléphone a disparu. En fait je me le suis fait tirer en l'espace de cinq minutes, mais en ayant croisé personne. C'est ça le plus grave.

Je me sens pas différente. Peut-être même pas assez. Je me sens juste larguée.

Mardi 7

J'ai réfléchi, je vais pas me suicider aujourd'hui. J'ai encore des tas de gens à décevoir, moi comprise.

Et d'abord évoquer mon déménagement. Depuis trois jours que j'y suis, je commence à l'aimer, cet appart rue de Crimée. Quand je l'ai visité, la proprio m'a parlé de quatorze *mètres* carrés, et comme j'avais pris un acide la veille, j'ai compris *quatorze mecs carrés*. Alors j'ai dit, super, je le prends. Ils sont bretons ? C'est des déménageurs ? J'avais même pas capté le prix du loyer. La proprio a dit, ok, il est pour toi, elle s'en fout de toute façon, elle est pas proprio, elle me sous-loue juste quelques mois, vu qu'elle va s'installer chez son mec à Bordeaux. Donc c'est du provisoire, mais en tout cas je suis bien ici, loin de Pigalle. L'appart est petit, vieillot, mais au moins il y a pas les miroirs et la boule à facettes. Je vais pouvoir oublier un instant qu'on est toutes que des putes.

Avant de venir s'installer à Istres pour le taf de mon père, ma mère s'était établie en banlieue parisienne. La Courneuve, au bout de la 7, la ligne rose. La ligne de l'amour qui réunit La Courneuve et Villejuif. C'est un signe que je me retrouve à Crimée, à trois arrêts de sa vie passée. Cette période dont elle a vraiment aucune nostalgie. *Crimée*, mais qu'est-ce que ça veut dire en fait ? La *crimée*. Celle qui s'est fait *crimer*. Une victime de crime. Un crime d'avant, dans le passé. Un quartier de femmes-victimes. C'est un défi que me lance la Pétasse-Providence, car moi je veux plus être une victime. On va s'organiser entre *crimées* comme moi, on va reprendre le pouvoir, et ce quartier sera notre poche de résistance, la Bastille des cousines.

Mercredi 8

Toi tu fais quoi dans la vie, j'aurais dû dire à ce vieux porc tout à l'heure au sex-shop, pilote d'essai dans une fabrique de glands ?

Parfois ça sort, parfois je retiens et après ça marine dans ma tête. Tant que j'ai pas ma vengeance, je thésaurise.

Heureusement que j'en écris des morceaux de temps en temps.

Ce matin je commence ce nouveau carnet, dans ce nouvel appart, sur la nouvelle table basse, mais avec la même vieille flemme de chez Fleming. J'arrive pas à me lever. Il nous faudrait que des tables hautes, pour nous forcer à vivre debout.

Fleming, c'est l'inventeur de la pénicilline, une pommade qui a sauvé le pénis de l'homme blanc. Je voulais pas écrire ça, mais je veux rien barrer, ma santé en dépend ! Et maintenant, hop, au bulot ma grosse moule !

Vendredi 10

Nico, si tu lis ça, même si c'est impossible, t'es bien trop con pour lire, en tout cas sache que je vais bien me lâcher sur ta gueule. Pas par vengeance, juste pour le plaisir. Prendre le temps d'évoquer ta tête de lézard.

Vu ton discernement, de toute façon, même si tu tombes sur ce carnet, jamais tu te reconnaîtras. Je pourrais donner là les noms prénoms de tes parents, Jacqueline et Antoine, de tes cousins, Sylvain et Stéphanie, cette petite conne sans envergure, tu comprendrais toujours pas de qui je parle.

Je dois d'abord raconter notre rencontre, cette ERREUR majuscule.

Je viens d'avoir vingt-trois ans, et sur MySpace je sympathise avec un gars, un certain Seb Dangon, genre punk à chien des quais dans ton genre, avec ça de différent qu'il habite Grenoble. Quand je repense aujourd'hui à comment je pourchassais l'amour de partout, et même jusqu'en Isère. Une vraie spéléologue.

Donc je débarque à Grenoble-la-Cuvette, en réalité pas juste pour ce Seb d'un soir. Je savais que Mouss y serait, même si on s'était pas vus depuis deux ans. Là on est en décembre 2007, et inconsciemment sans le comprendre, j'y vais pour lui, rien que pour lui d'ailleurs. Mais concrètement, au final, je l'esquive une fois de plus (à cause de certaines prises de drogue, pour faire court) et je reste chez ce Seb de base, pire, je couche avec, je fais n'importe quoi, vas-y que je te jouis dedans, pas de pilule, tranquillou, c'est pas grave, je suis la Vierge Marie.

Rentrée à Marseille, c'est là que je te rencontre. Toi Nico, tu dois pas t'en souvenir, vu l'état de ta mémoire. Et au même moment, ça peut-être tu t'en souviens, je découvre que je suis enceinte de ce Seb de Grenoble. Je contacte l'intéressé, mais il fait semblant de pas me croire, car ça l'arrange, bien sûr. Alors pour lui prouver, je lui envoie mes échographies. Et là, sa réaction, qu'est-ce ça prouve ? Tu les as peut-être trafiquées !

Mais bien sûr, Seb. J'ai que ça à foutre de faire de fausses échos sur Photoshop. Ça fait même des années que je projette de monter un business d'échographies retouchées pour meufs en cloque qui veulent récupérer leurs mecs pourris en faisant du chantage. D'ailleurs avec mon chat Chicha, qui est mon associé, on croit que ça va cartonner, mais avant de nous lancer, comme on est de vrais pros, on teste la formule sur des connards de ton genre.

Du temps passe, et toi Nico, dans ma galère, je te découvre vachement à l'écoute, surtout qu'à force d'hésiter je suis maintenant enceinte de deux mois et demi, que j'attends des jumeaux, et que j'ai besoin de soutien. Et là j'envoie l'écho à Seb, avec les deux fœtus bien visibles, en lui disant que je les garde. Le mec m'a crue, a paniqué, et j'ai jamais démenti, même après la fausse naissance. Il fallait qu'il paye, on se fout pas de ma gueule.

Seb, je l'ai revu en 2013, dans une free-en-Vercors, tous à fond de MD. Il m'a reconnue, je l'ai reconnu. Et dans ses yeux, j'ai compris son angoisse, les jumeaux ils sont où ? Me dis pas que tu les as laissés seuls à la maison, quand même ?! J'ai compris qu'il s'était bien croqué le cerveau, toutes ces années, au point de se souvenir de ma gueule dans l'état où il était. Ça m'a fait plaisir de le revoir.

Suite

Foumilayor, mon collègue de nuit, voudrait niquer toutes les meufs qu'il voit. Ça doit être pour ça qu'il turbine au sex-shop depuis aussi longtemps. Son travail, c'est sa passion, il aime cette atmosphère de cul. Parfois il se tape des clientes quand elles demandent gentiment. Il réclame pas d'argent, il fait ça par plaisir.

Je lui dis, et celle-là aussi, elle te plaît ? Il me dit, moi j'aime tout. En fait, il aime surtout les gros culs. Je lui dis, mais moi, j'ai pas un gros cul. Il me dit, toi, c'est pas pareil. Toi, t'es ma chérie. Si tu veux, tu me dis, je suis toujours là.

Il propose ça vraiment par gentillesse. C'est sa grosse teub qui parle, et je suis sûre qu'elle est douce à vivre. Foumi doit avoir une bonne bite, comme on dirait de quelqu'un qu'il a un bon fonds. Une de ces bites empathiques, qui savent se mettre à la place de nos vulves.

Samedi 11

Donc on se rencontre avec Nico, moi enceinte, toute chamboulée fragile, aucune confiance en moi, et accrochée à rien. Lui au bout d'une semaine qui me dit qu'il m'aime, puis qui m'aide pour les papiers, les rendez-vous, l'avortement.

À l'époque, je créchais à Marseille dans une coloc bizarre, chez un type chelou sataniste et amoureux de moi, derrière le parc Longchamp. En plus il avait un groupe pire tu meurs, les Kroniks. Le batteur squattait tout le temps à la maison, avec ses grands yeux bleus. Il avait perdu ses parents dans un accident de voiture, c'est pour ça qu'il avait échoué là, total traumatisé, alors qu'avant il faisait clarinette.

Dans ce vieil appart poreux, il y avait gavé de monde, à toute heure. Je payais un loyer, mais avec Nico c'était comme si on n'existait pas. Ils faisaient des teufs sans nous le dire, les mecs entraient dans notre chambre, à fond de came, j'étais là, oh ! On essaie de dormir, tu comptes quoi, te caler dans notre pieu pour planer ? Tu vois pas que c'est occupé ! Mais ils en avaient rien à foutre, ils se couchaient quand même sur nous, c'était zéro intimité.

L'activité préférée, c'était kéta, héro, ou bien coke à fumer. Moi aussi j'aime les drogues, et je suis excessive, mais ces détronchés ont presque réussi à m'en dégoûter. Et puis j'étais à part, un peu la conne qui reste dans sa piaule avec son mec, à pas savoir comment se marrer. J'avais pas le look, la dent noire là, la dent cassée là, les oreilles qui pendent.

Il y avait des lasers partout, du bruit tout le temps de grosse jungle hardcore. Et c'était pas des gentils, c'était violent. Ils fumaient, ils sniffaient, mais je les ai jamais vus se piquer. Pourtant à Marseille. Juste des inintéressants, des cas sociaux dans leur nid minable, qui avaient trouvé une pigeonne à taxer. On a vécu huit mois sur ce tas de fumiers. Nico restait souvent avec moi, mais je pourrais pas me souvenir d'une discussion. De toute façon, on aurait voulu faire autre chose que se camer, on pouvait pas s'entendre.

Quand c'est devenu invivable, à partir du moment où le chanteur sataniste est devenu dangereux, je suis partie m'installer chez Nico, afin de persévérer dans ma série d'erreurs de jeunesse. Lui ce gros geek, à fond d'ordi, de gros son. Chez lui aussi c'était infect. Avec des chiens et des gens comme au squat, qui arrivent à pas d'heure, vu qu'il dealait de tout. Mais avec quand même une porte de chambre qui fermait à peu près. Les premiers mois, j'y ai vu une embellie.

Dimanche 12

Bien sûr il y a Bernadette Lafont, Karin Viard et Isabelle Adjani. Mais c'est vraiment Isabelle Huppert qui m'a donné envie d'être comédienne. J'ai vu quasiment tous ses films. S'il y a Isabelle Huppert, même si c'est un film de merde, je vais y aller. Et en général elle fait de bons choix. Ce que je préfère chez elle, c'est quand elle pleure. Comme elle est rousse, ses yeux deviennent rouges tout autour. Je trouve ça sublime. Dans *Huit femmes* par exemple, ses yeux rougissent incroyable. Et puis elle met du orange fluo sur ses lèvres, c'est une copine maquilleuse qui me l'a dit. Sur elle, ça fait pas fluo, ça passe bien. Sur n'importe qui ce serait impossible.

Isabelle, elle est secrète. J'ai même pas envie de la rencontrer je crois. Sa fille, Lolita, pourquoi pas, juste pour parler, si jamais par hasard, comme elle a mon âge. Mais elle a moins de charme que sa mère. Je la trouve pas terrible, pourtant j'ai tout pour l'aimer. Dans *Copacabana*, un film super, elles jouent toutes les deux. Ça doit pas être facile. Elles sont incomparables. Isabelle c'est la meilleure.

Dès ses débuts, elle est géniale. Dans *Les Valseuses*, dans *Dupont Lajoie*, avec Jean Carmet. Un camping de beaufs. Elle a quinze ans, c'est la fille. Carmet la viole et la bute, pour la première fois. Pendant l'attraction, avec Guy Lux, tout le monde la cherche. Ça parle de racisme anti-rebeus, qui font un chantier dans le coin. La fin est jouissive. Elle est toute jeune et déjà trop bonne. *Coup de torchon*, aussi, j'ai rien compris, mais j'ai adoré, avec Noiret, Eddy Mitchell, Marielle, la plus belle voix du cinéma français.

Lundi 13

Je sais pas ce qui me prend de repenser à ces années de galère sur Mars. Peut-être la pluie-neige de février et cette fatalité de l'amour qui se refuse, de Mouss au loin, de ce Blaise toile de fond qui s'efface peu à peu. Est-ce qu'un jour j'aurai droit à autre chose qu'à cette merde ? Est-ce qu'un jour, à moi aussi, ça arrivera de vivre le vrai amour ?

Très vite j'ai senti qu'avec Nico ce serait pas le bonheur total, ni même juste sa version basique, l'AX du bonheur, sans aucune des options qui vont bien. Très vite par exemple il m'a reproché de pas bosser. Moi je voulais être comédienne, et ça marchait très bien à un moment donné. Mais depuis Grenoble ça marchait moins, et avec l'avortement, j'ai commencé à pas être bien. Et je me suis trouvée à devoir me justifier de pas ramener ma paye, comme dans *Germinal*. Nico ce mec qui arrivait de Lens, qui avait juste fait une école de son, qui connaissait dégun à Marseille. Tous ses plans boulot au début c'était grâce à moi, à mon réseau. Mais il voyait pas ça, il voulait que je ramène des thunes. Il m'a presque étranglée, une fois. Comme j'avais de la repartie, ça l'avait excité. J'ai pris sur moi en me disant que c'était moi le problème. Il m'a traitée de profiteuse, et moi, sans le vouloir, je culpabilisais, j'étais tellement convaincue que j'étais nulle.

J'ai commencé à fumer de la coke chez lui. Le pipeau ammoniaque. Avec ce bon gros tas de toxicos locaux. Nico il vendait, et en même temps il faisait l'intermittent. C'est vrai que c'était un gros bosseur. Fric et taf, il parlait que de ça.

On a pris un appartement à mon nom, pour pouvoir toucher la CAF, et c'est là que j'ai eu mon chat très mignon, Chicha, celui qui a fait quatre cents bornes récemment de Guerpaix à Paname. Je me souviens, c'était lent cette période, j'arrivais plus à réfléchir par moi-même, j'étais devenue la merde qu'il disait.

Lundi suite

Tout est flou dans ma vie, mais tout est net niveau chrono. Hypermnésie lucide.

Je me suis mise avec Nico en janvier 2008, Lylia est morte en octobre 2008. J'ai perdu ma sœur d'âme, quelqu'un d'essentiel à ma vie. De ce jour et pendant longtemps, j'ai plus eu de libido, fini.

Et lui Nico, ouais, tu fais même pas ton travail de femme ! Il m'a dit ça. Moi quand j'étais petite, je rêvais pas d'un mec de ce genre, capable de cette phrase-là. On est restés trois ans et demi ensemble, mais au bout de huit mois, on baisait plus. Je lui disais, je t'aime plus, je t'aime pas. L'appart était à mon nom. Soit il pleurait, soit il devenait violent.

Il m'a frappée plusieurs fois. Je l'avais traité de fils de pute, et lui, tu traites ma mère de pute ?! Comme si c'était le sujet ! Il me plaquait au sol et m'enfonçait son coude dans l'oreille. Quand je disais aux gens que je m'étais pris une porte, ils pouvaient que me croire. C'est vicelard un frappeur.

Maintenant, on me dit, Gwenn, t'es exigeante avec les mecs, tu leur fais peur, mais moi, premier soupçon de manipulation, de violence, j'accepte plus. L'amour c'est que du bon, que pour le bien, quand tu te mets avec quelqu'un, c'est pour améliorer ton sort.

Mercredi 15

Si j'avais à choisir mon film culte, je dirais *Sac de nœuds*. Le premier Josiane Balasko. Un road trip de cassoces, et jusque dans la Creuse. Un de ces chefs-d'œuvre qui ont fait flop, sur Internet à 49 euros, et programmés sur TMC une fois et demie par an.

C'est l'histoire d'une femme qui se fait tabasser par son mec flic, évidemment Isabelle Huppert, ma chouchou, en espèce de petite Marilyn destroy, avec sa robe rouge sang. Ils habitent tous le même bâtiment, et la voisine, Balasko, a tellement pas de thune qu'elle se tape le Chinois de l'épicerie d'en dessous pour se payer une bouteille de gaz afin de se suicider tranquille. Mais juste à l'étage au-dessus, alors qu'elle a la tête dans le four, elle se retrouve dérangée par Huppert, poursuivie par son mari, qui se réfugie chez elle. Balasko assomme le mari, mort. La fuite peut commencer.

Ce film, c'est un *Thelma et Louise* que personne connaît. Tout le long, Isabelle qui court avec ses talons comme une petite sauterelle, et elle est trop mignonne.

Direct elles braquent un taxi, avec Farid Chopel dedans, qui lui aussi est en cavale, mais contre son gré. Il se trouve qu'il était dans le wagon avec un codétenu, et l'autre a voulu se faire la malle. Moi il me restait que huit jours à tirer ! il explique. Tout ce qu'il souhaite, c'est retourner en prison, mais il sait aussi très bien que c'est mort, que personne le croira. Donc ils finissent tous les trois sur la route, avec ce projet de Balasko d'aller buter le docteur qui a pas sauvé son fils et qui habite La Souterraine, dans la Creuse, un trou perdu à la surface du monde.

De son côté, Farid Chopel fait ensuite du stop, et il rencontre Albertini qui incarne un taulard marseillais. Ils s'arrêtent pour pisser, et Albertini viole Farid dans les chiottes d'une station-essence. Après, Farid est triste. Dans le film, Albertini a un chien qui s'appelle Salopard. Or il se trouve qu'Albertini, je l'ai revu récemment, dans un bar du quartier. Je l'avais déjà rencontré il y a quatre ans, pour la fête de ses soixante ans. Et là franchement toujours aussi beau.

Toute la soirée, il m'a donné des conseils, comme quoi il faut que je sois plus posée, plus ci, plus ça. Il a raison, mais moi je vais pas changer en une soirée. Le genre de mec qui te fait des compliments et en même temps qui te casse.

Après il m'a offert son livre, qui s'appelle *Les Merdicoles*, qui parle de tous les éléments, les petits animaux, l'écosystème qui s'abrite dans la merde, la gadoue. J'avoue, je l'ai pas encore ouvert. J'étais juste étonnée que le mec qui a violé mon Farid Chopel s'intéresse à tout ça.

D'ailleurs un jour, je vais me casser de ce quartier de Pigalle, et prendre le chemin de La Souterraine. Je vais entrer dans ce trip, me glisser dans le film. Il y aura aucun Albertini pour nous séparer, Mouss ce sera Farid Chopel et Suze viendra avec nous, parce qu'un jour je sais qu'elle en aura aussi vraiment trop marre de son mec, et que moi j'aurai essayé le gaz. Si je retombe sur un Blaise par exemple.

Je partirai m'enfermer, faire la bonne dans une auberge pour vendeurs de parapluies dans la Creuse. Je mettrai tous mes rêves dans un coin, et je serai enfin heureuse, avec mes alcoolos, à faire de la peinture avec mon vieux hibou de Serge, qui fera Jean-Pierre Marielle dans *Les Galettes de Pont-Aven*. Je poserai pour lui, puis il posera pour moi. Le soir on fera des mots croisés au lit en buvant un calva, sans baiser, juste heureux d'être ailleurs, à un endroit où plus rien ne compte.

Jeudi 16

Il y a des hommes qui portent les sacs de leur femme. C'est pas nouveau. Et la femme trouve ça normal, alors que moi je trouve ça super strange. Inconsciemment je pense qu'il y a un peu de contrôle là-dedans. Pourquoi mon mec porterait mon sac, ça me dépasse totalement.

Ça se fait énormément au magasin. Le grand seigneur qui

lui enlève un poids pour qu'elle ait les mains libres. Le patriarche protecteur, qui porte le sac et qui paye les achats. Moi jamais j'accepterais. Parce que c'est insidieux, tu te laisses faire, surtout si tu es trop romantique comme moi, mais tu sais que l'amour c'est pas ça, et tu te fais baiser.

Vendredi 17

J'en ai marre de ce boulot, ça joue sur ma perception des hommes. Je veux bien être au courant qu'il y a que des jobastres sur terre, mais peut-être pas à ce point. À un moment tu te sens étrangère.

Hier je fumais une clope dehors, un mec me dit, c'est combien ? Comme si j'étais une pute. C'était normal pour lui. Des fois des clients rentrent dans le magasin et me disent même pas bonjour. Pour eux je suis qu'une vendeuse de sex-shop. Alors qu'ils rentrent un peu chez moi. Rentre pas, si tu dis pas bonjour !

J'imagine même pas les vraies putes, ce qu'elles dégustent. Maylis, que je connais, je l'ai vue avant-hier, je lui demande, est-ce qu'il y en a des fois qui ont le syndrome du sauveur ? Elle me dit, oui, tous. Tous ils ont le syndrome, mais ils s'en foutent de ta gueule, ces mecs-là. Et moi, mais tu crois pas qu'il y en a des sincères ? Mais elle, même pas, ils sont juste dans leur trip d'obsédés. Des fois, je fais semblant d'y croire, parce que je veux le fric.

Maylis achète ses fringues au magasin, mais elle tapine en appartement, qu'un type lui paye. Elle a quarante-sept ans, elle dit qu'elle a trente-sept, mais si ça se trouve elle a cinquante passés. Elle est à fond chirurgie. Par exemple moi, je les ai à balle les rides du lion au front, alors qu'elle, rien. Ado je les avais déjà, parce que je me marre trop. Sinon il y a les pattes-d'oie. Chaque ride pourrait avoir son animal : dans le cou les rides du castor, des joues vers le nez, celles de l'hippopotame, mais moi je me suis spécialisée dans les rides du lion, comme Marina Foïs, qui elle aussi rigole trop. J'adore cette actrice.

Maylis vient chaque semaine s'acheter des déguisements pas chers. Elle me fait beaucoup de peine. Foumi l'a vue dans un film de cul sur Internet. Elle me parle de sa vie, comme quoi elle a un fils en prison et qu'elle a peur qu'il sorte. Il a vingt-cinq ans, et elle angoisse de sa réaction, quand il va découvrir ce que sa mère fait pour vivre.

Le film en fait, m'explique Foumi, tu la vois bien bourrée sur un lit, et il y a un jeune mec, avec son pote, ils sont là ils la malmènent et le pote la baise, l'autre filme, elle est en coma éthylique, et là Foumi me montre la vidéo sur son tél, je me détourne, c'est bon, arrête de me montrer ça !

Maylis, elle se fait opérer très souvent, parce qu'elle a peur d'être grosse, de plus avoir de clients. L'autre jour, elle avait rencard à Limoges avec un homme d'affaires, qui l'a mise en lapin. Mais alors elle, pas de panique, elle s'est calée direct à tapiner à la gare routière, pour amortir le train. Vraiment la meuf qui s'adapte. Une vie de merde, et puis elle est pas belle de base. Une pute ravagée, mais plutôt moins que d'autres.

Les gens bancals me font pas peur. Ça me fout juste en rogne de les voir souffrir, car ils sont comme moi. Dire que c'est un choix, pute, aujourd'hui impossible. Parfois les potes me demandent, mais moi j'ai toujours su que jamais je glisserai. Que je risque rien à ce niveau-là.

Samedi 18

Comme j'avais besoin de descendre à Marseille, l'autre fois, j'ai raconté à René que je devais me faire opérer d'un hallux valgus au pied droit. Cette bosse d'orteil que chopent les vieilles. Bizarrement, il connaissait le problème, sa mère a dû en avoir un, alors j'ai pu avoir ma journée.

Mais après j'ai réfléchi. Si j'avais vraiment fait l'opération, normalement j'aurais eu besoin d'au moins quinze jours pour cicatriser. Et comme il connaissait le problème, j'en ai déduit qu'il s'en foutait que je vienne travailler avec une énorme cicatrice au pied, que ça lui posait aucun stress, à ce counas, que je boite pour vendre ses bites en skaï.

Suite

À Marseille vu Romu, qui organisait une teuf pour présenter sa nouvelle bière marseillaise 100 %, pur jus de sardine bio qui bulle, excellente. Mais bon, la fête c'était pas vraiment ça, vu que dans la semaine c'est parti en pure queue de poisson avec son business partenaire, ils en étaient déjà à avocat, tribunal, donc ça sentait le Vieux-Port. On a quand même bu ce qu'il restait, pour pas laisser Romuald seul avec ses fûts à vider dans la pénombre. Même si j'étais déçue bien sûr, d'avoir fait autant de démarches pour poser ce jour de congé, de découvrir que la fête serait moins folle que prévu.

Un jour de congé, c'était clairement pas assez, René connard tu le savais. De toute façon, je me ferai jamais opérer, il me gêne pas tant que ça, cet oignon. Ce qui m'engatse trop, c'est qu'à cause de René j'ai passé un temps fou à blacklister les gens du boulot sur Facebook, pour pas qu'ils voient que je suis à Marseille, afin de pas me griller. Il me fait perdre du temps, ce gros capitaliste.

Dimanche 19

À Marseille, quand même eu le temps de voir mon zizipote. Encore un mec de sexe masculin. Marié et qui bande dur. Et toujours là quand je lui demande, c'est-à-dire pas souvent. Il me dit le numéro de chambre d'hôtel, on se retrouve, d'abord on baise, après on mange dehors, souvent sur le cours Julien, puis rebaise et basta, nos chemins se séparent.

Il se dit dominant. Si ça lui fait plaisir d'être un statut absurde. Un Marseillais de quarante-quatre ans d'origine algérienne, pas circoncis, sportif, marié, deux fils de douze et seize ans. Et puis artiste-musicien, une vie de groupe, en tournée, et le chanteur en plus, évidemment tout ce que j'aime, les paillettes et le reste, le côté rock de la force.

J'imagine pas comment il a dû niquer à son époque de star, vu comme il est touchant avec sa tête de taulard. Il trompe sa femme depuis toujours, il s'est jamais fait prendre. D'ailleurs il a eu deux femmes pendant quelques années. Et la deuxième, vapotée dans les airs. Certainement parce qu'elle voulait pas être sa number two. Quoi de plus normal. J'aime quand les gars se confient à moi, surtout une grosse armoire à glace de rebeu avec qui je baise. Là je me dis que je touche au vrai. C'est pas de l'amour directement, mais de s'entendre raconter l'amour pour une autre, c'est tout de même pas mal. Il est chou. Et en plus ça me loge à l'hôtel le temps de mon séjour, je suis pas obligée d'aller squatter le canapé d'un pote boucan, ou pire de suivre les plans de Joce.

Suite

Est-ce que j'ai vraiment passé un bon moment avec lui ? J'en sais rien. J'écris ça dans cette chambre d'hôtel vide, et je me trouve minable. En tout cas, dormir, c'est vraiment tromper. Il y a rien de plus intime. Surtout pour une insomniaque comme moi. Des heures de cocuage, à se tenir dans les bras, c'est le pire que je supporterais pas, moi, si j'étais sa meuf.

Je pense à mes voisines de palier, à Paris, qui voient toutes ces déambulations d'hommes chez moi. Heureusement que Blaise-paillasson connaît pas la rue de Crimée. À part Suzana, j'ai pas beaucoup de copines qui viennent à la maison. Tout le quartier doit déjà se dire, quelle putain de matrone, quel sacré phénomène !

Lundi 20

Ce que j'aime les cimetières, et leurs pensées en porcelaine. Elles sont à tout le monde. Parfois je rêve que je les peins, puis je fais tous les étages pour les offrir à mes voisines.

Bien sûr je sais qu'elles fleurissent la tombe d'un défunt, mais d'être là dehors, c'est comme si le hasard les avait disposées, et que des inconnus les déplaçaient chaque jour. De ces gens timides, renfermés, attentifs aux détails, qui prennent encore le temps de se balader dans les cimetières, qui continuent d'avoir de ces pensées en porcelaine, assis au coin d'un mort. Les fleurs vernies pour moi sont à l'humanité, celle qui a la conscience de bientôt disparaître, le temps que nos pensées se fêlent à cause d'un coup de vent, ou qu'un vieil éléphant marche dessus.

J'ai découvert aussi qu'une concession peut être réoccupée sans avoir à tout refaire, en conservant la même pierre tombale. Tu frottes un peu le granit, tu changes le nom, les os.

Il y a aussi les sabliers et les vases avec un voile par-dessus. Moi ça me fait pleurer. Comme s'il y avait en eux quelque chose de vivant. Et les couronnes de perles ! J'en ai vu aux puces de Saint-Ouen. Quand je serai morte, si j'ai assez d'argent, j'adorerais qu'on me pose de ces couronnes de perles des bourgeoises de jadis, dans les branches de l'arbre sous lequel on m'enterre.

Les plaques de commémoration devraient être à tout le monde. On devrait avoir le droit de graver ce qu'on veut sur les tombes des morts, qui sont aussi à tout le monde et pas qu'à leur famille. Et prendre le temps de discuter avec eux. Moi je suis comédienne, pas écrivaine sur marbre, alors si Isabelle Huppert meurt un jour, je viendrai discuter sur sa tombe, je lui lirai des scénarios, je lui raconterai de futurs films, ce seront des moments tendres entre nous.

Mardi 21

Demain, je fête mes trente-cinq ans. Jusqu'à trente-cinq, on est en forme, on fait du sport. Ensuite fini, tous les sportifs s'arrêtent à trente-cinq ans, même les meilleurs comme Zidane. C'est la fin de carrière, en tant que comédienne tu as plus de débouchés, surtout pour celles qui en ont pas encore eu.

À partir de trente-cinq, on a mal partout, on se met à faire de l'art, pour oublier le sport. J'ai une copine skateuse à Marseille, elle est trop cassée à force d'être tombée, elle va être obligée de se mettre au graph, alors qu'elle a que trente-deux ans.

Est-ce que j'ai encore envie d'incarner quelqu'un d'autre que moi ? Oui. Pour oublier qui je suis ? On n'est pas dans une seule réalité, on fait des mises à jour, on se réajuste. Soit en écrivant comme je fais là, soit chez le psy quand on a de l'argent, soit en parlant à ses parents, et c'est là que tu te différencies, que tu comprends que tu es pas ta mère, que ta mère, contrairement à ce que tu penses, et tu en étais pourtant sûre, elle s'en fout peut-être que tu deviennes comédienne. Qu'en fait elle veut juste ton bonheur avec un type normal, et que t'arrêtes de vivoter au-dessus de tes moyens.

C'est cette notion d'y arriver que je dois mettre au jour. Arriver à quoi ? Ce rêve que je dois déconstruire en même temps que la femme en moi. M'inventer de vrais rêves, qui n'appartiennent qu'à Gwenn et pas à l'Industrie. Mais qu'est-ce que je pourrais kiffer d'autre maintenant ? Il faudrait tout refaire de zéro, m'intéresser au jardinage, mais ça va me rendre dingue, je sais pas si j'ai le courage d'apprendre à sarcler des salades.

Marasse

ce mois où

toutes ces nuits
il n'a jamais fait jour

Jeudi 2

Je comprends pas les femmes qui aiment pas les femmes. Je veux pas dire sexuellement. Mais celles qui s'entendent qu'avec des mecs, qui au fond voient les autres meufs comme de la concurrence.

D'abord il y a rien de plus facile que de s'entendre avec un mec. J'ai jamais eu un mec qui m'a dit, toi, je peux pas te blairer. Ça arrive pas, c'est pas masculin de faire ça. Les hommes sont toujours contents de s'entendre avec nous, vu qu'on les met en valeur. Moi j'adore les hommes, pas de problème, potes ou amants ou le mix aïoli, mais j'aime aussi avant tout mes copines et leurs histoires de femmes. Parce qu'on en chie toujours plus que les hommes, alors dans la discute intime, ça donne ce quelque chose de beau en plus.

Par exemple, j'ai une pote, Carole, qui dit qu'elle couche jamais le deuxième soir. Comment ça ? Tu veux dire le premier soir ? Mais non, en fait en gros elle se fait démonter la première nuit, tout bien, comme tout le monde, mais après le type, elle a besoin de lui parler, pour savoir si elle veut remettre ça à la troisième rencontre, s'il la mérite dans la durée. J'aime bien cette cogite.

Par contre j'ai Afiza, la meuf de Joce en ce moment, entre autres, qui fait des tests sanguins chaque semaine, comme si elle prenait un contraceptif. Elle a pas compris que le test, c'est juste pour savoir dans quelle merde tu es, pas t'éviter de marcher dedans. Je pense qu'elle attend cette dégun qu'une vraie grosse couille s'amène pour enfin arrêter ses conneries et mettre des capotes.

Sinon il y a Juliette, qui me remplace parfois au taf. Une ex-cliente ++ à Foumi. Elle dit qu'elle a dix-sept ans, alors qu'elle en fait quarante-quatre. Elle s'est inventé une adresse à Monaco où, selon elle, elle va jamais, parce que, soi-disant, elle s'entend mal avec certains voisins. Une fille n'importe quoi, fadoli maladive, totale incohérente, qui se met du rimmel à la touffe, qui a des tas de mecs bizarres. Je l'adore. De toute façon, hommes ou femmes, ce qui me fait vibrer, c'est les oufs, les excessifs.

Samedi 4

Mais à qui je parle en écrivant ce cahier ? À qui je m'adresse au juste ? Il faudra peut-être qu'à un moment je me pose la question !

Maintenant je veux revenir en 2013, avant le début du sex-shop. À cette époque, j'avais passé un casting pour un boulot d'assistante magicienne. L'idée était de rester dans l'artistique, et de refaire mon intermittence. Comme j'avais que vingt heures au magasin, je pouvais cumuler.

De son vrai nom Robert Frèle, il avait pour pseudo

Krotalus. Un type originaire, mais on s'en fout, de La Chapelle-sur-Maisne. En fait un gnome, mais en plus laid. C'est un atout d'être horrible pour un magicien, les gens se souviennent de toi. Et puis ça matchait bien avec son esthétique reptile, qui était toute sa vie. Tu le croisais une fois, impossible d'oublier le frisson. Le type est déjà mort que tes petits-enfants achètent encore des billets.

Robert-le-Moisi je l'appelais, avec son accent toulousain, car ce qui lui servait de mère avait dû à un moment s'installer dans le Sud-Ouest. Pour ses shows il s'habillait en superhéros, parfois en Marvel, parfois personne savait. Clown c'était pas possible, il a aucun humour, avec son look de pédophile triste. Mais magicien pour crocodiles, il pouvait faire illusion.

Dès le début, la clé de son succès, ça a été de s'orienter reptiles. On faisait les tournées avec ses deux iguanes et ses trente crotales. J'ai appris tous leurs petits noms, à force. Le croco, Julianos, venait de mourir, heureusement.

Dimanche 5

Ce type cool qui arrive au sex-shop tout à l'heure, avec une belle barbe. Dommage que j'aime pas les barbes. Franchement il me plaisait. En plus, ce qu'il a acheté, j'ai trouvé ça super. En une seconde, j'ai voulu être sa meuf et qu'il me l'offre à moi.

Tant pis, c'est oublié. Jamais je mériterai un gentleman pareil, parce que je matche pas avec les types classe moyenne, respectueux, tous ces petits-bourges qui font du bien aux femmes, qui les emmènent au ski sur un coup de tête. Je sais, ça fait envie, je sais, mais eux c'est pas pour moi, d'ailleurs au fond ça m'attire qu'en surface. Tu te fais une fondue et après ça t'écœure, Courchevel. Je m'en tamponne le haut de la frange de leur luxe, et bien jusqu'aux oreilles. C'est plus ce qu'on a vécu avec Mouss, qui me rend nostalgique. Pas la défonce, mais la sagesse d'être à deux, en fusion, imbriqués, inatteignables.

Lundi 6

Krotalus se vantait H24 d'avoir fait *Le Plus Grand Cabaret du monde*, l'émission de Patrick Sébastien. Pour un magicien, c'est la consécration. Mais d'avoir fait Patrick Sébastien, je peux maintenant le garantir, ça fait pas de toi un mec bien. Ça a même rien à voir. D'ailleurs, je suis sûre que Patrick Sébastien serait d'accord.

Ça faisait quatre mois que j'étais plus avec Salvo, et je m'étais coupé les cheveux. Dès que je suis pas bien, je me les coupe court. Dès que je veux changer de vie, très court. Et c'est rare qu'ils veuillent des comédiennes aux cheveux très courts, mais là je lis l'annonce, *Comédienne, cheveux très courts, 1,65 mètre*. Bon, comme je fais un 1,66 mètre, j'y vais. C'était sérieux, et vingt cachets répartis sur trois mois, dont la période de Noël. Mais j'ai tout de suite senti un truc.

Au casting, il nous a fait essayer un costume pour voir si on rentrait dedans. Un critère primordial pour sa magie. Et comme j'étais assez mince, c'était bon, on veut bien te revoir.

C'était ça son plan. Deux associées mignonnes, hyper sympas, et lui au centre qui brille. Mais quatre heures de route, les serpents à l'arrière, l'installation un travail de titan, le vivarium qui pue, avec tous les trucs à cacher, à pas oublier. Moi je viens pas d'une famille de zapatas, et lui bien sûr voulait pas se payer de roadies, alors il nous tuait à la tâche.

Il avait un numéro appelé *Snake skin jacket*. Il pendait les crotales tête bêche, cachés dans un manteau, quarante minutes avant. J'en frissonne rien que d'y repenser. Les serpents étaient tout engourdis. Avec l'autre assistante, une fille géniale, mais totalement manipulée, on flippait nos belles-mères. Le numéro dans le panier, il me perçait d'épées trempées, sous huissier, au venin de mamba noir. Évidemment le venin le plus mortel, et le tout sans assurance. Moi les bras, les jambes en croix. Il fallait tenir la position. Et vite se rentrer, se blottir comme il faut, pour éviter la mort. Les meufs, je croyais qu'il y avait rien avant, quand elles se font transpercer dans les tours de magie, mais en fait c'est pas truqué, on se cague nos races là-dedans.

Mais le pire, c'était après le spectacle. On devait passer des heures chez lui, pour soi-disant des débriefings, à bouffer et picoler. Moi je voulais rentrer, mais lui il insistait, deux trois fois j'ai même dormi là-bas, alors que j'aurais jamais dû. Une maison dans le vieil Ivry, qui sentait le caca de reptile jusque dans le frigo, avec des tableaux de reptiles partout, affreux, qu'il peinturlait lui-même, en bon autodidacte.

J'en pouvais plus, à la fin, de cette ambiance. Je devenais hypersensible, phobique. Les reptiles, c'est froid, tu t'attaches pas, mais tu finis par les comprendre. Ils sont comme nous, ils pensent qu'à changer de peau, à chaque fois ils espèrent, et plus ils tentent de muer, plus au final ils ont l'air de ce qu'ils étaient avant.

Mardi 7

Ça se sentait, ce matin, en allant au sex-shop. Cette ambiance de printemps. Attention, par ici à Paris, un rayon de soleil, c'est la folie qui guette. Dès qu'un nuage se retire, les pauvres, comme ils voient jamais le ciel bleu, ils se font de ces montées de sève, ils enfourchent leurs lunettes de soleil, qui servent jamais à rien sinon, qu'ils ont payées une blinde pour vivre ces moments rares. Les Parisiens, ces miskines. Ils ont aucune vitamine D, leur truc c'est la vitamine S, comme Stress. Les Ray-Ban à Paris, ça revient à peu près à se payer la combinaison Beuchat, avec palmes et harpon, quand tu habites La Souterraine (cette ville géniale, dans la Creuse, où j'irai finir un jour). Même avec beaucoup d'imagination, tu en as jamais besoin.

Comme on était heureux de l'embellie, Foumi m'a montré des vidéos de types sur Internet, qui font des concours de plongeons dans la plus petite profondeur d'eau possible. Ça existe. Dans 40 centimètres, ils plongent, d'une hauteur de 2,20 mètres. Et je me suis dit, tant pis, aujourd'hui je vais être heureuse. Ce sera exceptionnel, et ça me fera du bien. Plutôt que me répéter tout le temps ma misère à l'oreille. J'ai pas de mec, j'ai pas de fric, mais aujourd'hui il y a un rayon de soleil, les gars on va sortir de l'hiver ! Et cette odeur de citronnelle, quand les éboueurs s'approchent avec leurs lances, que la ville devient une pataugeoire et que le monde se met à jouer aux pistolets à eau. Sans parler de cette super beuh que nous a dégotée Joce, on dirait du MD, le bonheur est dans le pré, la banane force 7.

Mercredi 8

Krotalus, pour finir, il avait aussi des caméléons. Eux, le cauchemar dans la camionnette. C'était le début de Noël, et les bestioles, cette chaleur moite de terrarium. Tout le temps, il cherchait sa perle, son animal, et nous les assistantes, il nous regardait pareil, comme des bêtes sensuelles. Je suis étonnée que sexuellement il ait pas plus dérapé. Parfois tout gnasqué au rhum, il se lâchait, il était hyper lourd, mais j'ai jamais compris son délire niveau cul. Peut-être que c'était pas central pour lui.

Robert buvait le matin aussi. On a failli mourir quinze fois sur la route. Moi je pleurais, j'ai fait une représentation un jour, à Strasbourg, avec Amala, l'autre assistante, un nom qui signifie opium en indien, et il nous pourrissait sur scène, les spectateurs entendaient tout, il m'engueulait par rapport au costume de Federer, l'iguane star de la troupe. Comme quoi je lui avais enfilé de guingois. Un kimono à paillettes, que Federer détestait mettre, il fallait lui enfiler de force, alors que Nadal, l'autre iguane, faisait jamais de manières. Ce jour-là, j'ai dû chialer quinze fois, mais j'avais décidé de tenir bon, coûte que coûte, et d'aller jusqu'au bout, pour avoir ces vingt cachets, me refaire mon intermittence, j'avais que ça en tête.

Après le spectacle, à un arrêt d'autoroute, Amala me textote, *Gwenn, Krotalus ce gros taré, il est inacceptable, viens on se barre.* Elle aussi en pouvait plus. C'est vrai que le show must go on, moi j'y crois profondément, mais quand même pas à ce point-là. Je pleurais dans un coin, près des chiottes de notre énième Buffalo Grill, et là un type, ça va mademoiselle ? Déguisé en Père Noël, il faisait une pause dans sa tournée de cadeaux. Un type gentil, tellement tendre que j'ai failli le suivre dans son traîneau-Kangoo. À deux doigts de tout quitter. Mais je pensais à mon avenir, et je suis retournée à table, dîner avec mon Krotalus qui s'empiffrait de bidoche. Pour avoir le privilège de retourner gratter comme une conne le lendemain. Et de même pas être payée au final. Si j'avais su. Il me doit encore 800 euros, le Robert.

Suite

Un soir, avant de reprendre la route, on avait fait une teuf avec ma petite Amala et ce cher Bob Krotal, qui avait fait péter le champagne, il devait être content, je sais plus. Mais le lendemain, l'horreur, c'était Rouen, chez de vieux circassiens à l'ancienne. Krotalus devait leur faire des démonstrations d'équilibre avec Nadal et Federer tout en crachant du feu. J'étais encore vaseuse de la veille, j'ai gerbé dans le van, je retrouvais plus mes clopes, il pleuvait, c'était l'enfer. Je crois que j'aurais préféré aller à la CAF, à la limite, aux Assedics, à un enterrement, plutôt qu'être dans le Nord avec tous ces reptiles.

Donc l'après-midi, il fait son show de dressage, et le soir Buffalo Grill bien sûr, parce que lui c'était le Buffalo obligatoire, ou l'Hippopotamus s'il trouvait pas de Buffalo. Dès qu'il y avait un Buffalo en vue, ça lui filait la trique.

Près de notre table, il y avait un vieux, barbe et cheveux blancs, très beau, avec un beau chien à ses pieds. Je me raccrochais à tout ce qui était beau, comme tout était trop moche. Puis on retourne au camion, et on découvre que les iguanes ont becqueté trois caméléons. Et lui, putain, 300 boules pièce ! Et encore, je les ai eus pas cher, mais c'est pas une raison ! Et moi, tu veux qu'on les enterre ? Lui, non. Et là il se met à défoncer Federer et Nadal à grands coups de latte. Et moi toute seule à attendre que cette scène finisse, assise derrière le pare-brise, en repensant à mon beau Père Noël.

Des serpents, s'il avait pu s'en mettre dans le cul, il l'aurait fait, je crois. D'ailleurs ça devait être ça son trip. Récemment, comme on est toujours friends sur Fb, j'ai vu qu'il continue la peinture reptilienne, et comme il sait que je peins, il m'envoie ses nouvelles toiles. Il reprend des tableaux connus et il remplace les personnages par toute sa faune à lui. *Le Radeau de La Méduse* avec que des iguanes, *Le Déjeuner sur l'herbe* avec un mix de reptiles. Pas juste pour le plaisir, comme moi, mais pour les vendre, et ça marche, il fait même des repros des originaux, qu'il tire en fonction de la demande. *Les Ménines* en crocos déguisés en gamines, il l'a déjà fourgué vingt fois.

Une chose est sûre, il sait y faire, Krotalus, en business, contrairement à moi. À la fin je le traquais pour lui faire signer mon contrat, qu'il me paye et que j'aie mes vingt dates. Même une fois un des serpents m'a mordue. Après j'étais traumatisée, heureusement qu'il y avait pas de venin. Les dernières représentations, j'avais plus le trac avant d'entrer sur scène, tellement je m'en foutais de tout.

Vendredi

Le printemps, c'est le temps de commencer un nouveau cahier. Cette fois j'en ai acheté un beau, avec une couverture couleur. Le dernier, un Canson à spirale, était trop déprimant. Sur l'image, une chouette est dessinée, assise dans la forêt, avec un cœur entre les sourcils, de grands yeux intelligents et toute une faune mystérieuse autour d'elle. D'ailleurs j'ai pensé à Serge sur le coup. Je dis une chouette, parce que si c'est un hibou, il est vraiment très féminin pour un hibou. Moi je vois vraiment une chouette, peut-être une copine de Serge, qui s'invite pour un bout de chemin dans mon intimité.

Samedi 11

Hier soir j'ai pu monter sur scène et danser aux Rock Awards avec M., c'est-à-dire Matthieu Chedid. Enfin j'ai vécu ce que je voulais. J'ai fait ma pieuvre et ma gargouille. C'était trop bon d'être en guest devant cette foule.

Sinon ça y est, j'ai mon accréd pour Cannes à partir du 14. Je me demande qui y sera. Il faut que je me trouve un plan canap.

Sur mon mur Facebook, j'ai mis une pin-up asiatique samouraï dominante, super belle, qui chevauche un dragon apprivoisé. Et ma photo de profil, c'est le dessin d'une femme qui crie sa révolte, un cœur anatomique rouge coincé dans la bouche.

Facebook ce qui me saoule parfois, c'est la politique, tous ceux qui sont là à répéter, tous des cons, tous des enculés. Bien sûr que c'est tous des narvalos les politiques, mais il faut pas se faire plus cons qu'eux. Perso, et sans se mentir, je voudrais pas non plus être gouvernée par mes friends Facebook.

Dimanche 12

Posé pour Serge ce matin, puis j'ai bien avancé. En ce moment je m'inspire d'héroïnes de chansons. Je suis tombée sur le Net sur des photos de Cécile, la fille de Nougaro, celle qui court en pleurs dans une ville en pluie. En même temps que je peins, je me raconte sa vie, avec son daron excessif, ses problèmes de fille de, en plus d'être juste ado. J'adorerais la rencontrer un jour.

Ensuite on va déjeuner, et il me montre sa dernière toile, *Peut-être bien*, format 1,30 mètre par 80, qui part à Vichy pour une exposition intitulée *L'Art du nu contemporain*, dans un Concept Store. Mais pourquoi *Peut-être bien* ? je lui demande. Et là il fait le mystérieux, le timide qu'il est aussi quand ça l'arrange. Moi ma version, c'est qu'il a dû tenter de se taper le modèle, mais qu'elle a pas voulu. *Peut-être bien un autre jour, alors ?* et *Pourquoi pas ce soir ?*, comme ça tu fais un triptyque, j'avais envie de lui dire. Il devrait pas mettre des titres aussi clairs, ça fait pas artistique.

Serge c'est pas un dragueur, mais il plaît pas mal je remarque, pour son âge. S'il avait trente ans de moins, c'est clair que je l'aurais pécho de suite. Et si j'avais trente ans de plus, on aurait vu ce qu'on pouvait faire ensemble.

Mardi 14

Il y a un accessoire qu'on vend depuis la semaine dernière, qui s'appelle *Zboub l'éponge. Frottez-la, vous allez adorer la faire mousser*, explique la notice.

Mais c'est juste une éponge rose en forme de zguègue, avec écrit *Zboub l'éponge* dessus. Là, je comprends pas. Et pourtant cette bite-là trouve preneurs.

Mercredi 15

237905430864ᵉ téléphone perdu. Là vraiment je sais pas où, j'ai retourné tout le quartier.

Sur le boulevard, il y avait le type qui donne ses cours de dressage de chiens par téléphone, l'oreillette incrustée, bodybuildé, avec son pitbull blanc en laisse. Il gueulait, écoutez, c'est pas compliqué ! Vous le regardez bien dans les yeux, et vous lui dites, ça suffit ! J'adore ce dresseur, je l'imagine en soumis, avec Zina aux manettes, qui lui ferait faire le ménage. Allez, bouge ton cul, Solcarlux ! J'ai dit la salle de bains en entier, et juste avec la langue ! Sinon je fais piquer ton chien !

Foumi, tout à l'heure, qui me parle des pain games. Le nouveau truc flippant, comme des Jeux olympiques de la souffrance.

Selon lui ce sont de gros industriels, traders, banquiers, qui organisent ça, ces 1 % qui nous pompent tout notre blé. Ils font venir des jeunes, noirs et arabes bien sûr, la plupart sans papiers sans défense. Ils les matent en train de se faire défoncer. Mais pas que sexuellement. Attachés, torturés, lacérés. Et pas pour de faux. De la pure souffrance live, dans un décor de château à la *Eyes Wide Shut*. De l'ultimate fighting, avec les gars pieds et mains liés. Parfois il paraît qu'un des industriels, tellement il est excité, descend frapper le type lui-même. Mais souvent ils font que regarder. Les jeunes qui acceptent ça, ils ont plus rien à perdre, ils sont là pour survivre. Et tu les vois souffrir, les yeux écarquillés, en pensant à leur futur. Comme des queues de réfugiés devant la préfecture, en attente de se faire torturer pour avoir leurs papiers.

Lundi 20

La RATP maintenant, il faut pas être cardiaque avec tous ces enfants. Je passe mon temps à porter les poussettes des mamans, à descendre et remonter des marches. Prendre le métro c'est comme aller à la salle de gym, mais en plus tu aides les gens en te musclant les fesses.

Moi je veux pas d'enfants, j'en ai déjà dix dans la tête, qui arrêtent pas de faire des tas de conneries, que j'arrive déjà pas à gérer. Donc non merci, en vrai c'est pas pour moi, je serai jamais mère. Et les enfants que j'ai pas eus, ils devraient me remercier de pas être là, ils sont bien plus tranquilles où ils sont.

Mouss me dit, allez Gwenn, détends-toi, je m'occupe de tout, on va en faire des enfants, depuis qu'on se connaît, tu sais que c'est prévu. Et ce sera loin de Paris, près de la mer, au soleil. On va acheter une maison en Camargue, ils grandiront tranquilles, à la campagne. Il me dit ça comme s'il y croyait encore, alors qu'il y a juste trois jours, on se traitait de tous les noms. Comme si c'était possible qu'on forme un couple normal. Mais moi je me vois déjà, au village, toute jugée, refaite entre chaque porte, je les connais, les gens, même au bord de la mer. Et lui encore en tournée quelque part, et moi avec la poussette, perdue dans un nid-de-poule de vieille rue sympathique de village, à côté d'un pot de fleurs *Ville fleurie*. Je tiendrais pas trois jours.

Il faut neuf mois pour accoucher, Mouss ! Le col sera pas ouvert d'un millimètre que j'aurai déjà détalé de ton bled idéal. Et toi tu seras où, garri ? Et là lui tout mielleux, mais non Gwenn, on fera les choses ensemble, je prendrai des congés, ma chef tu la connais, elle m'adore, elle sait que je suis sérieux, toute ta grossesse je resterai avec toi, ou bien tu viendras avec nous en tournée au début, et je me ferai remplacer, pour qu'on l'attende ensemble. Tranquillement. Tranquillement, ma Gwenn. Comme ça j'aurai le temps de faire les travaux, la chambre de la petite, ou du petit. D'ailleurs, tu veux une fille ou un garçon ? Et moi, mais je sais pas, je veux rien du tout ! Je suis déjà incapable de m'occuper de moi-même, pourquoi tu me dis ça ! Et lui, mais c'est faux. C'est faux, c'est faux, c'est faux ! T'es une femme géniale, hyper sensible et tout, et fragile bien sûr, mais moi c'est ça que j'aime, et je vais m'occuper de toi ! Alors je lui réponds, mais toi, qui c'est qui va s'occuper de toi ? Personne s'occupe de toi, Mouss. Comment tu fais, toi, pour vivre ? Et lui, depuis tout ce temps je vis en attendant que tu te décides, que tu viennes me rejoindre ! Pour l'instant, je mets ma vie de côté en attendant que nos destins refusionnent ! C'est comme ça que je le vois, je te jure, Gwenn, *je suis Morgane de toi !*

Donc, si je prends du recul, il a tenté de me faire le coup du sauveur, en plus en utilisant cette chanson de Renaud que j'adore. Si ça c'est pas un tueur.

Mais tu comprends, je lui dis, que dans la chanson, c'est un père qui dit ça à sa fille ? Tu veux être mon père, Mouss, c'est ça qui t'excite ? Il me dit, non. Arrête de faire l'idiote, de faire semblant de pas comprendre ! Je t'aime, Gwenn. Comment ça tu m'aimes ? Mais tu peux pas dire ça ! Je t'aime Gwenn, il me répète. Tu déconnes, Mouss ! Tu déconnes grave ! Je vais te mettre un contrat, tu vas pas t'en tirer comme ça !!

Mardi 21
équinoxe gris, pas de printemps en vue

J'ai une copine en ce moment qui se fait fister par un sosie de Louis de Funès. Pourquoi pas. Sinon le fils de Gérard Lanvin, rien que pour le nom, je le baise. Il doit bien avoir quelque chose de son père.

Le fils Jugnot, bon. Mais il est peut-être super au pieu. Après, sans rire, le fils Jonasz, ça me plairait, ceux de Cabrel et de Souchon aussi.

Je sais pas si Jean-Jacques Goldman a un fils. Il faudrait que je fasse un peu le tour des *fils de*, voir ce qu'on a en stock. Avec juste un peu de projection, on peut faire des miracles, raccorder les générations. Dutronc, en mode manouche moins quart, je suis carrément pas contre. Et pourquoi pas certaines *filles de* aussi, je m'en fous après tout, c'est essentiel dans mon métier d'avoir l'esprit ouvert.

Julie Depardieu, par exemple. En plus avec elle je peux me projeter dans le père et le fils. Et puis j'aime bien son look, elle s'habille fleuri, et il paraît que plus elle est triste, plus elle s'habille fleuri. Elle dit ça dans *Le Bal des actrices*, le film de Maïwenn. Alors que moi c'est tout le contraire. Si je suis fleurie, c'est que je suis amoureuse.

Jeudi 23

Couché avec JC hier soir. Alors que c'était quasi devenu un ami, il me raconte tout. Son biz, en plus d'être serveur au Chat Noir, c'est arnaquer des vieilles pour se payer ses appareils photo. Je trouve pas ça moral, mais il a du talent, et les dames sont riches, elles repartent avec une histoire. Il fait aussi dans le journalisme, des interviews de gens pas connus, qu'ensuite il vend en expliquant qu'ils sont connus. Ce gros malin.

Depuis que je le fréquente, je le vois qu'avec de très belles femmes, alors qu'il est pas si beau gosse et que c'est pas le coup du siècle. Mais il a un truc drôle et piquant, narcissique-mégalo, qui plaît il faut croire, et puis d'être derrière le zinc à remuer de la vaisselle, ça nous excite toujours.

C'est le type aussi genre quinze posts par jour minimum sur Facebook, à te faire des leçons. Il se dit féministe et contre l'écriture inclusive, par exemple. Un bosseur, dans son genre, à taper ses scandales à deux francs. Un de ces mecs de la dégun-sphère de Paris, tout au black, avec appart pas à lui, mollement recherché par les flics, qui gagne plus de 3 000 dolls par mois, mais jamais sans le RSA en prime.

En fait je le trouve profondément humain, en plus d'avoir toujours j'avoue la meilleure coke high level du quartier. C'est un manipulateur avéré, un détronché de première, mais pour moi transparent, dans mes cordes. D'ailleurs je pense pas qu'on remette le couvert.

D'abord j'ai pu avoir une petite déception, le juger mal, mais après il m'a fait de la peine, avec son histoire de tribunal, sa meuf qui l'accuse d'être irresponsable avec ses gosses, alors qu'il peut jamais les voir. Bien sûr c'est sa version à lui, ce gros menteur mytho, mais au fond c'est un gentil. Je pense qu'il souffre comme moi de dépression active. Cet état de mélancolie triste, borderline, qui te pousse paradoxalement à sortir faire la teuf alors que t'as juste envie de mourir.

Vendredi 24
(de tous les dangers !)

Ma mère vient de me raconter qu'en Bretagne on dit qu'il ne faut rien démarrer le vendredi, sinon ton projet tombe à l'eau. Son frère s'est marié un vendredi, et ça n'a pas fonctionné pour leur couple (surtout qu'il buvait pas que le vendredi). Un boucher très bon, qui avait excellente réputation, s'est associé avec un charcutier très renommé. Ils ont ouvert un vendredi, à Brissac. Ça a pas tenu, ils ont fait faillite en deux ans. Alors que les deux séparés, ça fonctionnait très bien. Il ne faut rien entreprendre le vendredi, ça me plaît cette idée, même si j'y crois pas vraiment. En tout cas, si c'est vrai, aujourd'hui j'ai été plus que parfaite, je suis même pas sortie de mon lit, je me suis sentie sage au lieu de fainéante.

Jeudi 30

Mouss resurgit. Comme un diable de Pandore. Il me fait des textos de folie depuis lundi. Il me dit qu'il sera toujours là, qu'il veut aller *jusqu'au bout* avec moi.

Je le soupçonne à chaque fois d'être à balle de coke. Il ferait mieux de m'en envoyer, au lieu de me faire sentir comment elle est trop bonne. C'est impudique comment il se sert de moi pour son film à fantasmes. Mouss je te lis, je te scanne, je connais tout ton business intime, les options que tu me vantes. Il y a que toi qui peux y croire, tu fais les prix tout seul, mais je suis pas une cliente à convaincre, c'est ça que t'as pas compris. Le film, tu aurais dû le tourner avec moi dedans, je peux pas juste le voir dans tes yeux, il faudrait que je le vive aussi, si tu veux qu'il existe. C'est comme si tu dirigeais un western, mais que tu m'oubliais au générique, que j'étais celle à qui on a coupé les scènes intéressantes. Je le vois gros comme ça, ton manège.

Mouss, tu m'aimes que par à-coups, par pulsions. Mais moi j'en peux plus qu'on me bourre de coups, même si c'est des grandes claques d'amour. Tu fais comme si on était toujours, moi, dix-huit ans, toi, vingt-huit, en mode teuf, et moi toujours à t'admirer comme une dingue, à vénérer chaque attention que tu me portes. Alors que je suis plus la même. Si tu avais levé les yeux, tu aurais vu. La teuf c'est la teuf, pas la vie réelle, c'est-à-dire tout ce long temps de descente, cette vie de gueule de bois qui dure jusqu'à la mort, tu veux vivre ça aussi avec moi ? Je pense pas.

Tu veux juste un petit cul, et une mère pour t'occuper de ton môme. Mais le reste, les 99 % d'usure, quand on sait plus lacer ses chaussettes, quand impossible de sortir acheter des nouilles ou juste faire la moindre vaisselle, ou même éteindre l'ordi, et qu'on sait pas pourquoi, tu en ferais quoi au quotidien ? L'Amour moi j'en ai besoin en série, H24, avec quinze mille réals de dingue qui trouveraient chaque jour un million d'idées pour renouveler l'Amour. Gwenn et Mouss à la Guadeloupe, Gwenn et Mouss en Turquie, Gwenn et Mouss en Norvège, à rouler des mille-feuilles.

Et en plus il insiste ! Il me jure que c'est *fini les autres*. Qu'il veut que moi. De qui il parle, d'abord ?! Et puis, c'est quoi ce délire ? Est-ce qu'il croit que ça me plaît qu'il bande pour un seul corps ? Moi je m'en fous de sa supposée fidélité. Moi si je suis fidèle, ça a rien de mécanique. Je veux pas d'un robot programmé pour m'aimer, qui vit dans le déni de toute sa libido. Je serais fidèle à quoi ? À une bite ?

Quand je change de vitesse de vibro, Mouss, ça me fait l'impression de te tromper avec la terre entière. Tu acceptes si je m'enfile des bouts d'homme en plastique ? Tu seras pas jaloux ? J'aime bien être infidèle, même avec des objets.

Mouss je t'aime, Mouss mon amour, je t'adore, mais rappelle-toi la dernière fois qu'on a couché ensemble, la catastrophe que c'était. Comment je dois réagir à ce que tu me balances ? J'ai aucune énergie. Je crois que je dois me protéger, pour pas finir au fond du trou. Avec tous tes textos, tu me mets en danger. Cette décharge d'amour, elle va me rendre dingue !

Virile

ce mois où

il n'y a qu'une seule race
celle qu'on se met

Lundi 3

Ce qui se vend le plus chez nous : 1. pilules, 2. lubrifiants, 3. poppers.

Les lubrifiants, il y a les comestibles, goût cappuccino (je déconseille), fruits exotiques, framboise, coconut, Coca-Cola, vanille, fruits rouges, champagne-fraise. Le water-based qui se glisse partout, mais ça sèche parce que la peau humaine l'éponge vite. Avec la génétique on m'a dit que bientôt on pourra choisir à la naissance sa texture de peau. Il y a aussi *effet froid*, comme un œuf mentholé, *effet chaud*, et puis des lubrifiants vegan, sans graisse animale.

En pilules à bander, tu as les *MaxiMenpills*, interdites en France depuis quelque temps, mais qui se vendent quand même. Le *Kamagra*, très puissant et aussi illégal, sauf en gel. Le *Herbal Strong*, lui légal et qui se donne des airs bio, alors que pas du tout. Tous ont plus ou moins de la molécule de Cialis, celle du Viagra.

Il y a aussi des crèmes de charlatan, pour faire grossir la teub ou les fesses et la vulve, des gouttes aphrodisiaques pour femmes, mais sans aucun effet, j'ai testé, donc il arrive que des femmes s'achètent des pilules pour hommes. Je le conseille pas, bien sûr, mais si elles y tiennent, j'insiste pour qu'elles prennent la moitié de la dose. Suze a essayé, ça rend le clitoris énorme et ça fait bourdonner les oreilles.

Sinon il y a les retardants qui se vendent bien, *Le petit chinois* surtout, en spray ou en pommade. Pour désensibiliser, dans cette idée altruiste que les femmes adorent se faire ramoner des heures. Mais c'est dégueu au goût, donc pipe déconseillée. Par contre, si tu as mal aux dents, ça marche aussi. Une fois, j'avais un abcès, Foumi m'a conseillé de mettre du retardant sur la gencive, et miracle, apaisée. Il y a des clous de girofle dedans, cette odeur de dentiste.

Pour le poppers, j'ai jamais toutes les marques en tête, mais je devrais, il y a vraiment des passionnés, qui demandent de ces subtilités, les senteurs de chaque fiole. Moi comme j'aime pas trop le côté chimique, je pratique pas assez pour être de bon conseil. Parfois je dis que je suis pas sommelière en poppers, j'ai autre chose à foutre. Certains clients, de vrais spécialistes, des œnologues de la narine, prennent de ces airs raffinés, comme on en trouve pour le shit et surtout pour la beuh. Ils en font une passion. Tel poppers cannelle, tel autre aux accents musqués. Le nombre de neurones brûlés à chaque inspire. Comme des collectionneurs de trous dans le cerveau. Après ça leur fera un vase, ils pourront mettre des fleurs.

Mardi 4

Si manger des harengs au lit à 2 heures du mat fait partie des clés de l'art célibataire, je crois que ça y est, je suis prête, je peux même faire des démos. Ma liberté est à ce prix. Et c'était un régal.

Quand je dors pas de la nuit, c'est un cauchemar qui s'annonce au boulot, l'insomnie blanche à souhait. Ça m'arrive souvent le dimanche matin, vu que je bosse presque toujours à 10 heures au sex-shop et que j'ai du mal à pas sortir le samedi soir.

Je me retrouve sur mon lit, en position allongée, vers les 5-6 heures de l'aube, et là ça devient très dur. En plus, je peux pas prendre de somnifère, vu que je bosse dans quelques heures.

Parfois je me persuade que mon réveil va sonner dans cinq minutes. Sinon le truc horrible, c'est de s'endormir vraiment, mais cinq minutes avant l'alarme. Ça m'est arrivé il y a peu. Hier en fait. Bon, j'arrête ce sujet chiant.

Jeudi 6

Revu ce matin mon soumis, Maurice FO tiges à urètre. Bien six mois qu'on l'avait plus croisé, ce gros cochon truffier. Foumi m'a confirmé que dans le quartier tout le monde l'avait cru en retraite.

Je lui refourgue deux robes de soubrette, comme il m'explique qu'il doit faire un showcase à un enterrement de vie de jeune fille, avant sa grande fête perso, dans un endroit qu'il loue, pour ses trente ans de soumission totale.

Le type a la même domina depuis ses vingt-trois ans ! Trente ans de *loyaux sévices*, il me dit. Moi, cette info, ok je rigole, mais j'imagine la trajectoire, toute cette fidélité SM, et il y a pas d'autre mot, je suis impressionnée. Moi l'instable permanente, à me tenir à rien, à part un peu à la peinture. Ça m'a fait un coup. Comme si, comparée, j'avais raté ma vie quasiment aux deux tiers, par mon inconséquence.

Ensuite il me fait sortir toutes nos cages à pénis, et je reviens au réel. Surtout que depuis que je travaille au Pig'Hall, je savais même pas encore à quoi servaient ces boîtes. Et en vrai j'étais pas curieuse, mais on l'est toujours un minimum. Sur son vieux téléphone sale, huileux, Maurice me montre un tuto, qui explique la relation cage-pénis en détail. En fait j'aurais pas dû regarder, j'étais certaine de pas vouloir savoir.

Ce soumis, c'est un zoo dans sa tête, avec des tas de petites paires de couilles qui dansent sur du vinyle. C'est fou, par le biais du cul, comme les gens, tu les découvres de l'intérieur. Comme une caverne d'Ali Baba, mais sans pièces d'or ni diamants, dans le bazar sombre d'un Ali qui aurait pas du tout de quoi se payer une femme de ménage.

Il me dit, écoute, tu voudrais pas me faire essayer une des cages, pour voir si ça m'irait ? Et là il se met à couiner en me suppliant, un petit bruit étrange que je pensais pas faisable. Et moi, trop la conne gentille, je dis, ok, en espérant que ça lui ira. Parce que s'il la prend pas, sa cage à zob, il faut imaginer que je vais devoir tout nettoyer derrière. Ses relents de peaux qui traînent deviendront ma mission. L'essayage en sex-shop, parfois ça te propulse assez loin de la vendeuse H&M.

Finalement il la prend, je me détends, il paye tout avec sa vieille CB huileuse comme le reste, puis il me montre une photo de lui, place Pigalle, brandissant un panneau comme un slogan de manif, avec écrit dessus, *Normal, c'est le programme de ma machine à laver*. Et il m'explique qu'il a fait le tour du quartier avec. Pour revendiquer sa différence. Mais tout seul. Je lui dis, une manif juste entre toi et toi, c'est pas un peu la louze ? Il me répond, dans un grand geste ample d'empereur romain de film de boules avec un faux Yul Brynner, mais justement, Gwenn ! Moi je cherche pas à être rassembleur ! Au contraire ! Je suis bizarre, et je veux surtout pas qu'on m'imite ! Après, tout le monde serait comme moi, ça aurait plus aucun intérêt !

Foumi, qui mettait en rayon justement tout le nouvel attirail SM, lui a dit que s'il avait su, il serait venu le soutenir. Ça m'a étonnée de sa part. En plus, il avait l'air sincère. Apparemment il aime bien les manifs, mais il a jamais le temps, vu qu'il taffe comme un chien pour notre René connard, que le reste il le passe à tirer des meufs et à habiter à chaille avec sa femme et ses deux gosses.

Suite

Foumilayor travaille ici depuis quinze ans. Il a un super rire. Au début ça passait pas trop bien entre nous, comme j'avais fait un arrêt maladie et qu'il avait fallu qu'il fasse double journée à ma place. Il avait dit que je mentais, ce qui était pas faux, mais c'était juste deux jours.

Après pendant deux ans on a bossé ensemble. Lui comme moi, vendeurs, exploités. Il fait pas la sécurité. D'ailleurs personne la fait. Un peu macho, mais cool, toujours le cul le cul le cul, à fond. Un vrai lapin de Cotonou, toujours prêt. Son prénom, Foumilayor, signifie en béninois apporte-moi du bonheur, il m'a expliqué. Alors lui, obligé, il en apporte au plus de meufs possible, parce que les prénoms sont magiques et font de toi qui tu es. D'ailleurs les femmes au Bénin empruntent souvent un faux prénom, par précaution, pour pas que les gens sachent qui elles sont réellement. Le vrai prénom, on le garde pour les rituels, pour la magie. Je trouve ça bien joué de leur part, on devrait faire pareil. Gwenn, toute cette blancheur, cette pureté, je me demande des fois si ma mère est pas allée trop loin dans l'autopersuasion. Ou même pire, est-ce que ce nom n'est pas trop lourd à porter, comme une malédiction ?

Vers les minuit trente, Foumi de son vrai prénom (mais va savoir) a beau avoir pour mission d'apporter le bonheur, il faut qu'il se régénère en dormant une petite heure. C'est un deal entre nous, alors je gère à ce moment-là. Parce qu'il a une heure de route après, comme il vit banlieue est.

Il m'a appris plein de trucs. D'ailleurs, depuis le début, j'ai travaillé qu'avec des Noirs. J'ai fait le Bénin, la Côte d'Ivoire, le Sénégal. Parfois je leur dis que ça manque de Camerounais. Mais ça les fait pas rire, ils voient même pas la blague. Et d'ailleurs moi non plus, quand j'y pense.

Mardi 11

Mai 95, je dessine sur notre terrasse à Istres, FIP à la radio et cette voix de fipette qui annonce un casting à la recherche d'une petite fille aux yeux bleus, entre dix et douze ans. Ma mère surgit et dit, tu veux le faire ? Moi, Oh, oui ! Et voilà, ma mère réactive qui a noté le numéro, coup de fil et rendez-vous pour mon premier casting.

J'avais onze ans, ça se passait à Marseille Belzunce je me souviens, un quartier bien cramé à l'époque. Ma sœur et ma mère m'accompagnaient. Les deux autres gamines avaient un book, pas moi. Je portais des sabots noirs et une petite robe noire avec une bande blanche au milieu. Je crois que ma mère l'a gardée, impossible qu'elle l'ait jetée. Elle a même voulu m'en faire un grigri pour mes futurs castings, mais ça a jamais pris. On choisit pas le grigri des autres, ni même le sien, c'est le grigri qui te choisit.

Bref, j'avais jamais suivi de cours de théâtre et je fais ce qu'elle me dit. Ma sœur me répète, sois naturelle, reste toi et c'est tout. J'ai été prise au premier écrémage, puis au deuxième. Puis au troisième. Trois castings pour ce petit court-métrage, qui devait se tourner pendant les vacances scolaires, en 35 mm. Mon premier baiser sur la bouche, mais pas avec l'acteur que je voulais. Le casting garçon laissait à désirer.

Le suivant, j'avais treize ans mais je paraissais seize, et je suis allée me présenter pour le film *L'Ennui*, de Moravia (sans le dire à ma mère). J'ai tout de même été sélectionnée pour un premier essai, mais bon, évidemment ça s'est vu, j'étais pas mûre pour ce type de dialogues.

Puis on a fait une agence mannequins. J'avais seize ans et ma mère pour le bonnet a mesuré mon tour de tête, alors que c'était la taille du soutien-gorge qu'ils voulaient. Devant tout le monde, les regards qui disaient, mais c'est qui ces paysannes ? Finalement j'ai été prise, mais j'y suis pas retournée, j'avais trop honte.

Jeudi 13

Je l'ai vu s'avancer, sautillant près du quai, arrêt Place d'Italie. Il mimait qu'il faisait de la corde à sauter. Vingt ans peut-être, léger comme un danseur-gymnaste, nous frôlant en souriant. Métis, une peau café 95 % de lait, avec des taches de rousseur sur les pommettes, un survêt, un tee-shirt. C'est ensuite que j'ai vu ses beaux yeux verts exaltés, et j'ai pensé qu'il venait de tomber amoureux, ou de recevoir une bonne nouvelle.

Quelques minutes après, je le revois plus haut dans la station, puis sur le quai vers Nation, torse nu. Il avait chaud, en pleine montée, il ruisselait comme sous produit, et cette fois j'ai pensé qu'en fait c'était pas une bonne nouvelle, plutôt quelque chose de terrible qu'on venait de lui avouer.

Il est monté dans ma rame, le temps d'un seul arrêt. Il frappait dans les mains. Il s'est adressé à nous, mais sans oser trop gueuler, sans assumer totalement. Vous êtes tous là ?! il a dit. Parce que moi je vais pas vous laisser partir, ça va prendre du temps ! Parce que tout est à moi ici, vos corps, vos bouches, vos haleines ! Vous êtes à moi ! Et cette fois j'ai pensé qu'il avait une bombe, que ça devait être un de ces fameux terroristes qui ont plus rien à perdre.

Il est ressorti en sautillant, toujours ses pas de corde. Le métro n'a pas redémarré, le chauffeur avait dû l'apercevoir dans le rétro, déjà ça m'avait traversé comme un choc intérieur sur le quai, pourvu qu'il ne saute pas, non pas lui, pas sous les roues, pas toi tu es si jeune, si beau, et je m'étais raidie de peur comme pour le retenir, le serrer contre moi.

Et c'est en comprenant qu'il était possédé, sur le point de passer à l'acte, quel qu'il soit, pour sortir de sa souffrance, que j'ai senti cette énorme proximité, comme si c'était mon frère, en pleine crise mystique, échappé de l'asile, ou qui aurait arrêté son traitement. Autour de nous, il y avait cette foule qui attend, cette marée d'humains qui ont hâte, qui piétinent de pouvoir enfin se planquer chez eux. Et j'ai aussi compris, à ce moment-là, qu'eux aussi tous ensemble étaient tellement fragiles, parce que la moindre perturbation, le moindre fou pouvait faire exploser leur vie organisée.

Pendant que le chauffeur cherchait le jeune homme pour l'empêcher d'avoir son corps déchiqueté sous les roues, je regardais la foule, et j'ai eu un vertige à l'idée de faire partie de cette ville surchargée, trop pleine d'hommes, dangereuse et friable. Je regardais aussi l'autre côté du quai, les gens agglutinés devant le précipice des rails. Il aurait suffi d'un seul mec à bout pour *déclencher le chaos*. La foule effraie parce qu'elle fait masse, mais en fait c'est un leurre, rien ne lie les gens entre eux et tout peut arriver.

Alors finalement j'ai baissé les yeux, pour me calmer. Les portes se sont fermées, on est repartis, et le jeune homme a fondu, disparu, comme s'il n'avait jamais dû exister.

Samedi 15

Me suis mise aux collages récemment, j'aime vraiment, mais il n'y a pas le geste. Ce trait tendu, comme dans les grottes que j'aimerais tellement visiter, Lascaux, Chauvet, que je vais voir sur Internet, les aurochs, les chevaux, la couleur des pigments et ce trait qui fend la paroi et nous dit qu'il y a quelqu'un dans l'ombre, avec sa torche, il y a trente-cinq mille ans, quelqu'un qui réfléchit et a besoin de s'exprimer.

C'est magnifique le trait, dans sa simplicité. C'est Reiser le meilleur pour ça, m'explique Serge. Reiser l'Homo sapiens des cavernes, l'artiste rupestre d'*Hara-Kiri*. Il part toujours du plus important pour dessiner son personnage. Quand c'est le boule de la fille qui prime, d'abord il dessine le double trait, et après le reste autour. Pareil avec la teub des mecs. Commencer par ce trait qui doit nous percuter en premier, c'est logique, et après les détails, pour que le concept soit rattaché à une forme d'homme. *Le trait, c'est une idée qui vibre.*

Sinon l'atelier de Serge est métro Notre-Dame-de-*Lorette*, et moi j'avais pas fait attention au sens, mais il m'explique qu'à l'époque les *lorettes* étaient de belles femmes élégantes, fêtées par les artistes, qui vivaient la nuit comme des reines. Elles avaient leurs apparts dans ce coin.

La lorette, c'est la Dame aux camélias, la demi-mondaine, la cocotte. Ok, une femme entretenue. Et je veux dire, à l'époque, pourquoi pas. Mais aujourd'hui, on peut le faire en s'assumant. Femme libérée, j'appelle ça, néo-lorette qui trace sa voie.

Mardi 18
(les trente-neuf ans de Toto)

Toto a dit qu'à quarante ans ce serait trop tard. Alors pour sa dernière année dans la trentaine, on s'est bien mis la race, par toutes les drogues possibles.

Il y avait beaucoup de monde chez lui, un vrai gros bordello. Mais Toto est trop cool, il a pas eu l'air de s'inquiéter du voisinage, prévenu d'ailleurs, et plus que ça, menacé je pense, sinon ça aurait pas été possible. On y était quand même encore à 16 heures le lendemain, et pas en mode silencieux.

Dans la nuit, j'ai roulé une pelle à un petit jeune, qui par la suite m'a envahie de textos. Il y avait beaucoup de beaux gosses, beaucoup de beaux gays surtout. Et aussi ce mec avec un foulard émirati sur la tête, qui dansait sur la techno et foutait le bordel comme tous les autres noctambules. J'adore ce mot, *noctambule*. Je l'ai trouvé charmant et suis allée lui parler, mais à vrai dire, beaucoup de choses se sont passées à cette fête, et j'ai vite perdu le keffieh de vue, même pas su son prénom.

Mercredi 19

Ce matin je reçois un sms, *Gwenn, es-tu toujours aussi belle qu'hier ?* Message charmant, flattant mon ego, mais numéro inconnu. Je pense à Mouss bien sûr, alors j'hésite à répondre que non, je suis devenue moche, tu verrais c'est horrible.

Finalement j'appelle direct pour comprendre et je tombe sur cette voix bizarre, qui m'explique que voilà, je lui avais noté sur un papier l'adresse du Pig'Hall, mon Fb, mon numéro. Roh lalaaa, le grand tout quoi. Parfois je fais n'importe quoi puissance mille, surtout aux fêtes de Toto. Heureusement qu'il est né qu'une fois par an.

Effectivement, à la soirée, le type avait eu le temps de me brancher sur son envie de visiter un sex-shop pour la première fois. Et voilà que ce soir, je suis à l'entrée du Pig'Hall, à fumer, et là un client entre, je dis bonjour, il me dit bonjour, vous allez bien ? Je réponds, oui… Il me dit, en fait, j'ai appelé tout à l'heure, on s'est vus à la soirée de l'autre jour, là je suis avec mon boss émirati, et je dois lui acheter des *sextoys Louis Vuitton*, vous avez ça ? Je réponds que, ben, non, je savais pas que ça existait, nous on a du Lelo, c'est notre plus haut de gamme. Ah oui ? Montrez-moi ça.

Et voilà que je le guide et lui sors le blabla habituel, puis il me dit, moi je suis un Émirati en fait, d'habitude je suis avec mon foulard. Dès qu'il dit ça je comprends que c'est lui, le keffieh de la soirée, dont j'ignore le nom.

Et là, je sais pas pourquoi, je le prends dans mes bras, en mode navrée-touchée. Je ne sens pas de retour à ce geste, peut-être que ça l'a mis mal à l'aise. Moi ça m'aurait fait flipper, mais j'ai pas pu me retenir, j'ai ressenti le besoin de lui faire un câlin, gratuit. Il me faisait de la peine.

Je le trouvais charmant mais évidemment, un boy des Émirats, ça m'attire pas trop, vu les contreparties. Il était habillé comme un cadre en plus. En fait, il est juge. Il a un petit ton bourgeois à la fin de ses phrases. Je saurais pas bien décrire. Comme un défaut, qui serait censé être une qualité.

Alors on parle, on prévoit soi-disant de se voir samedi, mais d'ici là, il va s'en passer des choses. Mouss débarque demain. Ça m'étonnerait que je finisse à Dubai avant la fin du mois.

Vendredi 21

Je suis un ouragan, un oiseau dans l'orage, je ne sais pas ce que je *suis*, du verbe suivre. Une lumière qui tremble, éclatée sur la buée d'une vitre de side-car. Alors je cours pour la rattraper, faut pas qu'elle sèche au vent ou s'éteigne. Je suis pas calme, ni cool, je suis pleine de vie et d'angoisses. Pleine de doutes et de force friable. Je ressens de près les feuilles qui transpirent au pied des arbres.

Suite

Me suis mise au jogging. La première fois sur le canal de l'Ourcq. J'ai parcouru *quatre kilomètres* ! Sans forcer, sans courbatures. J'ai aimé courir sans nécessité de fuir, pour changer. J'ai aimé n'avoir rien à prouver à personne, être seule avec mon bassin d'eau, et fière d'avoir enfilé mes baskets achetées la veille et un petit short de printemps qui me met en valeur.

Dans le film *Darling,* tiré du livre de Jean Teulé, Marina Foïs se met à courir aussi et enfile un vieux short de son adolescence, car elle a que celui-là. Pendant sa course, le frottement répétitif du short, trop serré entre ses cuisses, lui procure un orgasme. Après elle retente cent fois l'expérience, mais manque de bol, l'orgasme ne remonte plus. J'y vois une métaphore de la vie, mais peut-être que parfois, avec la philo, je devrais me retenir.

En tout cas moi, rien de ça, je sais pas comment Marina s'est débrouillée. Moi je cours pas pour me réchauffer le clito, ni même pour perdre du poids. Je cours après la reconquête de ma sérénité, et des endorphines. Pour que je me mette concrètement au sport, il a fallu que je sente l'urgence, l'amoncellement de substances. Et finalement ce ne fut pas l'Himalaya.

Je démarre au croisement quai de l'Oise-rue de Crimée, jusqu'au bout de la Villette. Je traverse le pont et puis en sens inverse, quai de la Seine. Ça fait deux kilomètres aller-retour. Si je m'y tiens deux fois par semaine, pour un début on pourra dire que ça va.

Ici en France les gens sont là, oh ! déstresse !... t'es speed ! Alors que quand je suis allée en Roumanie avec Mouss, il y a trois ans (*raconter ça plus tard*), les gens disaient que j'avais une belle énergie. Désolée d'être moi ! On me dit de déstresser, et ça me stresse qu'on dise ça.

Au travail j'ai appris par Foumilayor que j'avais le gentil surnom de *Panique*. Genre c'est *Panique* aujourd'hui à la caisse, c'est *Panique* qui ferme ce soir. En fait c'est lui qui me l'a trouvé, et maintenant il me l'avoue, plus de deux ans après. Le plus bizarre, je le prends pas mal. Peut-être parce qu'il me le dit avec sa gentillesse, et qu'il en a jamais profité avant, pour se moquer. Qu'il sent que je suis une *vraie paniquée* et qu'on a le droit d'en rire, qu'on se connaît assez pour ça. Ce qui prouve qu'il y a un vrai respect entre nous. En plus je trouve ça classe, *Panique*, ça sonne bien. Ça fait titre de seul-en-scène. Peut-être que je devrais me lancer, utiliser mes capacités de boucan pour faire du stand-up. Il y a que l'humour qui rapporte maintenant, je pense qu'ils pourraient être quelques-uns intéressés à se payer ma gueule.

Au bar La Midinette, deux habitués m'appellent *Zébulon*. À Istres, un pion au collège m'appelait *Jump*. Joce m'appelle officiellement *Boucan,* Mouss m'appelle *Poulet,* et même s'il y a du vrai dans tout ça, je suis en train de changer grâce à la course à pied, zen et sérénité.

Dimanche 23

J'ai eu un père colérique. Quand ça partait en vrille, surtout avec ma sœur, ça faisait vibrer les murs. Toute la petite enfance, il a été doux avec elle, puis quand elle a eu onze ans, il a changé, peut-être à cause de ma naissance. Mon père il a aussi ce truc, les seins, dès qu'on commençait à être ados, il nous approchait plus, c'était fini les bisous les câlins, alors qu'on en avait besoin, que dans notre tête on était des gamines.

Avec Katell il a été très dur, puis sa maladie s'est déclarée, qui l'a rendu aigri. *Tu seras bonne qu'à coller des étiquettes*, il me disait, quand il voulait m'encourager.

Il faut voir aussi d'où il venait. Son père, Robert, un

mareyeur qui en cassait du crabe. Le seul qu'il respectait, il paraît, c'était Joe, un Chinois qui tenait son bistrot préféré, le seul qu'il avait le droit de fréquenter, vu qu'il était tricard dans tous ceux de la région.

Ma tante Morgane, elle, a réussi à s'extirper de là. Elle est devenue prof de maths à Rennes. Mon père, lui, pour fuir sa famille, s'est engagé dans la marine en tant que mécanicien, cinq ans. Il paraît qu'il a bien visité tous les troquets d'Afrique. Puis au retour, l'usine, et cette maladie, qui l'a assommé.

Mon père, c'était le genre à s'énerver pour un rien. Mais le truc de travailler en sex-shop, ça l'a pas dérangé. Il attend rien de mieux peut-être. Comme il m'avait rien dit quand j'ai raté quatre fois mon permis. Sans parler de mes études.

Quand on s'est installés dans le Sud, il travaillait à la raffinerie, à Fos. Il revenait tout noir. Il nous adorait, il y avait que ses filles qui comptaient selon lui, et encore maintenant si j'ai besoin d'argent, il m'en envoie. On est toute sa vie, il fait que nous répéter, mais moi dans dix ans je fais comment ? Il a les os qui partent en poudre, mais à faire comme si tout va bien. C'est un mec qui s'écoute pas et qui réfléchit mal.

Au début il se méfiait de Mouss, mais un soir de fête ils ont vraiment sympathisé, et parfois, encore maintenant Mouss passe le voir, avec des bières, prendre de ses nouvelles. Je sais qu'à un moment il l'emmenait pêcher à Sète, mais c'est fini depuis longtemps ça, comme il veut plus bouger. Je crois qu'il a honte qu'on le voie, de ce qu'il est devenu.

Un jour il m'a mal parlé, et j'ai pété un câble, je lui ai dit que je voulais plus venir chez lui, que j'allais raconter tout ce qu'il m'a fait, alors qu'en vrai il m'a rien fait de spécial, c'était Katell qui prenait neuf fois sur dix. D'ailleurs c'est ce jour-là qu'il m'a dit je t'aime pour la première fois.

Mon père je l'adore, mais je le traîne comme un fardeau. Depuis mes douze ans, j'ai la hantise qu'il se suicide. Depuis que ma sœur est revenue dans le Sud, ça va mieux, ils se sont réconciliés, c'est elle qui le dresse maintenant, qui lui donne des ordres pour qu'il se fasse soigner. Il râle, mais il se laisse faire.

Parfois je voudrais lui pourrir sa gueule, mais le problème c'est que c'est pas un connard, il est super honnête, c'est un mec bien même, mais dépressif, et qui se laisse aller à sa façon têtue. Avec ma sœur on lui offre des pantalons, mais lui ce gribou, ce romano, qui laisse tout traîner, qui vit comme en roulotte. Il a juste eu une enfance de merde. En plus il peut être super drôle, et en tant que grand-père il s'est coolifié. Au mariage de ma mère je l'ai vu ressortir des conneries, il était redevenu beau, jeune, fringant, j'ai adoré ce moment. Mais il se bouffe la vie. Si je lui dis que René connard a oublié de me payer, il va pas en dormir de la nuit. Moi l'hyper angoissée, à la Scarface, à côté de lui je suis Bob Marley. Mon père c'est moi, en vieux et en plus stressé.

Jeudi 27

Je vis trop en fonction des autres. Je m'en veux si je les blesse, même s'ils me blessent avant. Je suis pas assez rancunière, j'aimerais savoir mieux faire la conne qui zappe.

La semaine dernière, tombée sur deux plans louze. L'un rien à dire, mais l'autre me plaisait carrément.

On se rencontre à une soirée chez des potes et on crée un stratagème pour se barrer ensemble. Une fois dehors, on se roule de magnifiques pelles cinématographiques, dans un vieux hall d'immeuble. Puis on prend nos vélos. Je lui dis au passage que j'ai un garage à vélos, pour qu'il sache où on va. Et c'est là qu'il m'explique qu'il me raccompagne juste, parce que c'est sur sa route.

Arrivé en bas de chez moi, il attache son vélo. Je lui dis, bah finalement tu montes ? Il me répond, oui. Je lui rétorque, ah c'est toi qui dois décider, en fait, c'est ça ?! Et là je vois son visage et son air d'avoir strictement rien compris à ma remarque.

Je sais pas s'il faut préciser, mais il était 3 heures du mat et on était ivres. Je surpasse ce moment de flottement, n'ayant pas baisé depuis le 23 mars, et ayant apprécié sa présence jusque-là. Nous montons au 6e. Après tout est un peu flou, mais c'est là qu'il me répète qu'il ne va pas rester. Comme ce n'est quand même pas à moi d'insister pour qu'il reste, j'insiste pas, je suis là. Même pas nue, rien. Douce et sympa à mettre de la zik. Un moment de rien se passe, un moment agréable d'ailleurs. Puis il s'en va, sans se retourner, ni m'embrasser, et m'envoie, cinq minutes après, *j'ai eu l'impression de te déranger.*

Donc c'est là que les choses auraient dû s'arrêter. Mais moi comme une conne j'ai puisé dans mon énergie de 3 heures du mat pour lui expliquer qu'il ne voit pas les choses qui s'offrent à lui. Bon, imaginons qu'il devait partir, qu'il avait un truc grave, un rôti sur le feu. Mais pourquoi me faire culpabiliser ?!

Dimanche 30

Au sex-shop une nana, panoplie de prostituée, yeux tristes et maquillée de passeport libanais, piercings énormes partout, labret lèvre inférieure, nez, langue, arcades. Mais bien foutue, ferme, une putain de cambrure. Une black d'environ cinquante années de galère derrière elle.

Elle s'adresse à Foumi, elle veut qu'on lui réajuste sa robe. Elle marche doucement dans le magasin jusqu'à la cabine, avec Foumi qui s'exécute.

Ha, ha, et je vois que ça prend du temps, Foumi doit s'amuser. Après madame veut des bas, et lui l'aide pour ci pour ça, et elle ventre à terre, heureuse. D'ailleurs il suffisait qu'elle se penche un peu pour qu'on admire tout le reste. Et mon Foumi si gentil, complètement dans le métier, juste à l'aider comme un frère.

J'adore ce mec en fait.

Suite

Des fois je me dis, et à voix haute : je suis une merde. Et ça arrive souvent, quasiment tous les jours. Les gens normaux, ça leur arrive jamais ça, mais peut-être pas au fond.

Là maintenant j'ai besoin de le dire et de l'écrire : je suis une merde.

Aimée

ce mois où

on rigole,
parce qu'on s'est trop parlé

Mercredi 3

J'ai raté ma vingtaine. Si je m'étais moins droguée et que j'avais eu plus confiance en moi, j'aurais été une bonne actrice. Je me sens vieille. J'ai l'impression que c'est bientôt fini, alors que c'est pas vrai. Il faut que je me concentre sur moi. Arrêter de sortir, même un apéro entre potes, dire non. Je me gâche avec certaines personnes, toute la merde qui se raconte, et ce monde de déguns de la night qui me fatigue à mort.

Sinon il y a les hommes. J'y arrive pas avec eux non plus. J'ai aimé qui ? Salvatore, qui m'aimait pas. Mouss un an, quand j'avais dix-huit ans. Et maintenant, où est-il ? Je répondais plus aux textos, alors il a cessé. On fait que se rater, se prendre des murs ensemble.

Les hommes c'est juste quand ils sont en prison qu'ils me plaisent vraiment. Pas avant ni après. Dès qu'ils sortent ça devient moins romantique. Dehors ça se transforme en histoires de cul un peu tartes, disséminées par-ci par-là. Moi j'aime jouir comme dans les films, mais pas les films de cul, les polars français réalistes, avec sous-titres en islandais.

Je viens d'avoir trente-cinq ans, et j'ai jamais rien construit. Il faut voir le positif, rien ne peut s'effondrer. J'ai tout un vide devant moi, et encore deux-trois trucs importants, sans en avoir conscience, que je vais foutre en l'air.

Jeudi 4

René voudrait que je fasse 2 000 euros de chiffre tous les soirs. Ce serait parfait, mais depuis les attentats, on est dans le mou de la force. Au magasin, c'est le tourisme qui nous fait bosser, c'est eux qui rigolent, qui lâchent le plus d'argent. Surtout les Russes. Même une Russe pauvre, genre secrétaire chez elle, elle se sape à mort, elle veut paraître riche. Parfois ils sont en couple, ils rigolent devant une paire de bas résille, oh mais sortez le dimanche ! Le communisme les a traumatisés.

Sinon on a reçu récemment des préservatifs phosphorescents. Tu mets ton zguègue à la lumière, et ta bite brille dans la nuit. Heureusement qu'on a les pilules avec la molécule du Viagra, qui se vendent bien. Une fois j'en ai mis une moitié dans un verre, d'abord dans du vin blanc, mais ça a commencé à mousser, alors j'ai mis du vin rouge par-dessus. Une mixture, mais que j'ai pas jetée de suite. On continue la soirée et là je vois mon pote sortir de la cuisine avec le verre presque vide, que j'avais oublié de balancer.

Il a bandé comme un taureau, et je suis restée avec lui toute la journée, pour en profiter tant qu'à faire. Je me sentais responsable, et j'avais aussi un peu peur qu'il fasse le rapprochement avec mon boulot au sex-shop. Mais non. Un jour je lui avouerai. En tout cas, c'est pas du placebo du tout.

Vendredi 5

Depuis que je suis au sex-shop, c'est pas que je suis devenue chaudasse, mais de fait, j'ai le sexe à portée de main. J'ai fait mon premier trois (avec deux mecs), c'était bien, je me lâche un peu plus. Je baise moins, mais je baise mieux, surtout en m'amusant, avec des déguisements, en m'inspirant de Foumi et ses techniques de Cotonou avancées. Mais sans sex-toy, sinon j'ai trop l'impression d'être au boulot.

De toute manière, je baise différemment depuis ce que m'a fait Blaise. Parce que je me méfie mieux, et à juste titre. Alors qu'avant pas du tout. Quand j'avais vingt et un ans, on avait compté avec une copine, j'étais déjà à quarante-cinq. Là je pense que je suis à cent trente. La première fois j'avais quatorze ans et demi, et lui aussi. Je voulais être amoureuse et qu'il soit puceau comme moi, c'était mes conditions. Je voulais pas être dépucelée par un mec qui l'avait déjà fait.

On a joué à touche-pipi pendant six mois, on est restés un an ensemble, j'avais joui déjà plein de fois avant de faire l'amour, et je peux dire que j'ai joui la première fois que j'ai baisé, ça c'est pas toutes les meufs. Et aussi sans saigner. Dans un autre pays, ou à une autre époque, on m'aurait tuée pour ça. En plus avec un beau Croate, qui s'appelait *Sacha*. Je pleurais juste de plaisir, comme toujours, parce que je suis faite en eau, d'une seule source, et que je me déverse de partout dès que je me sens bien. Femme-fontaine à plein temps.

Ils sont très beaux et grands en Croatie. Moi j'ai du sang monténégrin, qui sont les basketteurs de la Yougoslavie, encore plus grands que les Croates.

Il faudrait que j'y aille. Notre ville d'origine, c'est Bar, ça devrait me parler. En plus en bord de mer. Bar au bord de la mer. Franchement ça fait rêver.

Suite

Nous, on le fait pas, mais il y a des magasins de fringues où il est interdit de prendre des selfies. Pour éviter que les gens s'habillent à leur max en cabine, se prennent en photo et partent sans consommer. Comme maintenant tout le monde s'en cogne d'être réel durant toute la journée, le profil Insta passe avant tout le reste.

Apparemment ils sont des palanquées à se saper que pour des like, gratuitement, croyant niquer le système. Mais cette photo ils la payent. Ces selfies, tu t'en remets jamais vraiment, ils te clouent à ta misère de fantôme.

Dimanche 7

En fait je suis borderline. Il paraît que c'est mieux que bipolaire. Tous les jours je m'insulte à voix haute et je dis que *je vais me suicider*. Tout le temps. Il y a des périodes où je le dis moins, mais c'est en moyenne vingt fois par jour.

Je dis *je vais me suicider*, mais ça veut pas dire que j'en ai envie. Je repense à un truc que j'ai fait, à un moment où j'ai été ridicule, à une soirée où j'aurais dû me taire.

Avant c'était *personne ne m'aime, je ne suis qu'une grosse merde*. Maintenant c'est *je vais me suicider*. Au moins je prends les choses en main.

D'écrire ça, on pourrait croire que je fais la fille contente d'être dans cet état. Mais c'est pas vrai, je me complais pas. Je répète juste que *je vais me suicider*, ça prouve que je me laisse pas aller. Et puis j'ajoute, *je suis une merde*. Entre deux *je vais me suicider*. Pour rythmer la journée.

Je dis ça dès que j'ai honte. Et quand j'ai peur que mon corps fasse quelque chose que ma tête voudrait pas. J'ai peur de me suicider sans le vouloir. Alors, de le dire, au moins si ça arrive, ça me rassure un peu.

Mais je suis pas maso, je suis que positive à la base.

Mardi 9, 14 h 22

Le Pig'Hall c'est pas la *Halle aux cochonneries* pour rien. On propose toute une ménagerie sexy, queues de lapin, canards de bain trois vitesses, *Sophie Point G la Girafe*, vibro-castor (beaver, la chatte anglaise), speed-rabbit avec les petites oreilles qui s'agitent, différentes espèces d'insectes vibrants, hélioptères, criquets, sauterelles, que tu peux mettre où ça t'arrange le mieux, ainsi que notre fameux kangourou taille réelle, qu'on a plus en ce moment, qui défonce tout ce qui bouge.

C'est dans le réalisme que le cul se perd. J'ai compris ça depuis que je peins. Le sex-toy doit être abstrait ou ludique, jamais tenter d'imiter la vraie vie. Les chattes en latex à dix balles, il y a rien de plus horrible. Ou pire, les bouches pour pipes – que tu accroches où chez toi ? Au mur comme un trophée de truite ? Et toutes ces teubs à la nervure près, non je vois pas l'intérêt. Le cul a pas été inventé pour être vrai, mais pour stimuler, fonctionner, pénétrer le clito des possibles, faire jouir en fonction des désirs, parce qu'on adore ça.

Le nouveau délire, depuis un moment, c'est les vibros télécommandés par appli de téléphone. Ton partenaire ou même tes partenaires l'enfilent le matin, et toi tu stimules à distance, quand tu veux. Tu peux même mettre une alarme, *Faire mouiller Coralie à 11 heures, Se connecter au vagin de Delphine à 13 heures*. Il y a des vidéos partout, c'est un gros buzz. Tu penses à ta copine, tac tu lui mets une petite décharge d'amour. Et elle, elle comprend concrètement que tu es en train de penser à elle. C'est la nouvelle transmission chatte-bite au-delà de la pensée, qui pimente les journées. Par exemple, si tu es médiathécaire ou gardien de nuit. Ok ça peut être gênant en réunion, quand tu détailles ton Powerpoint, la montée de chaleur, les tortillements. Mais sinon, cette sensation que le cul est là, présent, et qu'il peut triompher.

Dimanche 14

Je voulais encore attendre pour écrire sur lui, mais là, sincèrement, c'est la première fois que je ressens ça. Un grand choc thermique. Attention à la lubie ! Ce mec est en couple, il a un fils de trois ans, et surtout c'est une putain de star de la pop qui passe à la télé, tout le monde veut de lui, un véritable aimant, et aussi évidemment un aimant à gonzesses.

La première nuit, il est parti sans qu'on se laisse nos contacts. Hier soir c'était la troisième fois, mais chaque session, c'est grandiose. La deuxième fois, il m'a dit, Gwenn, tu as compris que je n'étais pas un cœur à prendre. Je lui ai dit que moi non plus, même si je suis célibataire, mais que j'attends vraiment rien, à part le métro parfois. J'ai joué cette carte pour être sûre de le revoir.

Après, je vais pas me mentir. Quand je m'emballe, c'est sans demi-mesure, et c'est assez rapide. Là en fait il y a tous les éléments pour que je baisse les bras. Marié, enfant, reusta de ouf… Et puis c'est pas ma nature de me battre pour un homme. Je préfère crever plutôt qu'être avec quelqu'un sans amour. Et l'amour existe pas s'il n'y a pas réciproque. Mais ce Luc, ce gros chat, je sais pas, je le sens. Et pourtant, il m'a rien dit pour me laisser imaginer, au contraire. On s'est vus que trois fois, et j'en ressens bien plus que ce que je devrais. J'adore penser à lui, et ça m'arrive souvent. Il me plaît à 200 %, mais comme je suis pas prête à être triste, je lui montrerai rien. Je peux que le laisser venir, alors que si ça se trouve, dans sa tête, c'est fini entre nous.

D'ailleurs, j'ai peur d'avoir été trop indiscrète, avec une question à laquelle il a répondu en disant, ça c'est une autre question. Oh, le flip. Penser à lui me fait du bien, je n'imagine rien, et tout à la fois. Moi qui ai ce syndrome anti-love, Stockholm queer, j'ai en même temps ce truc qui me dit qu'il va m'aimer à la façon Disney.

Lundi 15

Depuis qu'il refait beau, Joce s'est mis aux mots croisés. Il remplit des grilles, sur n'importe quel banc, ça le sort.

J'ai essayé de l'aider, au début. Tu as des sites sur le Net comme Solver qui proposent des solutions. Mais j'ai du mal à me concentrer, c'est tellement chiant en vrai. Par contre lui, il peut rester kéblo des heures, avec son critérium, à gommer réécrire. Ça lui arrive même de bronzer sans faire exprès. Tellement il est pâle d'habitude, on le reconnaît à peine, c'est excellent pour lui en fait, je crois qu'il a trouvé son sport.

Tu le vois réfléchir, ça turbine, il réchauffe tout le quartier. Tu veux lui faire plaisir, hormis les bières maintenant, on sait quoi lui offrir. Un petit niveau 3-4 dans n'importe quel kiosque, il vit sa meilleure vie.

Suite

Sinon tous ces collants-pipettes, avec leur moule-bite qui fait gourde dans le dos. Des fois j'aimerais avoir un patou ou un rott pour les plaquer au sol, qu'ils comprennent qui est le maître du trottoir.

Je suis à ma terrasse, peinarde (à pas courir, je m'en veux d'ailleurs), et je les vois défiler. Certains prennent le métro, ils se croient tout permis, comme si Paris c'était leur Gymnase Club. Comme si on était tous d'accord qu'ils s'égayent avec leurs déguisements, alors qu'on est en ville, assieds-toi, habille-toi correct, sinon il y aura bientôt un charter pour les gens comme toi, moitié Noirs moitié joggeurs.

Le pire c'est ceux qui marchent avec des bâtons de ski. Marcher en considérant ça comme un sport, en plus avec des bâtons et sur du bitume plat, mais quelle image déformée on a de soi ? C'est ça ta putain de vie, marcher sans faire les courses, sans même penser à rapporter une baguette ?

Mardi 16

J'arrive au taf hier, une petite brune se dirige net vers moi, *excusez-moi, vous sauriez pas où je peux me prostituer ?*

Elle me demandait ça comme quelque chose d'urgent et de léger à la fois. Comme une terrible envie de pisser, *mais où sont les toilettes ?!*, en plus nerveux. Avant de répondre, je m'assure d'avoir bien compris, je respire un bon coup, et je lui dis, tu sais c'est violent. Elle me répond, non mais là, j'ai pas le choix. Bordel, qu'est-ce que je pouvais répondre de constructif à ça ?!

Je lui ai demandé de revenir me voir, qu'il pouvait y avoir du travail comme vendeuse ici. Elle était speed, elle a dit, ok, ensuite j'ai eu un immense sentiment d'impuissance, c'était quoi la bonne réaction ? Elle est partie, et pourtant elle était encore là, même cette nuit, à me regarder droit dans les yeux.

Mercredi 17

En fait je suis en train de craquer totalement sur Luc. Qu'est-ce qu'il est mignon ! Qu'est-ce que je l'adore ! Comme il me plaît ! Et de manière sensible ! Mais bordel je me surprends à stresser et à avoir peur de le rater, alors qu'il est presque toujours ok pour me voir. Je me balade sur le Net, je le retrouve partout, dans telle émission, à tel concert, un truc de ouf, comme un virus d'ordi ultra puissant. Je vais l'appeler Pop-up, si ça continue ! Mon cheval de Troie personnel. Et moi qui n'existe nulle part, comment peut-il s'intéresser à autre chose qu'à mon cul, m'admirer autrement ?

Je veux redormir avec lui ce soir. Avant-hier, il est resté avec moi, trop mignon, il dormait, j'ai adoré ce moment.

Son livre préféré, c'est *L'Accroche-cœur*, de Salinger. Déjà j'adore le titre, je sens que ça commence bien. Et son auteur préféré, Raymond Carver. Je pense que je vais le lire, mais pas tout de suite, ça ferait trop groupie de base. Luc, j'aime tout de toi.

Vendredi 19

Hier soir Suze qui me fait un cours sur Anne Marie Louise d'Orléans, *la Grande Mademoiselle*. Elle a écrit des Mémoires vers 1660, qui laissent imaginer l'esprit d'une jeune femme de cette époque. Je me suis sentie conne, pourquoi je lis pas plus, bordel ! Luc doit me prendre pour une débile, c'est sûr !

Choses à faire :

apprendre la mythologie grecque,

mettre 200 euros de côté chaque mois,

manger des légumes de saison (aller au marché le vendredi),

rester un max de temps au sex-shop payée au black (trois soirs par semaine),

essayer de me limiter à trois paquets de clopes par semaine ou passer à la vaporette,

m'acheter de bonnes chaussures et un joli manteau,

fumer moins de oinjs ??

surtout aller à la piscine.

Samedi 20

Je songe à mercredi, comment on a fait *l'amour fluide*, sans jamais s'arrêter.

Lundi 22

Je crois que je peux pas continuer ce journal sans évoquer mon rapport à la cocaïne. Et mon rapport au hasch, à la beuh, et le reste quand il y a. Des fois je pense que je pourrais me tuer à la fête. On peut juger mon métier au sex-shop, mais ces jours-là je me défonce pas, alors merci le cul, le cul sauve des vies !

Depuis un mois j'enchaîne midi et soir le dimanche, quand la plupart des gens sont fracasse dans leur canapé, après un week-end chargé. D'autres se font un plateau-télé, en amoureux ou en solo, d'autres vont au vide-grenier, au cinoche. Moi j'attaque ma semaine à 10 heures, avec pause de 16 à 18 heures. Et lundi, mardi, mercredi, de 18 heures à 2 heures, tout ce temps où je suis clean. C'est les autres soirs le problème.

Par exemple cette semaine, jeudi souple, mais quand même j'ai eu droit à deux lignes, puis vendredi grosse soirée pour Gaëtan rentré du Japon. Je compte même pas les traces de ski de fond jusqu'au samedi midi. Là toute la journée dodo, et à une heure du mat, Luc qui passe avec ses petits sachets perso, toujours de l'excellente, vu qu'il a les moyens et j'imagine les bons contacts dans ce monde de la musique (mais on parle jamais de ça). Puis dimanche soir, c'était l'anniv de Suzana, donc je débarque direct après mes douze heures de boulot, vers 2 h 30, je crevais la dalle mais Joce en avait, et finalement j'ai quasiment rien mangé. Tout le monde me dit que j'ai maigri.

Parfois je veux me donner des circonstances atténuantes ou des mauvaises raisons logiques, mais j'ai pris conscience depuis un an, grâce à Suze qui m'a coincée entre quat'z'yeux, que c'est une addiction. Une addiction mentale dont mon corps se passerait bien.

Je me sens déjà mal à l'aise de continuer sur ce thème, surtout qu'avec Luc c'est à chaque fois, il en a tout le temps.

J'ai eu le nez blessé, des aphtes, les mâchoires coincées, une peau de crocodile, et le cerveau en vrac. Je me suis jamais piquée, mais j'ai eu mal aux veines.

Suite

Je me réveille avec une dalle immense, limite la dalle de Rungis, et il y avait quasi rien dans le frigo, à part de quoi faire deux galettes salées. En fait j'avais surtout une très grande envie de sucre, c'est-à-dire d'un Coca, mais dans ces instants clés, on est tellement vaseux que le projet d'aller à l'épicerie peut prendre plusieurs heures. Et il était déjà 22 heures. Et là texto de Paul, mon sauveur en glucides.

Paul, je l'ai rencontré dans un pub gothique, vers Ménilmontant, peut-être deux semaines après que Salvatore m'avait tèj de sa vie, de son bal d'architectureux bien propres et bien contents d'eux-mêmes.

J'ose pas me rappeler comment j'étais dans ma tête à ce moment-là. J'ai dû faire sa connaissance au comptoir, j'ai sorti une connerie du style, t'es beau pour un vieux, on s'est roulé une fois une pelle et plus de news.

Il me recontacte quatre ans après et je suis surprise qu'il ait toujours mon numéro, vu que je perds mon phone au moins quinze fois par an. J'accepte de boire un verre en semaine, on mange des pâtes à 3 heures du mat', porte de Clichy. Je me souvenais pas trop de sa tête, mais je l'ai reconnu de suite, et il m'a pas vraiment plu.

Mais donc l'autre samedi ce texto pile en pleine hypo, pour me dire qu'il souhaite passer papoter un peu à la maison, et moi qui accepte parce que j'ai besoin de sucre. En fait j'ai même faim, mais je veux pas abuser à lui demander de me ramener un McDo. Je lui dis juste de me prendre un Coca sur le chemin.

À une heure, il arrive avec deux grands verres de McDo pleins de glaçons. Bon moi ça fait trois heures que je galère, super contente tout de même. Je me jette sur la boisson et là je réalise que c'est du *Coca Zéro* ! Dans ces moments, je dois avouer, j'arrive jamais à cacher ma déception. Niveau bouffe, si j'ai envie de quelque chose, il faut rien me promettre. Alors, pour détendre l'atmosphère, je dis, tu trouves que j'ai besoin de *maigrir* ? Il me répond, désolé, mais en général quand mes copines demandent un Coca, elles prennent sans sucre.

Ah ouais, elles prennent sans sucre ?! Mais moi je suis pas tes copines, mec ! C'est parti grave en cacahouète. Je sais pas, j'ai pas pu me retenir. Je crois que Paul, je vais être tranquille un bout de temps. J'ai raconté l'histoire à Luc, maintenant il l'appelle Paul Zéro.

Mardi 23

Tu te réveilles et ban, tu vois sur Fb qu'un attentat a eu lieu à Manchester. Au concert d'Ariana Grande, un type s'est fait sauter. 59 blessés, 23 morts, un concert jeune public. Et Roger Moore aussi est mort ce mardi, qui jouait dans les James Bond, mais qui a rien pu faire.

Jeudi 25

Luc est passé et il est même venu me chercher en taxi au travail, avec sa guitare à l'arrière. J'étais un peu folle de joie, j'ai même pas compté la recette, tellement j'étais heureuse de le voir. Et j'ai volé un poppers, pour lui faire plaisir.

On a baisé, très bien, comme d'habitude. Puis là il me vient le moment où je me demande si j'ai pas été ridicule ou trop bavarde.

De toute façon j'ai aucune chance avec lui, cette star. Même si une voix féerique me susurre n'importe quoi. Je dois rester lucide pour le moment. J'en ai marre de la vie que je mène. Je sens un petit vent souffler, se lever, mais niveau mecs je laisse presque tomber. Je fantasme, voilà. Je passe ma vie à fantasmer et à gâcher le moment.

Je commence aussi à avoir plus d'angoisses au sex-shop, je me sens comme prisonnière, mon syndrome de Stockholm, ça me va plus du tout, je dois *partir par moi-même*.

Vendredi 26

Depuis un moment, je me faisais tout un monde sur le soin de mes pieds, à cause de mes oignons, et là en quelques échanges paranormalement simples, dénudés de sens et de suite, je suis tombée sur le cul. Matt est *podologue* ! Podologue pour sportifs. Charmant, sur MSN pendant toute la soirée, alors que j'étais sur tous les fronts, avec les règles de Suze, la galère de thune de Joce et les textos hyper chauds de Luc, sans parler de Mouss dans un énorme coin d'esprit, en vieux lion qui observe.

Podologue, ça doit être comme dentiste, je lui dis, un peu pour m'excuser de lui parler de mes problèmes de pieds depuis une demi-heure. Les gens te parlent souvent de leurs pieds, j'imagine ? Il me dit, oui, évidemment. Mais ça le dérange pas, c'est un sujet qui le passionne. Et là il me fait, si tu veux, passe dans la semaine, je te ferai des semelles.

On convient du jeudi matin. Sans extravagance ni abus de communication, sans doutes ni certitudes. La veille, rentrée à 2 heures du taf, je me cleane bien les ieps. Parce que bon, je me taperais pas mon dentiste en puant de la gueule.

Et voilà, depuis hier et cette nuit je me couche et j'ai *des putains de semelles podologiques* que j'utiliserai des années ! C'est un exploit ! J'ai eu tellement mal, j'ai tellement pas insisté pour me soigner, j'ai frappé aux mauvaises portes et ça traînait dans le flou, et puis là tac, réglé en une heure. Parce que je suis sympa et Matt aussi.

Il dit qu'il veut m'emmener au bord de la mer. Que là il part dix jours en Corse. Bla-bla-bla, je m'en fous, on verra, merci pour les semelles, rendez-vous dans deux semaines.

Pour l'instant je suis juste heureuse de mieux marcher. Après s'il faut se baigner, nager, je suis pas contre non plus, mais chaque chose en son temps, un orteil après l'autre.

Dimanche 28

Faut-il se battre pour reconquérir quelqu'un ? Moi j'ai plutôt tendance à laisser tomber quasiment tout de suite, à la première contrariété.

Luc je connais tellement bien sa bite, à la nervure près. Des fois je m'endors, et je rêve que je le suce. Après je lui demande s'il le sent, quand je le suce à distance. Ça devrait être ça le magnétisme, les tables qui tournent, plutôt que de se taper les vieux esprits moisis de tes arrière-grands-parents que dans la vie de tous les jours tu veux surtout pas croiser.

Ce sauciflard de Luc, il y a pas de mot, sa teub c'est comme un visage, je l'aime avec tout le reste, son esprit, son humour, je l'aime tout entier. Sauf sa femme. Elle, franchement, j'y suis allée comme ça pour voir, sur Internet. Elle parle comme ça, gnagnagna, du bout des doigts de son clavier, honnêtement je suis beaucoup mieux qu'elle.

C'est simple, Luc il pourrait m'enculer pendant que je dors, je serais contente. Et il a même le droit de me toucher les seins. C'est le seul. Je lui dis rien, j'apprécie vu que c'est ses mains, que c'est lui.

Mardi 30

Oui Matt, je t'ai trouvé sympa pour un podologue, et on a bien rigolé. Oui, on a ironisé sur le fait bien clair que tu étais attiré par moi. Je suis désolée, mais t'es pas le seul. Et puis on a encore discuté de mes pieds, dont tu es le sauveur providentiel. Ça j'avoue je te le dois.

Tu m'as mis quelques mains au cul, dans les premières heures. On rigolait et moi, tellement speed, j'ai même pas pris le temps de vraiment t'engueuler. Après je me suis exprimée dans ce sens pour te dire, *arrête*, ou simplement, *stop*, alors que j'aurais dû gentiment *t'en coller une*.

J'ai mis un long moment à ressentir ce que je ressens à présent, tellement tu es sympa et cool. Mais je te réentends dire, oh, mais on peut pas te toucher ?! T'es pas drôle !

Me toucher, c'est pas une blague. Quitte à passer pour une mégère qui prend tout au pied de la lettre, maintenant tu t'approches et instinctivement je recule. J'en ai marre de répéter entre deux éclats de rire que je veux pas que tu me pelotes, *même pour rigoler*.

Je ressens une fatigue mentale. Cette sensation de pas être entendue. Prise au sérieux. Cette impression que je te dois quelque chose. Alors que non. Si tu m'as fait ces semelles, c'est ton choix, n'attends rien en retour.

Mercredi 31, fin de moi

Je me lève, j'en peux plus. Luc dort et moi je dors pas. Parce que dormir avec quelqu'un, je l'ai déjà écrit dans un autre cahier, c'est pas rien, c'est même tout. Surtout si on couche avec. Il y a le lâcher-prise, le nez bouché, les pets perdus.

Luc je pense que ce serait mieux qu'il rentre chez lui des fois. Je suis plus comme chez moi s'il est là. Ce moment de sommeil qu'il prend près de moi. Qu'il me vole presque sur notre temps ensemble, alors que j'ai déjà droit qu'aux miettes par rapport à son autre vie, à sa femme trop belle, à son taf de star.

Dès que le jour se lève, il me touche plus, il se met en position Dracula. Souvent il reste juste à peine un centimètre carré de nos peaux en contact, souvent la cuisse, le coude, que je conserve en lien. À chaque respiration, je me rythme en pensée, je pense que je l'aime et qu'il va recevoir le message.

Je me sens loin, mais je me mets à délirer sur une hypnose entre cerveau et bout de peau. Bah oui, je le suce bien à distance, je peux l'aimer quand il est près de moi. C'est déroutant de se sentir aimée des heures et puis plus rien. Je vois qu'il dort sans moi, et ça me déprime à mort.

On fait l'amour avec Luc. Je veux dire qu'on le fabrique, qu'on le fait en dur. On est ensemble, mais après tu n'as plus besoin de moi, alors pourquoi tu restes dormir ? T'es tout de même pas un enfoiré ? Non, tu l'es pas. J'ai décidé que non. Et puis tu l'es vraiment pas.

Depuis le début, tu la sens pas la grosse évidence ? Mais bordel, quelle force de volonté et de sérénité à me rejeter. Il a bon dos, mon cul !

Son corps allongé, inerte, comment il fait ? Ce qui me contrôle, c'est qu'il est tout près, moi à deux doigts d'être heureuse, et que non.

Par un hasard malchanceux, son corps dans le sommeil

est au plus loin de moi, au même endroit mais à des années-lumière. Le matelas s'est agrandi, aplati par nos ébats. Je me sens plus seule que jamais.

Et je sais comme c'est horrible, quelqu'un qui vous colle sans qu'on en ait envie. Surtout pour dormir. Alors je m'abstiens. Je m'absente même. Je suis la femme invisible. Parce qu'il sait que je veux que lui. Ou bien il est aussi paumé que moi, et un peu con aussi.

Les lendemains après, il s'en va, presque sans m'embrasser. Je me retrouve si nulle et pourtant si l'un pour l'autre. Dès la première seconde. Je l'aime de façon entière, c'est le hic.

Luc est pas le gros lot, c'est mon amour humanoïde.

Joint

ce mois où

l'optimiste voit le donut
le pessimiste le trou

Jeudi 1er

Retour du taf à vélo hier soir. Tout ce que je peux croiser comme pervers, je l'ai eu. Comme dans les jeux vidéo avec des monstres, où tu essaies de pécho un maximum de pièces bonus. Boulevard de Clichy j'en ai pas raté une. La peur en y repensant. Je vis dans un game de zombies.

Sinon panne d'électricité vers minuit au sex-shop. D'abord toute la boutique, puis juste un tiers, puis enfin tout réparé sauf au rayon gags, qui reste sombre. Genre backroom du gag.

Vendredi 2

Si je suis honnête, ce rêve de monter à Paname, de devenir spéciale, voire Isabelle Huppert, tout ça a commencé avec le *Club Dorothée.*

Mes parents boycottaient l'émission. Moi j'aimais pas vraiment non plus au départ, il y avait trop de mangas violents, à part *Candy* et *Princesse Sarah*, des filles martyrisées comme moi. Puis ils ont fait les séries, les sitcoms, et là j'ai eu le coup de foudre. Je voue encore une entière tendresse à ces conneries kitsch, vides, sexistes. Tout ça doit bien avoir une demi-âme, en tout cas pour moi. Petites on est lâchées là-dedans, comme des princesses à poil.

Surtout il y avait *Hélène et les garçons*. Que je me sens seule avec cette connerie. Petite, si je loupais un épisode, ma journée s'écroulait. Je regardais ça dans la chambre de ma sœur. Il y avait aussi *Premiers baisers*, suivi des *Années lycée*. Je fantasmais sur Jules, qui était pas mal et l'est toujours d'ailleurs. Quel beau gosse incompris romantique, même maintenant, à quarante-neuf ans.

En 2014, je me suis retrouvée au comptoir du Batofar avec lui. On est devenus amants-amis sur-le-champ. Pour moi, c'est encore sincère avec lui et je l'aime beaucoup. En ce moment, il joue *Mon culte sur la commode*, au théâtre de l'Impromptu. Je suis pas encore allée, je trouve jamais le temps, malgré le titre accrocheur.

Vendredi, suite

Dans *Premiers baisers* et *Les Années lycée*, il y avait un palmarès de personnages aux mauvais looks, comme Annette, le rôle dont tu te débarrasses jamais. Mais surtout il y avait Guillaume, dit Guigui. Un grand tout skinch avec des chemises interdites et des bretelles en soutien à son jeu d'acteur pourri. Pour le même rôle, après, ils l'ont mis dans *La Cabane sous le vent*, une effroyable bizarrerie du même souffle et surtout la même haleine.

Mallaury Nataf était le perso principal de la série concurrente, *Le Miel et les Abeilles*. Elle a très mal tourné aussi. Le seul souvenir que les gens ont d'elle, c'est qu'elle portait pas de culotte sous sa jupe pour chanter une chanson au *Club Dorothée*. Tristesse et solitude. Comme si Pigalle s'invitait sur Gulli. Mallaury, c'est horrible, mais je continue de l'aimer. Tout ce qu'elle rate, ça pourrait être moi, en encore plus hardcore.

Maintenant elle est SDF, juste à cause de cette absence de culotte au *Jacky Show* de juin 94. Elle présentait son nouveau tube, *Je suis une fleur sauvage, sage comme une image*. C'était l'époque où montrer sa chatte à la télé posait encore un problème et n'était pas valorisé. Aujourd'hui Mallaury Nataf, on lui demanderait de le refaire en direct tous les soirs à *Touche pas à mon poste !*, elle finirait responsable de la culture de la région PACA. Bon ils ont essayé de la recycler dans *La Ferme célébrités* sur TF1, en 2005, mais elle a été éliminée au bout d'une semaine, la pauvre, à la rue de retour.

Qu'est-ce qui s'est passé dans sa petite tête pour oublier de mettre une culotte ? Au fond de moi j'ai toujours cette peur de devenir comme elle, de faire cette grosse connerie qui te mène dans un abîme sans fin. Faire le pas de travers impardonnable. On est tous et toujours sur la corde raide de la reconnaissance, mais pour nous les artistes, et surtout à Paris, c'est glissant savonneux, et parfois pfuitt, fini, le trou.

Mallaury dans la rue, avec son petit, qui dit à la journaliste, *le 115, je connais*. Moi aussi *le 115 je connais*. Et pas que le 115. On se met à connaître tous les chiffres de détresse, au bout d'un certain âge.

Samedi 3

Revenons à Guillaume, dit Guigui, de *La Cabane sous le vent*. Lui aussi je l'ai rencontré à un comptoir, au Chat Noir. J'ai fait mine de pas le reconnaître, et à vrai dire je l'ai pas reconnu de suite. Je dois avouer qu'il est mieux que dans les années 90. À part des lunettes de vue dégueulasses, le look avait changé, il y avait quelque chose d'amélioré. Mais attention, on est loin du beau gosse.

Je me souviens, ses premiers mots, il me demande s'il peut rester à côté de moi, alors qu'il était assis avant moi au comptoir. Juste cette accroche, je me suis direct crue dans la série.

Après je sais plus sur quoi c'est parti, en tout cas il était bourré. Je me suis gardée de lui dire qu'il avait un peu fait partie de mon enfance. Je crois qu'il a commencé à être relou assez vite, mais dans ma tête c'était trop cocasse cette situation. J'étais pleine d'optimisme lyrique, je lui propose une clope dehors.

Il me dit, et toi, tu fais quoi dans la vie ? Je lui explique que je travaille dans un sex-shop, à côté. Il me dit, arrête ça, respecte-toi un peu. Et là il part dans un monologue de jugement ignoble et sans fond. J'essaie de le couper et lui, en fait tu te rends pas compte, mais c'est de la merde ce que tu fais ! Alors là ça me monte, je lui dis, écoute-moi bien mon coco, depuis tout à l'heure je fais semblant de pas te reconnaître, mais quand on est Guigui de *La Cabane sous le vent*, le craignos de toute la bande qui a vendu son âme au diable, on évite de juger les autres ! Toi tu viens me dire de me *respecter* ?! Alors que tu es *Guigui, le pire perso jamais inventé de la télé* ?!! Le moisi, le plus gros naze de la série la plus naze de la prod la plus naze de France ! L'acteur qu'on pourra jamais égaler tellement il a fait le pire possible, qui restera à jamais dans les têtes comme *l'immortel Guigui* ! Mais pute sur le périph nord, c'est la gloire à côté de toi !

Dimanche 4

Vu *Cendrillon* de Joël Pommerat. Comme si on redécouvrait la *vraie* histoire, qui doit être dite. Pas qu'avant on nous aurait menti. Juste qu'on aurait oublié certains faits, parce que la vérité est moins évidente, moins acceptable. C'était magnifique et féministe. Cendrillon a ses raisons d'accepter de faire le ménage, et elle est pas sauvée par une fée ou un prince. Elle est aidée et elle se sauve après. Aucun syndrome de Stockholm, plutôt une acharnée qui ne laisse rien passer. Incroyable comment Pommerat a tourné ça, comme si le conte de fées était plus brut que la vraie vie. J'ai adoré. Alors que le peu que j'y vais, je me fais souvent chier au théâtre.

Lundi 5

Passé la soirée avec mon Serge, ce hibou chéri, à l'écouter me raconter son enfance dans le Jura, dans les années 50. À un moment je reçois une vague de textos d'excuse d'un narvalo sans intérêt pour son comportement inapproprié, l'alcool, les circonstances particulières, et on passe une heure avec Serge à se fendre le bide à tout lire, plus d'autres sms d'ahuris que je conserve en trophées de cette *Grande Compète de l'Amour*.

Ensuite il me raconte sa première fois, à quatorze ans dans un lavoir sur les hauteurs de Saint-Claude (la capitale de la pipe). On était pas dans les mots à l'époque, il me dit, on savait juste faire, et encore, elle avait de hautes bottes à lacets, je me souviens, j'ai cru que j'y arriverais jamais, et après les pieds froids, puis les remettre. Jusqu'à maintenant, je me demande pourquoi elle tenait tant à quitter ses chaussures.

Je suis tellement heureuse de vivre ces instants détente, dans sa forêt de décor de théâtre. Un petit whisky tourbé, et sa pipe du Jura. Serge, c'est ma récré, mon bol d'air, mon ami d'amour, toujours à me soutenir, m'aider, dans cette *bienveillance* qui doit être *la sagesse*.

Quand je suis nue devant lui à son chevalet, je sais quel sens ça a. L'érotisme, c'est comme de la pornographie, mais pour adultes. Les yeux tracent une ligne et t'emmènent ailleurs.

Mercredi 7

Il y a une chose plaisante dans la vie, et qui m'arrive pas souvent à Paris, surtout au travail : quand un étranger te serre dans ses bras.

Ce soir le feeling est passé petit à petit et on se comprenait bien. Avec Foumi on parlait de beuh avec un couple de ricains excentriques, qui vivent en Amérique du Sud.

Je lui dis, I work four years and will stop this job in september. Too much Stockholm ! Et elle, oh darling ! Et moi, hop, dans ses bras tendus. Elle avait un parfum de bourge magique, un parfum de bourge mais qui pourrait être une copine. En tout cas la vente fut longue et sympathique.

Au début je restais dans mon coin, pour qu'ils puissent être intimes dans leur couple, et parce que j'aime bien rien foutre. C'est après que j'ai senti qu'elle avait besoin d'attention. Elle a demandé mon avis sur la couleur d'un ensemble. Je trouve toujours ça touchant, les gens qui te demandent ton avis. Parfois j'ai envie de le donner, mais j'ai peur qu'on croie que je force la vente.

En général, j'habille les gens avec le cœur. C'est ça le jeu en sex-shop, surfer entre l'habit et le fétiche, dire j'aime le cul mais mine de rien.

J'aime l'extrême, mais je découvre que j'aime aussi la limite. Ce mine-de-rien sur la frontière. Je pensais pas être si subtile.

Jeudi 8

C'est beau un homme qui ouvre une huître. Il y a quelque chose de tragique. Le guerrier, le port, la mer. Qui te l'offre cheveux au vent, dans sa polaire, avec un coup de blanc. *Putain, je demande pas la lune ! Je veux juste vivre à fond les moments importants avec les éléments !*

Une fois, à la fête de l'Huma 2014, j'ai rencontré des mecs bonnards, sous une tonnelle, qui ouvraient des huîtres. Et à un moment il y en a un, le plus vieux, le plus beau, qui me dit, manger une huître c'est comme embrasser la mer sur la bouche.

Rouler une pelle à une huître, voilà les vrais moments. Je peux l'écrire ici, mais quand j'en parle, ça fait toujours un flop.

Et là je pense à Mouss, à Sète, avec les tellines, les couteaux à l'ail, les huîtres de Bouzigues. Il me propose la mer et moi je lui dis non. Alors que c'est oui au fond. Mais je veux pas être heureuse, ou plutôt foutre en l'air mon malheur. Je préfère m'accrocher à Paname, ce caillou de tellement de perdues de vue qui croient au Père Noël.

Vendredi 9

En associant ma mémoire auditive et visuelle, je suis capable de dire où j'étais, ce qu'il portait comme vêtements, ce qu'on a bu, ce que j'ai mangé, et même ce que j'étais en train de dire. Je suis polluée par cette mémoire sans filtre qui fait boucan à l'intérieur et déborde de partout.

Je peux dire par exemple que je connais Lolo depuis l'âge de quatorze ans, mais que nous ne sommes vraiment potes que depuis 2003, le temps que ça prenne.

Lolo, c'est lui qui me loge à Marseille cette fois, zizi friend étant pas dispo. C'est mon ami, et plus il vieillit, plus il me montre son amitié. Il aurait pu être bourru, il a tout pour, mais il l'est jamais avec moi.

Lolo est facteur, alors il se met en arrêt maladie la moitié de l'année. Même une fois il a repris le travail à la Poste deux semaines avant de longs congés qu'il avait l'obligation de prendre. C'est un boulot génial, facteur, j'aurais dû faire ça, plutôt que projectionniste ratée.

Lolo prend et vend beaucoup de coke, ça a toujours été

ainsi. Évidemment que la coke affecte certaines parties de mon Lolo. Mais dans cette drogue si vicieuse et addictive, il réussit à jamais être un gros taré. Il déconne tout le temps, et son truc, c'est le comique de répétition, une passion qu'on partage, et on peut aller loin.

Depuis quelque temps, j'ai l'impression d'un éloignement avec certains amis, en tout cas ceux d'Istres, Fos, Martigues, ville qui se prononce Martchigues. Je le vis assez mal, ils me vannent tout le temps, normal, comme ils le font à toutes les meufs de la bande. Mais quand je débarque de Paris, j'ai grave cette impression qu'ils rattrapent les vannes perdues.

Quand je suis dans mon état lunatico-vénère-sensible, il faut vraiment que je réfléchisse à deux fois. Je suis capable de perdre un ami, je pense. Oui. C'est arrivé. Et là ce week-end chez Lolo, avec les potes, ça a été tout juste, je suis pas passée loin.

Mon Lolo, chez lui c'est crade, mais moins que chez Joce. Il a tout de même encore un minimum le sens du confort. Par contre on sent bien qu'il y a du passage et des retours de free. Des gobelets, du son libre, des sacs à dos calés aux murs à la dégun, des tas de linge en forme de projets de lessive et des bols d'eau pour les chiens sur la terrasse. Alors qu'il a pas de chien. C'est ça, Lolo, toujours une pensée pour les autres, sans se mettre en avant.

Avec lui tu rigoles H24, et en plus il a une conscience politique. On a fait un road trip tous les deux. Quand son papa est mort, il a eu envie de découvrir la Bretagne. Lui aussi est breton d'Istres.

Samedi 10, 8 h 34

En terrasse aux Danaïdes, face à la Canebière, pour écrire. Je repense à Mouss parti l'hiver de mes vingt ans, avec son camion à pizza, faire la route sans moi. Je le revois dans le rétro de ma putain de life en forme de braderie des occasions ratées, ce moment déchirant où je comate dans le canap de ce squat, et lui s'en va au loin, avec son petit camion qui descend le boulevard de la Libération, à travers la plante verte de la fenêtre sale. Mouss, si tu savais comme j'aurais aimé venir t'aider à les vendre, tes putains de pizz. Mais sûrement j'ai eu trop peur de devenir ta femme, ton assistante, je sais pas quoi, de me soumettre, de vivre que grâce à toi. J'ai flippé une fois de plus, ou bien tu as pas su me convaincre, me rassurer, moi et mon sale caractère, mais avec dix ans de moins que toi, et ça tu captais pas forcément que j'étais qu'une gamine.

Lundi 12

Retour à Paname, et passé l'euphorie d'être enfin seule chez moi, Joce débarque une heure plus tard et me traîne dans les pattes, alors que je suis en mode ménage. D'abord quelques traces de fonds de poche du week-end, pour le coup de fouet de départ, puis j'attaque la salle de bains, et lui tout fracasse sur le lit, qui s'entraîne à se faire quelques apnées du sommeil, version hardcore du *Grand Bleu*. En deux snifs trois mouvements, ça a été plié, j'ai même pshitté le miroir, je me vois comme neuve.

Joce, j'ai voulu l'aider une fois chez lui, nettoyer un coup. Mais c'était le Kilimandjaro. Il garde toutes ses canettes de bière. Il garde tous ses cartons de pizza. Il a aucun engouement, pour lui le ménage c'est presque comme la tauromachie pour une straight edge vegan. Mais vu qu'il m'accueillait cette semaine-là, comme j'étais en galère, il a quand même dû accepter que je cleane tout à sa place. C'était la moindre des choses. La galanterie, aujourd'hui, on en est à peu près là, un mec bourré sur un lit qui accepte qu'on passe l'aspirateur.

Pendant que je vaquais déguisée en bonniche à déboucher sa douche, à récurer ses gogs, je me suis demandé ce que la faune féministe aurait pensé de l'image que je donne de la lutte. Je suis d'accord que le ménage est pas juste réservé aux bonnes femmes, mais parfois il faut le faire pour *survivre*, éviter une infection labiale. Et puis je peux bien aider un pote qui m'accueille et moi je me sentirai mieux. Ok, je perpétue la tradition, mais il sera heureux, je me disais, quand il se réveillera, s'il se réveille un jour, et qu'il humera cette bonne vieille odeur de propre, comme quand on était chez nos darons. Enfin pour moi. Lui ses parents il en a connu qu'un, et encore, pas longtemps.

Mercredi 21
Solstice improbable

Lylia aurait eu trente-deux ans aujourd'hui.

22 h 06, je pense que je ne verrai plus Luc. Je lui ai envoyé des sms un peu élogieux hier matin. J'étais défoncée,

j'ai merdé totalement. Et pour en rajouter une couche, j'ai montré que j'avais honte en lui écrivant hier soir. Il a lu les messages et toujours pas de réponse. Mais bordel que je suis ridicule. Et quand bien même, ça ne pressent rien de bien que je me sente comme ça.

Dommage, j'avais pourtant reçu des messages cool de sa part. Je trouve tout touchant quand il s'agit de lui.

Jeudi 22

Je dois moins voir Luc. Moins voir Luc. *Moins voir Luc.* Répète. Tu dois moins voir *Luc.* Copie cent fois, tu dois moins voir Luc, moins voir Luc, *connasse* ! Sinon suicide-toi tout de suite, ce sera plus clair. Mais ne plus le voir, je peux pas. Pas encore.

Vendredi 23

Là je vis un gros kiff entre amis, mais je voulais dire ça, Luc me plaît parce qu'il a un côté chaton, mais aussi un côté chien, canin, câlin. Un genre d'Alain Chabat, d'Olivier Marchal ou encore mieux de Samuel Le Bihan dans *Vénus beauté*. Quand il tombe amoureux de Nathalie Baye perdue. Comment veux-tu qu'elle y croie ? C'est magnifique. Et nous on y croit.

Luc a ce truc-là, et être aimé de lui doit être vraiment une magie. Si je continue à y croire, je me dis et redis que s'il était heureux chez lui, il reviendrait pas me voir. Il me plaît et bordel, j'y crois. Qu'est-ce qu'il y a ? Il me manque pas, il est pas là mais je sens ce truc en moi. Luc, appelle-moi, dors avec moi, *avec moi* !

Suite

Je découvre qu'Hélène (d'*Hélène et les garçons*) est une idole en Chine. Un magazine chinois la compare à Édith Piaf, et sur une vidéo tu vois de jeunes élèves, en cours de français, chanter *Je m'appelle Hélène*. Ça fait peur quand tu sais que c'est eux qui nous gouvernent dans dix ans, ou peut-être même déjà.

Ils l'ont renommée *Yilian*, pour qu'elle soit prononçable. Ça veut dire joli lotus. Une fille avec une vie de famille simple, qui aime les animaux. Une gentille, bien soumise, avec des yeux de manga de volley-ball.

Nous elle nous faisait kiffer quand elle jouait l'étudiante à Paris. C'était le rêve à Istres, la cafèt' aux murs roses et bleus, le garage où les garçons font leur musique trop cool avec leurs guitares électriques, et elle trop belle avec sa frange. J'ai le cerveau farci de ces conneries, et je reproduis avec Luc, très clairement.

J'ai lu aussi qu'Hélène est de la Sarthe, pas si loin de la Bretagne je crois, une région pas encore découverte en fait, que personne sait placer sur une carte, qui a aucune ville connue, où il s'est rien passé, à part quelques paysans certainement qui se reproduisent entre eux depuis des millénaires. Enfin je suis peut-être pas objective, tout ce que je sais, c'est que c'est pas bien mieux qu'Istres.

Hélène a commencé sa carrière au service courrier du *Club Dorothée*, à répondre aux lettres de fans. Ça j'aurais adoré faire. Je suis sûre qu'en lisant elle a eu le temps de trop bien capter ce que les jeunes attendent, comment devenir la star idéale. Puis elle l'a mis en pratique avec *Premiers baisers*. Une fille comme les autres, mignonne gentille soumise trop bien dans sa peau, la grande sœur qu'on rêve d'avoir, avec fleurs cœurs nounours, et qui a jamais ses règles.

Samedi 24

La dernière fois j'étais bourrée et j'ai parlé de Luc, à ce que je relis.

Je pense à Luc au moins toutes les heures.

Je m'imagine avec lui.

Je me sens jalouse quand je l'imagine avec sa femme, sa petite famille.

Je me sens jalouse en imaginant sa meuf hyper géniale, en plus mère de ses enfants.

Je craque totalement quand je le vois sur scène, quand je l'entends à la radio, par hasard, sa voix qui me traverse.

Je me dis qu'il est encore temps dans mon cœur de calmer le jeu et de me conditionner.

C'est-à-dire, ne pas espérer.

C'est-à-dire, s'il vient vers moi.

Et s'il vient, ne pas répondre et avoir le courage de dire que je suis pas dispo.

Alors que je pense que j'en suis tout de même au stade où je peux tout lâcher pour le rejoindre.

Un jour il va se lasser de moi, de mon cul et de mon petit appart. Il voudra arrêter de tromper sa meuf trop bien, et ça j'aurai beaucoup de mal à le vivre. Donc là, je dois me conditionner et me dire qu'il faut pas que je souffre.

Je fume un pétard, qu'il soit tôt ou tard, il se consume par moi / Je fume des pétards, du premier au dernier, entre deux il se peut que je dormais / Je fume les yeux fermés, envoûtée…

J'aime tout ce qu'il touche, ma bouche, le tabac et le reste mélangés. Il peut ne rien se passer, je fume les yeux fermés, ce qui touche à ma bouche. Les abeilles dans la tête vont jusque dans le cœur. Le ventre. Les jambes.

Mardi 27, 4 h 11

Pas vu patron René aujourd'hui, mais j'ai quand même envie de dire que c'est un vrai *connard*. Comme ça, gratuitement. Parce que je suis bourrée, j'avoue. Un jour il faudrait que j'énumère tout ce qu'il est, tout ce qu'il fait, mais ça prendrait du temps.

Ce soir rangé et bipé et cintré plein d'accessoires SM. Je me faisais de la peine. À démêler des chaînes, à ajuster des grosses menottes en cuir. Dans mon ventre ça bulle. Ça bout, ça brûle, il y a aussi un peu de brume. J'ai dans l'idée de partir en Bretagne demain, comme c'est pas loin de la France. Et puis ici à Paris, je vais espérer un message de Luc. Et ça me fait mal, ça me fait rouiller. L'idéal niveau thune serait de bosser en juillet et me barrer après, à toucher le chômage. Là ce serait la Bretagne que j'aime.

Aujourd'hui un client m'a offert une papillote, qui devait traîner dans sa vieille poche depuis Noël dernier, et j'ai lu cette citation anonyme à l'intérieur que je note maintenant :

Un homme sans culture, tel un chat sans moustaches, se sent perdu.

Ce client a, je dirais, entre vingt-deux et vingt-huit ans. Surtout il pue. Il n'est pas que ça, mais c'est un détail important chez lui. En plus il m'aime bien et vient les soirs où je travaille. Il est gay et très soumis, apparemment. Je crois que dans ses choix vestimentaires, il est dans le délire maid-soubrette. Disons un mix manga-latex, assez classique, avec un genre féminin goth.

J'avoue, je suis pas nostalgique du jour où je l'ai vu en tenue complète. La dernière fois je lui ai vendu un ensemble en vinyle. Je savais que ça lui irait pas. Un supplice en cabine. Il était horrible. Et il puait, l'enculé. Mais il revient, il achète, il a son monde, et moi je fais mon chiffre sur son monde. Il vient parfois avec deux sacs très lourds sur le dos. Tout son matériel informatique, plus une grosse sacoche, plus un autre sac. Un mec chargé. Qui travaille dans la com, selon lui. Ce soir, je lui ai vendu une paire de seins en silicone incorporés dans un soutif auburn. C'est écœurant tout ça.

Jeudi 29

Début de soirée, je me suis tourmentée, avec léger cafard au niveau de ma Luquitude. J'ai vu une nouvelle brochette de photos de lui dans un magazine en ligne, avec une bague à la main gauche. D'abord j'ai tenté le déni, mais ça m'a fait la journée. C'était pathétique. Mais là avec la charge de boulot, et de me savoir demain en week-end, ça va mieux. Je peux pas aimer quelqu'un avec qui je partage que le cul.

Voilà Culuc ! Tu m'entends ?! Je t'aime pas, et on a rien à faire ensemble, avec ta bague !

Vendredi 30

Je ne parlerai plus de Luc, *ce cul*. Il rime à rien.

Jouissez

ce mois où

c'est pas pressé,
mais c'est super urgent

Dimanche 2

Depuis mercredi de la semaine dernière, onze jours donc, si je compte, et hors Luc, me suis tapé cinq mecs différents ! J'hallucine un peu. Surtout que sur les cinq, trois étaient top. Bon, un c'était le serveur du Chat Noir, donc ça compte pas. Et un bof-bof, mais sympa. Bruno, Olivier (cœur), Thibault, Abdul, JeanJérôme sans trait d'union, ce con.

Peut-être que si je suis célibataire depuis tout ce temps, c'est que je suis de tempérament fidèle. Mais il n'y a personne avec qui je me sens fidèle. Consentir, ce n'est pas désirer.

Mais alors, Gwenn, qu'est-ce que t'attends pour partir ?!

Que tu me retiennes, Luc.

Lundi 3

Ça y est, j'ai envoyé un mail pour recevoir des renseignements concernant la congélation d'ovules. Je pars en vrille ou pas ?

Mardi 4

Je fais des cauchemars de ouf. Cette nuit j'ai rêvé que j'étais dans un jeu style chasse à l'homme classique, comme dans un grand hangar avec des escaliers, d'abord bien éclairés. Je marche et le décor devient de plus en plus sombre, ça m'angoisse et je sens que le jeu va se retourner contre moi. Que ce n'est pas le jeu que j'avais choisi. Je me retrouve carrément dans le noir, et là je croise un gamin, accroupi, dans des escaliers. Il fait toujours très sombre, mais je le devine. Je lui demande s'il peut m'amener chez lui, car je ne sais pas où aller. Tout de suite il se lève et me dit, ok, en me prenant la main. Je lui dis, non mais c'est vrai ? T'as une maison ? Je peux aller chez toi ? Car ça commence à me faire peur ici. Alors il me reprend la main, mais de façon plus intime. Je sens quelque chose de sexuel, d'horrible, de ce gamin vicieux qui me viole des doigts.

Mercredi 5

L'autre soir avec Zina, il y a tellement personne, on se serre dans une cabine à l'étage et on s'amuse à faire défiler les films avec le joystick, par thématique.

Ça commence par Aiguille, Amateur, Animation, Aquasexe, des films qui se passent sous l'eau. Armwrestling, elles font du bras de fer. Asiatique, Asslicking, Ball-busting, de grands coups de pied dans les glaouis de mecs suspendus ou bien des coups de poing, testicules-punching-balls (ils devraient appeler ça pétanque pour adultes). Après tu arrives à Bisexuel, Bizarre, Black, Blow-job, Caviar, mais on est loin de l'esturgeon, comme s'il y avait eu une énième catastrophe climatique. Et puis Éjac pour se détendre.

Une éjaculation au ralenti, ça t'ouvre un monde fantastique. C'est peut-être ça la *nature*, quand tu la regardes bien. Comme un point noir qu'on extrait, tous ces volcans de chair. Fétichisme des yeux, des pieds. Foot-machine. Puis on arrive aux bricolos, ceux-là je les adore, les cinglés du garage, DIY, qui bidouillent dans leur cave. Ils te fabriquent de ces machines, conçues pour le plaisir et la démolition, pour des êtres qui aiment la technique.

Glory Hole. Gros clito, Grosse lèvre, avec la bodybuilde, les anabolisants. Les clitoris changés en petits phallus. Vas-y, je lui dis, saute-moi tout ça, c'est marrant deux minutes. Pareil pour les Milf œdipiennes, ça va, tout le monde connaît l'histoire.

Smoking. Attends, c'est quoi cette catégorie ? Juste des filles qui fument des cigarettes. Nues. De beaux noir et blanc, hyper classe. Il suffit de fumer pour redevenir humain.

Smother, Snicker, je suis crevée, Zina me dit qu'elle va devoir y aller, se préparer à fister de plus belle. Ok, mais attends, tu connais ça ? Spitting, Squirting, les femmes-fontaines, des pommeaux de douche, celles-là. Mais Zina, non, et moi non plus. Tickling, Trumpling, *Viol* ! ah, comme si elles étaient pas d'accord !

Et pourtant c'est ça qui ressort de l'ensemble, cette émotion, cette ambiance *viol*, même pour celles qui faisaient que fumer. Comme si toutes, même persuadées du contraire, d'être dans le biz pas plus, s'étaient quand même fait violer. *Viol* l'onglet de départ, pas une sous-catégorie. Et Zina qui me fait, putain, Zoophilie ! Mate-moi ça meuf ! Mais qu'est-ce qu'elle fait avec la vache ? Et là, ce husky trop trop beau, avec un œil vert, miskine, je suis choquée ! Il devrait pas faire ça !

Suite

Zina passe souvent au sex-shop. Elle aussi veut congeler ses ovules. Elle m'explique que si on se ligature les trompes, on pourra pas avoir de bébé, vu qu'il pourra pas respirer. Quand elle est oppressée, Zina dit qu'elle est *empoulpée*. Je l'aime bien, mais elle m'angoisse trop parfois, comme un miroir flippant, tout mon corps se resserre quand elle parle.

Vendredi 7

Encore cette réflexion tout à l'heure au Chat Noir, à opposer les clitoridiennes aux vaginales. Oh, les gars, on en est encore là ? Le syndrome du cerveau manquant, on continue avec ? Solennellement, petit Freud, on en peut plus de toi !

Peut-on être heureuse et féministe ? Peut-être seulement en étant militante. L'entourage safe existe pas. Mais ça veut dire continuer dans l'atmosphère de violence, à déconstruire sans fin.

Peut-on être assez fortes pour ouvrir les yeux ? Nous sommes conditionnées à mettre de l'eau dans le vin, pour un gros gnasqué de rue ou l'oncle d'un pote en mode repas de famille, sinon on fonctionne plus.

Non, t'auras pas ton cookie ! Mais il faut trouver le ton.

Lui dire bien dans sa face. Avec humour, car sans humour, on y arrivera jamais. Les femmes doivent devenir plus marrantes que les hommes et se foutre de la gueule du monde.

Le mot *sexiste* est trop faible. Je voudrais qu'il sonne comme *raciste. Sexiste, prouve que tu existes !* Les expressions sexistes du genre, femme qui rit, à moitié dans ton lit, femme au volant, mort au tournant, femme gourmande, femme coquine, il faut souffrir pour être belle, elle fait sa blonde, elle fait sa meuf, les femmes quand elles trompent c'est par amour, les femmes quand elles couchent c'est qu'elles ont des sentiments, merde ! Mais quand ça va finir ?!

Les masculinistes pensent que les femmes seront libres quand elles auront compris ce qu'elles doivent être : des femmes. Mais sans savoir ce que c'est.

Ils t'expliquent que le cerveau des hommes est complexe et souvent court-circuité par le corps féminin. Que c'est les femmes qui agressent visuellement les hommes. Mais le viol c'est pas du sexe, habibi. Quand tu te prends un coup de pelle, t'appelles pas ça du jardinage (une féministe disait ça).

Moi je suis sexy, mais j'ai jamais voulu être une meuf au sens meuf. La dentelle pour son regard. C'est pas parce que c'est de la dentelle que c'est pas lourd à porter.

Je préfère mon côté pince à thé, pince à sucre. Mes épaules de serpent. Et mon cul. T'as le plus beau cul de l'année, il me dit, JeanJérôme, ce con sans trait d'union. J'aime ton exiguïté. Je lui dis pas merci quand même. Je dis rien, je souris, comme je sais qu'il a raison. On peut pas dire qu'il soit sexiste, j'ai le plus beau cul de Paris, c'est juste un fait reconnu.

Samedi 8

Pigalle est pleine de choses qui débordent et qui ne sont pas analysables. Il y a ce mec qui ramasse les mégots et papiers à la main sur le boulevard. Et ce soir, devant le magasin, un jeune hindou qui me demande un balai. Au début je crois que c'est le même délire que l'homme aux mégots. Puis je comprends que c'est pour cleaner là où il va dormir. Je le regarde qui balaye tranquillement son carré de trottoir, puis pour se rendre aimable, qui me balaye le reste de bitume en face du magasin. Ou peut-être juste pour son plaisir. Avec Foumi on a cru qu'il allait nous demander de l'argent, mais non. On lui en a quand même donné, mais il a presque refusé.

J'adore Pigalle, et je déteste aussi. J'aime quand je me sens appréciée par les commerçants, mais c'est vice versa, d'ailleurs ça pourrait être son nom, à ce quartier, Vice versa, *Vice versé*, tout ce vice qui se déverse là. Quand je sens que certaines danseuses ou strip-teaseuses me comptent parmi elles, je suis heureuse, alors que je fais pas partie de leur monde en vrai. En fait Pigalle la nuit, au quotidien, il y a ceux qui connaissent et les autres. On voit des gros tarés faire des choses insensées. Et nous on est piégées, spectatrices de tout ça. On accuse, on réceptionne, et parfois même on prie pour que tout s'éteigne. La vie, c'est un virus mortel. C'est con kitsch de dire ça, mais ça claque, et ça devient vrai quand tu le vois chaque jour, et à chaque coin de rue.

Dimanche 9

Je suis une tache. Je me répète. Une grosse tache de naissance, une grosse conne. J'en ai trop marre de moi. On est plusieurs dans ma tête, et il y a pas de chef, mais on est toutes d'accord pour dire que c'est la catastrophe. En plus je dessine trop mal en ce moment. Je fais le tour de ma main, ça ressemble à un pied. Je vais tout déchirer, les peintures, les mecs, et me barrer chez les Inuits, il y a qu'eux qui me jugeront pas. Mais ça, je me dis aussi, c'est avant de me connaître.

Sinon Foumilayor passe son temps entre deux rayons, en Facetime, avec sa nouvelle chérie. *J'ai pas besoin d'un docteur ou d'un psychiatre*, il lui dit, *moi j'ai besoin de toi.*

Bien noté Foumi, romantico de mes glaouis, ça je vais la ressortir, plutôt que de faire flipper Luc. De toute façon si c'est grillé, comment revenir en arrière ?

Suite, 3 h 13

Dans *La Femme de mon pote,* Isabelle qui pleure dans sa voiture, de pas arriver à démarrer, et là surgit Coluche de la banquette arrière, qui la retient. Mais c'est quoi, ça ? On peut souhaiter quoi de mieux ? J'en fais des rêves en boucle de cette scène. Je suis assise, couchée sur mon volant, je pleure, et là Coluche jaillit pour me cajoler.

Combien de fois dans ma vie je me suis barrée dans la nuit en me disant qu'on allait me retenir, qu'un Coluche allait apparaître et me poser une main sur l'épaule, m'inviter boire un verre ? Coluche dans l'idéal, pour les discussions de nuit. Franchement je préfère un Coluche toute la vie qu'un Vincent Gallo d'une nuit. Même si c'est le plus beau mec du monde, avec Jean-Pierre Martins. Surtout quand Jean-Pierre joue Marcel Cerdan. Enfin tout ça pour dire que moi j'ai pas de Coluche pour me rattraper quand il faut. Que les murs de solitude, je me les prends, et sur ma banquette arrière il y a qu'un énorme tas de mouchoirs froissés, pendant que je craque en démarrant en vain. Je vais ni faire du ski, ni prendre de tire-fesses, ni de vacances à la neige, juste cette eau en moi qui s'arrête pas de couler, que je stocke en barrage, mais qui déborde toujours.

Ce n'est pas que je suis amoureux, mais je t'aime, c'est ça que je veux qu'il me dise, Mouss. Cette nuance. On a vu le film plusieurs fois, il le connaît par cœur. J'avais offert le DVD exprès à Luc aussi pour qu'il entende cette réplique incroyable, mais je suis sûre qu'il prendra jamais le temps de le mater.

Luc, je te vois comme l'ovni de l'amour, et Mouss, comme le Petit Prince devant une mer sombre. Deux vagabonds aux vrais cœurs, mon chat extraterrestre, mon lion de l'Atlas. L'amour de Coluche pour Isabelle est le même que j'aimerais vivre avec Mouss, que je pourrais vivre au fond, et Luc serait Thierry Lhermitte, mais un Lhermitte sans pote, qui a tous ses potes en lui-même. La perfection, Isabelle, c'est pas tout le temps, mais juste de temps en temps. C'est pour ça que tu existes, toi, pour incarner les moments parfaits.

Mardi 11

Aujourd'hui au sex-shop, cette femme avec son mari, qui m'explique qu'elle a besoin d'une poupée gonflable pour qu'il arrête de la tromper. Il m'a déçue tellement de fois, elle me dit. Une poupée, ce sera bien suffisant pour lui, et on fera des économies en putes et en restaurants ! Car, à la fin du mois, qui c'est qui doit gérer les conneries de monsieur ?

Mais lui était pas d'accord. On les a laissés s'engueuler en haut, elle en furie, lui écarlate. À un moment il a repris le dessus et il lui a confisqué son sac à main, pour l'empêcher d'acheter la poupée. Et elle, qui tirait dessus, donc tout a débordé, dévalé l'escalier. Puis ensuite elle qui pleure dans un coin sombre du magasin. J'ai eu envie de lui dire, en fait ce qu'il aime ton mari, c'est te tromper avec de vraies femmes. Mais ça, et j'ai compris après, elle le savait déjà. Ils étaient juste au théâtre, à répéter un sketch, à se préparer des souvenirs pour leurs vieux jours.

Mercredi 12

Joce qui débarque, complètement destroy, et qui se lance dans un speech du genre, mais tu vis dans ton film de petite fille, toi, Gwenn ! Alors que t'as un boulot passionnant, t'arrêtes pas de te plaindre, mais c'est moi qui ai des vrais problèmes ! Toi ta vie t'as toute la bière et la C que tu veux grâce à tes mecs, tu baises autant que tu veux, le Grec j'ai vu il te fait payer une fois sur deux, alors que moi je galère ! Au fait, on m'a dit que si tu manges un sandwich à la dinde en buvant une pinte, ça s'appelle faire pintade ?! C'est pas le délire, cette expression !! Mais de toute façon, vous, les meufs, maintenant c'est la belle vie, donc il va falloir se calmer, parce que attention quand même, votre dolce vite fait, ça peut très vite se briser, à un moment quand les champis s'arrêtent, il y a la bouse dessous !

J'abrège et je résume, mais il était déchaîné, je sais même pas s'il me reconnaissait. J'ai quand même essayé de lui demander, tu es sûr que tu es à la bonne adresse ? Que c'est à moi que tu parles ? Mais lui, arrête de commencer à m'embrouiller ! Je le connais ton petit cirque Pinder ! Et là, bim, il tombe et se met à ronfler sur le parquet. Donc je le tire sur le lit, et me voilà avec ce boulet pour la nuit.

Jeudi 13

La crasse protectrice des SDF, moi j'ai pas ça pour me défendre. Cette couche, c'est une vraie. Une carapace qu'ils forment, qui les protège. Puer pour avoir de l'espace dans les wagons de métro. Puer pour pas être fouillé. Des stratagèmes de plante. Cette crasse qui s'épaissit, qui lâche un air de venin. Le seul isolant fiable.

À Pigalle, j'en ai déjà parlé, il y a un mec qui ramasse les mégots, les papiers, très vite, dans la rue, en arpentant le boulevard. Pourquoi tu ramasses ? je lui demande tout à l'heure. Il faut ranger un peu ! Un black clochard sous crack. Mais qui aime ranger.

Et puis la femme-égout. Une meuf très belle, 1,80 mètre, elle pourrait être mannequin, qui marche tranquille avec sa couverture, sur le boulevard. Elle est crade, pieds nus, une

Kate Moss crade, le sourire serein, le visage éclairé. Elle marche comme si tu prenais ta couette sur les épaules en sortant du lit pour aller dans le salon. Comme si elle sortait de l'égout. C'est pas une punk, ni une clocharde, elle a ni sac ni rien, elle sort tout droit d'un film.

Vendredi 14

Hier soir au sex-shop ce mec qui me sort, mais franchement, qu'est-ce qu'on aurait à gagner, nous, avec le féminisme ?

Ce trou-du-cul. Ce fond de volcan éteint. Est-ce qu'on se demande si les Blanc-he-s ont quelque chose à gagner à abolir le racisme ?

Après j'ai compris qu'il avait peur de moi, de ma force de déconstruction. L'égalité des sexes, mon bonhomme, ce n'est pas avoir le droit d'acheter des hommes, de les tuer, de les violer, de les harceler comme on veut. De les mettre en cage pour sa déco de salon.

Ils flippent, alors que c'est la paix qu'on propose, et déjà pour commencer le cessez-le-feu de notre misère constante.

Samedi 15

Excusez-moi, mademoiselle, vous auriez du lubrifiant au champagne ?

Eh non, malheureusement, monsieur. J'avais fraise Tagada, mais à c't'heure, tout est parti.

Alors que c'était pas vrai, j'en avais un carton plein sous

le comptoir. Parfois je mens comme je respire. Mal. Et sans aucune raison. Et là, j'ai calculé, mes anarchies sont de retour, tequila !

Dimanche 16

Ça y est, on peut plus rien me dire. Un mec passe sur le trottoir en trott, à cinquante centimètres, je le pousse sans le vouloir, mais en fait avec toute l'énergie noire de mes ovaires qui souffrent. Il s'est éclaté comme une merde, et en plus il s'est excusé. Je supporte plus rien et je deviens dangereuse. Ma nouvelle insulte, c'est *bois mes règles*.

L'autre soir, cette chaleur sur Paris, et l'autre porc, oh toi, comme t'es charmante, dis donc ! Et moi, ben toi, comme t'es grave moche. Quoi ?! il fait. Il en revenait pas. Tu me donnes ton avis, je te donne le mien. Si t'es pas content, bois mes règles !

Quand j'ai ces dialogues avec les types, j'accentue mon accent marseillais, comme ça je peux être vraiment moi. Eux ça les rend dingues, ils partent en limonade, ils sont pas habitués. Je deviens une créature du diable, ils ont direct l'image en tête. Comment, tu trouves ça dégueulasse, alors que tu manges du boudin ? Moi tout le temps dans la rue, on me dit, suce mon zob, bois mes couilles. Le harcèlement, c'est la seule base que j'ai pour me construire, tu comprends ?! Alors je fais avec !

Mardi 18

Cher Luc,

En fait, mon chéri, je ne suis pas du tout amoureuse de toi. Tu es juste mignon à évoquer, à regarder sur YouTube, tu me fais rire, je t'admire. J'aime le monde que tu me renvoies, comme une porte vers ce qui me fait tellement envie, ces fameuses paillettes de la gloire. Et sur ce, voilà que j'apprends que le point-virgule ne s'utilise plus ou presque. Luc, pourtant toi ça te va bien, le point-virgule. Luc point-virgule de ma life, allez viens, reste encore un peu. T'inquiète, je ne t'aime pas, tu peux me baiser tranquille.

Mercredi 19

L'été n'est pas ma saison. Je suis hors piste.

L'été, c'est le temps qui nous dépasse, une année mal construite et les vacances sucrées des autres.

En danger Gwenn, comme une minijupe. Ton blanc taché, ta pureté de gwenn salie.

Les couples se séparent, et les amours de vacances n'existent qu'à La Baule-les-Pins.

On est sur les nerfs.

En été, on sent encore mieux le poids de la louze.

Les vacances des autres, les mojitos mérités. Les souvenirs sablés. Photos sépia d'épicéas.

J'attends l'été comme je le crains, je sais jamais ce qui va m'arriver.

Jeudi 20

Ce qui m'envole, c'est Luc quand il s'endort en moi. Ce qui me plonge, ce serait de perdre cette sensation. Comme hier j'avais mes règles, mais pour lui c'est pas un problème, il aime mon sang et le reste. De toute façon, je le vois jamais, on allait pas reporter. D'ailleurs il faut que j'arrête de le voir. Et là j'ai mon sang plein les draps, comme s'il m'avait peint une horrible lettre d'adieu.

Vendredi 21

Juin 2014, Mouss avait décidé de me surprendre. Comme il savait que je devais poser des jours, et que lui venait de boucler une tournée, il a pris deux billets pour Cluj-Napoca, en Roumanie.

L'idée, c'était de se retrouver, reprendre notre histoire de zéro. Mais dès le premier jour, il a pété un scandale à cause d'une remarque. On venait de se caler à l'hôtel, et il a repris l'avion direct en me laissant comme une merde.

Heureusement que j'ai de la ressource, et que tout était payé d'avance. D'abord j'ai passé l'après-midi à pleurer, à m'en vouloir de ma grande gueule, puis comme je voulais pas déprimer non plus, vu que c'était censé être des vacances, je suis sortie boire un verre, prendre l'air. Vous le connaissez pas mais Mouss, j'ai dit à un Roumain, il sait se gâcher la vie tout seul. C'est même sa spécialité. Et se prendre au sérieux, alors qu'on est plus de sept milliards !

J'étais si triste, et en l'espace de dix jours, trois mecs

m'ont mordue dans le cou. Toujours à Cluj-Napoca. J'ai dit aux types, c'est une technique chez vous, pour pécho ? Une manière d'approche ? Et les mecs, non non, c'est le hasard, c'est fini ce temps-là.

Mais c'est vrai qu'ils ont ce truc de te frôler des crocs sans te faire mal, d'où sûrement leur réputation de vampires. La première fois, je l'ai un peu mal pris, la deuxième c'était sympa, et la troisième surtout, un gamin de vingt-deux ans.

Chez lui c'était de la moquette partout, j'avais mes anarchies, mais là à fond, bien pire qu'hier avec Luc, normalement un de ces jours où tu évites totalement de baiser un Roumain, mais bon comme j'avais l'avion le lendemain, impossible de repousser.

Ça coulait, je me souviens, j'en ai mis partout, sur le mur, sur le lit, sur la moquette. Le plus étonnant, c'est que le mec s'en foutait, comme si c'était normal. Je lui disais, viens on met une serviette en dessous. Mais lui, non, laisse tomber, on s'en fout. Le carnage. On aurait dit qu'on avait buté quelqu'un là-dedans.

Il m'a raccompagnée à l'aéroport, en mode hyper galant, mais moi je pensais, quand il reviendra chez lui, il va voir, il va voir et là il va comprendre et il va faire une crise, parce que vraiment c'était hardcore, même pour un descendant de Dracula.

Dimanche 23

Fin de cette semaine pas terrible. Avec l'impression de vivre une agression à l'heure. Sans parler des chauffeurs Uber. Le dernier, je vais pas le rater, je vais le noter sec.

Toutes ces limos noires, vitres teintées, dans les rues de Paname. Bienvenue à Gattaca, les gars. L'ambiance. Comme si la mafia dirigeait la ville. Ou que des dictateurs, amis de la Françafrique, faisaient des rondes en quête de chair fraîche.

Sinon gaspillé beaucoup de thunes dans la C et dans un téléphone portable. Je me demande vraiment ce que je fous à Paris, je sais plus où me mettre, à part faire la dingue dans tous les bars ouverts.

Mercredi 26

Luc : Cmt tu va ?

Moi : T'es coupable en rien (tu parles !). Ça a rien à voir, il faut que je quitte Paris de toute façon (gros bobard, j'aurais pu rester, même si j'ai plus de taf en août). Si je vibrais trop pour toi, c'était pas ta faute (bien sûr que si). T'as pas à culpabiliser ou être mal (je commente même pas).

Luc : Jsui désolé mais com on c'é dit, il est or 2 question même 2 soufrir qu'un tt petit peu.

Moi (en souffrance pas imaginable) : Bien sûr, on pense pareil.

Luc : Je veux pas q tu soufre, ni me sentir coupable.

Moi : Tu vas me manquer, mais je crois qu'il vaut mieux qu'on se voie plus (non !! non !! j'ai pas écrit ça !!!). C'est trop pour moi ces chauds-froids je peux plus. Je réagis à chaud et je risque de le regretter, mais c'est la réalité (ça c'est vrai, mais je retire quand même).

Luc : Jsui désolé d l'éta dans lequel jt'é vu en partant.

Moi : Tkt. Tout va bien.

Luc : Ça vaut p-être mieu com ça pr le moment com tu le dis. Jsui légèremt gagné par la culpabilité. Jfai com si, mais bof (trop chou, il s'imagine).

Doute

ce mois où

on a des seins de fête foraine

Vendredi 4

Isabelle, où que tu sois, mais bon Dieu où es-tu ce soir ? Je te vois pas, avec toute cette nature autour de moi ! J'ai pas trop l'habitude ! J'ai dit à la Bretagne et surtout à ma mère que tu vas venir me chercher ! Ils ont *halluciné*, et moi aussi d'ailleurs ! Donc maintenant tu fais partie de la famille. Isabelle, le *sang* quoi ! On t'attend, qu'est-ce que tu fous, cousine ? On revient juste du Trois Rivières, un bar à une petite demi-heure de Guerpaix, et je sais que toi aussi tu aimes le rhum, mais fais vite, car Jean-Michel, mon beau-père, vient d'ouvrir une bouteille, là moi je me suis réfugiée dans la caravane, j'avais trop besoin de t'écrire, et là bon je suis pas dans mon état normal, ok, mais quand même c'est pas dingue ça, qu'Huppert vienne à Guerpaix ! Ce serait magique que tu sois là avec nous, mon beau-père t'adorerait, et ma mère te vénère presque autant que moi !

D'ailleurs peut-être que tu te dis que c'est juste une lubie de passage, cet amour que j'ai pour toi. En réalité moi je suis que la proue du navire familial, on est toute cette lignée à admirer les grandes actrices comme toi, Isabelle. Ma mère, mais aussi ma grand-mère.

Ma mère, c'est à cause de moi et de ma sœur Katell qu'elle a pas pu monter à Paris, vivre son rêve. Il fallait nous faire manger, bosser. À l'époque elle a pas bien calculé ses jours, et hop comme sa mère, dans la galère des gosses. Moi j'en ai pas tu vois, je suis dispo comme l'air, je veux pas faire l'erreur qu'elle a déjà reproduite. Car ma grand-mère pareil, c'est la faute de ma mère et de ses frères et sœurs si elle a pas percé, avec en plus un mari absent. C'est pour ça que tu dois venir m'aider maintenant, que je puisse montrer au monde le *potentiel* des femmes de notre *famille* derrière la caméra. Toi, Isabelle, tu as la gloire, tu as tout, les lumières, tu pourrais juste en partager un chouïa avec nous autres, pauvres Bretonnes, tu ferais ça par charité, tu serais comme une grande sœur, tu me présenterais des gens, et en échange, logée nourrie ici à Guerpaix, une famille d'adoption jusqu'à la fin de ta vie !

Quand je te vois dans même tes films les plus pourris, je me dis ça, qu'on est de la même famille, que ma mère et ma grand-mère c'est toi, et que tu es *moi*, *tout moi*, je me vois tout entière dans chaque tache de rousseur, je suis toi tout entière, tu comprends ? Grâce à toi je réalise mon rêve, notre rêve, le rêve des femmes de ma famille. Tu es la porte d'entrée, tu nous laisses nous blottir dans ton corps de star, tu es fragile tu nous comprends tu nous fais un petit thé avec des gâteaux pour qu'on se sente à l'aise, alors nous (je dis *NOUS*, c'est-à-dire moi, ma mère, ma grand-mère) on s'installe au plateau, à côté des machines, derrière la caméra, et on mange les gâteaux en silence, en attendant qu'on nous appelle. Là les réalisateurs arrivent, les producteurs aussi, ils nous veulent toutes, mais *toutes ensemble*, c'est elles qu'on veut, rien qu'elles ! ils disent, ces trois que tu nous as amenées, Isabelle, ces trois incroyable comme elles sont canon, on dirait des Huppert triple génération ! On veut la jeune la mère la vieille, et le tout rassemblé dans la fille ! Oui, juste la fille comme un package de générations, et avec son accent du Sud en plus, oui, garde ton accent du Sud ma belle ! et toutes tes couches de FRAGILE, de matière sensible, de milliers de robes mouillées de pleurs enfilées sur ton corps PACA-Breizh, comme tu es belle et pure ! Mais quel être magnifique tu nous as dégoté, Isabelle, où as-tu trouvé ça ?! Au fin fond de la Bretagne ?! Incroyable !!!

Alors les réals, les chefs op sont là, et moi qui prends la parole, oui merci, mais tout ça c'est grâce à Isabelle, qui m'a donné le parfum de ses yeux, qui a su me repérer alors qu'elle vivotait sur l'écran de mon ordi, qui a dit, celle-là, elle me ressemble, on a le même talent, viens par là, décolle un peu ces taches de rousseur de tes murs d'ado, on va chauffer ensemble cette belle soupe de talent, soupe de lentilles Huppert du Puy, excellentes pour les yeux, ma cocotte, le Tout-Paris se nourrit des lentilles corail Huppert, vendues dans tous les bons Huppert-marchés, moi je mange, je bois, je fais les courses à l'Huppert, tu comprends Isabelle comme je t'aime, et comme je m'aime à travers toi, cousine ? Comme je meurs à chaque réplique, toi orange et Gwenn comme une peau de lait écrémé, tu me tiens la main en balade sur l'Olympe des stars qu'on a toujours été toutes les deux, moi ta fille, ta toute petite sœur, depuis des générations, dans les Chabrol j'étais déjà là, est-ce que je t'ai dit que mon arrière-grand-mère vivait à Bar, au Monténégro, une ville de ma Méditerranée, Bar la prédisposée, moi qui fais mes tournées en pensant à toi, un demi pour Huppert je leur dis, ce soir encore je trinque au rhum à ta santé ma belle, j'ai envie de te prendre dans mes bras, de t'embrasser toute la nuit, qu'on dorme ensemble dans la caravane et que tu me racontes ta vie, pendant des jours qu'on reste ensemble à refaire le monde, à parler de nos connards de mecs et de quand tu dirigeais cette plantation de café avec Claire Denis, toi dans la jungle, encore plus orange diaphane que d'habitude, et j'irais nous chercher des huîtres et du champagne qu'on se mangerait sur la terrasse qui donne sur le cul des vaches de la ferme du voisin, mon Isa, ma chérie, il faut qu'on fête notre rencontre prochaine, qu'on prenne le temps d'apprendre à se connaître, pour s'aimer des trois A d'Amitié d'Admiration d'Amour, tu es la bienvenue ici à Guerpaix, je veux absolument que tu rencontres ma mère et aussi ma grand-mère, tu viendras avec qui tu veux, je te laisserai la caravane, j'irai dormir dans une chambre, que tu sois bien calée, avec ton coin privé qui respecte ton intégrité, tu seras toujours la bienvenue, cousine, tu feras comme chez toi.

Samedi 5

Je me relis, mais qu'est-ce que j'avais bu ?! Mais c'était quoi ce rhum ??! Et là ça continue, j'ai encore l'impression d'être pétée, alors qu'il est déjà l'heure de repasser à table.

Souvent les lendemains de cuite, je me sens comme dans un film français. Parfois un film glauque, et là c'est nul, mais aussi quelquefois dans un film surréaliste, genre un Blier avec Anouk Grinberg, ou *Notre histoire* avec Delon. Chaque objet phrase ou geste devient magique, poétique.

Hier on a revu mon film préféré de Lelouch, *Robert et Robert*, puis on a enchaîné avec *Mariage*. Cet après-midi, on continue avec *Tout ça pour ça*. Depuis que je suis arrivée à Guerpaix, à part bouffer et picoler, je me gave de DVD. Pour moi, le cinéma est un puissant médicament qui me nettoie, me guérit de ma misère psy.

Luc je vais bien t'oublier, mon salaud, tu peux compter sur moi. Ici j'ai mes racines et un énorme écran plasma, il peut rien m'arriver.

Dimanche 6

L'alcool aidant, avec ma mère et mon beau-père on s'est lancés dans les souvenirs, tout le passé emmêlé. Et demain on en remet une couche, vu qu'on va voir Ambroisine, ma grand-mère.

Mes parents étaient des baba cool, mais dans le genre prolo. En caravane. Comme celle dans laquelle j'écris là.

Depuis le début de ma vie, il y a rien eu de stable. Je dédale, il y a un verbe *dédaler* disponible ? On peut dire que je dédale à grands pas dans les sables mouvants. Je regarde par la vitre, une pellicule noire, un miroir sombre. À me détruire en souriant, les yeux gênés de m'apercevoir. Ce serait ça, réaliser le rêve de ma mère, de ma grand-mère ? La grande vie parisienne de Luc, coke, champagne et plateaux télé ? Depuis que je tente ma chance, les paillettes me frôlent, mais ça balaye autour. Reste la défonce, qui elle est pour tout le monde, c'est comme ça qu'on s'intègre, nous les petits, les picoreurs de rêves. Les pignocheurs d'assiettes. À se relooker vers les 18 heures, à mettre le rose à paupiettes, pour faire illusion encore une nuit.

Si elle savait, Ambroisine, ce que c'est concrètement le dream de la night, elle qui aurait tant voulu vivre ça, comme ma mère d'ailleurs. Si elles voyaient la *jungle* que c'est.

Lundi 7

Quand sa mère est morte, Ambroisine avait deux ans, son père lui était encore bien vivant et voulait bien s'occuper d'elle, mais il était pas français, donc elle a été placée chez sa marraine, à Paris. Lui vivait à Saint-Quentin, un type intelligent, qui s'était enfui à quatorze ans de Yougoslavie, qui déchiffrait des lettres en serbo-croate pendant la guerre pour les Anglais. Il avait roulé sa bosse, à New York, partout, comme couvreur d'abord, puis dans la vente. Ambroisine le voyait aux vacances. Il gagnait pas beaucoup d'argent, mais il lui écrivait dans ses déplacements, et elle lui répondait, lui parlait de son rêve de faire du cinéma, de porter des robes blanches avec des bordures rouges, comme Scarlett dans *Autant en emporte le vent*. Encore aujourd'hui, elle est restée fan de Clark Gable, d'Elizabeth Taylor et de Gregory Peck. Elle me parle souvent de films, *Les Hauts de Hurlevent*, *Les oiseaux se cachent pour mourir*, avec Chamberlain. Pour elle, le cinéma, c'est qu'une histoire d'amour.

Sa marraine habitait à deux pas du Triomphe, son cinéma d'enfance, quartier Nation, rue du Faubourg-Saint-Antoine, la rue des ébénistes couverte de copeaux et de sciure. L'oncle était charpentier, et la tante en usine dans les clous, à emboutir des portemanteaux, boulevard Richard-Lenoir.

Petite elle allait à l'école rue Titon, dans le XIe, vers le boulevard Voltaire. Et le reste du temps, donc, sa tante la mettait au cinéma, pour être tranquille, comme aujourd'hui les parents font avec la télé. Et le jeudi toute la journée, vu qu'il y avait pas école.

Ambroisine dit que toute sa vie, elle l'a passée au cinéma, et qu'elle a adoré. C'est ce qui lui manque le plus de plus être à Paris. Mais attention, elle voyait de tout, depuis l'âge de deux ans, les westerns, les films d'horreur, *Frankenstein* à quatre ans. Il y avait pas de films pour enfants, à l'époque. Ma mère pense que ça pourrait expliquer comment adulte elle est devenue cette terrible schizophrène à vivre.

Encore maintenant, ma grand-mère est restée très coquette, et toujours romantique. C'était une belle femme, elle le savait, elle essayait d'en jouer, mais elle avait pas les outils, avec ses traumatismes et le patriarcat.

Elle avait fait couture à l'école, alors qu'elle voulait être chanteuse. Ensuite elle a travaillé à la Poste, à Neuilly Saint-James, près de Nanterre. Puis dans un laboratoire pharmaceutique, pendant dix ans. C'est après qu'elle a pu se rapprocher des stars, qu'elle a été femme de ménage pour Adamo, à Rueil-Malmaison, avec Jean-Pierre Aumont à côté comme voisin, qui avait une maison avec piscine. Elle dit qu'Adamo était un gentleman et qu'encore aujourd'hui elle trouve qu'il vieillit pas, qu'il est resté très mince. Mais elle aimait moins sa femme, qui faisait des manières. Une fois elle lui a ordonné d'aller lui chercher son châle à l'étage. Et ma grand-mère lui a dit, allez le chercher vous-même !

On était en intérim comme aujourd'hui. On avait une feuille à l'emploi, et on allait deux jours ici, deux jours là, pour remplacer Untel. En même temps, elle écrivait des cartes à Joe Dassin, et il lui répondait. Ensuite elle a bossé à l'hôpital Foch. Ils l'avaient mise avec des cancéreux. Elle dit qu'elle s'est sauvée comme une lâche, tellement elle a eu peur. Qu'elle s'en veut d'avoir pas prévenu. C'est la seule maison où elle a fait ça. Le restant de sa carrière, ç'a été dans l'hôtellerie, à faire les chambres, dix ans dans un premier établissement, sept ans dans le suivant.

À part star, son rêve plus accessible ç'aurait été de travailler dans un bar, d'être vue, au contact des gens. Ça elle regrette beaucoup. Elle nous dit, quand on est jeunes, on est pas trop mal, on aime bien être regardées. Trop mignonne avec sa fausse pudeur de gamine intacte. Je me reconnais tellement quand elle minaude comme ça, moi aussi avec ce besoin d'être aimée, appréciée, et cette sensation d'être attirante, mais encore combien de temps ?

Ma grand-mère a eu quatre enfants, et elle s'est mariée tôt, à dix-neuf ans et demi, avec un gars d'Auray. Il l'a vue, ils se sont plu. Mais lui était serrurier, toujours en déplacement, un coureur, un noceur qui chantait dans les bistrots, un type super il paraît, qui m'a légué ses yeux. Les premières années, il rapportait fidèlement la paye sur la table, ça allait comme il avait peur d'elle, et elle allait tout bouffer au cinéma, qui passait bien avant les courses et le reste. À la maison, il y avait la télé, la culture, la musique, mais souvent rien à bouffer, à part les miettes qui tombaient des buffets. Elle était dingue de cinéma, elle écrivait aussi à Gregory Peck ! Toute ma folie, ce qui est barge chez moi, vient d'elle directement, ou à travers ma mère.

Puis un jour la paye est plus arrivée, c'est comme ça que ma grand-mère s'est doutée de quelque chose. Elle a dit à son mari, choisis entre ton déplacement ou moi. Sinon ça sert à rien que tu reviennes. Et lui, alors ce sera mon déplacement. Et ma grand-mère, alors je demande le divorce. Quoi ?! Tu sauras pas faire les papiers ! Mais elle a très bien su, aux Grandes Instances de Paris. C'est comme ça que j'ai des grands-parents divorcés.

Son déplacement vivait à Chalon-sur-Saône, mais quand il y avait des réunions de famille, mon grand-père, que j'ai malheureusement pas connu, venait sans sa nouvelle femme et retrouvait Ambroisine pour les fêtes. Ils ne se sont jamais haïs, ni même vraiment fâchés. Par contre elle dit qu'elle aurait pu être plus heureuse que ça, qu'elle a jamais trouvé quelqu'un qui la comprenne. Elle a eu des copains ensuite, mais sans refaire sa vie. Parce que, selon elle, elle voulait pas retomber dans l'engrenage de se faire encore avoir.

Suite

Je relis mes premiers journaux intimes. Comme j'étais studieuse de ouf, j'en reviens pas. Mes dessins étaient beaux. Mes écrits étaient bien. Maintenant j'ai cette écriture d'angoissée de travers, comme si je taillais à la serpette. Il faudrait que je m'applique. Voilà, bien arrondir, prendre le temps de chaque lettre, car chaque lettre est un peu de moi. Si je crache sur ce qui sort de moi, que je l'expulse sans en prendre aucun soin, à quoi bon ?

Pareil pour mes journées, mes heures et même chaque seconde. Prendre soin de chaque seconde, la dorloter, la chérir comme si c'était la dernière. Ne pas se précipiter, ne pas avoir peur de manquer. Fermer les yeux, dormir, en sachant qu'on ne rate rien.

Quand on m'invite à une fête, j'ai beau savoir que jamais les fêtes s'arrêteront, je m'empresse. Et quand j'y suis, j'attends que quelque chose se passe, mais ça n'arrive jamais. Je me dandine, je montre mes petits nibars, je roule des pelles au hasard. Alors que chaque seconde compte, chaque seconde est une goutte de sang qui attend d'être versée.

Et là devant moi cette photo de mes parents, la vingtaine, assis à une table. Je la connaissais pas. Elle me fait chavirer cette photo. Leur complicité. On sent qu'avant qu'elle soit prise il y a eu tout un tas de mouvements dans la pièce, autour des verres. On les voit presque dans l'air, ces enlacements, cette danse d'intimité surprise par l'appareil, comme des traces de bonheur disparu.

Mercredi 9

Ma grand-mère tentait régulièrement de se suicider, sans résultat. Aujourd'hui il faut voir comment elle pète la forme, à quatre-vingt-sept ans.

Les enfants sont restés trois mois seuls une fois, et elle à l'hôpital. Ma mère avait douze ans, sa plus petite sœur, cinq ans. Quand sa mère avait ses crises, la mienne se réfugiait chez sa tante, la sœur de mon grand-père. Son mari à elle avait un petit doigt coupé, et son père c'était le pouce. Gamine, j'étais persuadée que les papis sont des hommes qui ont un doigt en moins.

Quand j'étais petite, on est allés la voir pour lui présenter Résine, la petite chatte que je venais d'adopter. À un moment, j'entends Résine hurler, puis je la retrouve avec des touffes de poils arrachées. Ça a mis des années à repousser, on sait pas ce qu'elle a foutu. Une fois ils avaient un canari, elle l'a attrapé et elle l'a mis dans le pot de moutarde, la tête en avant. Sa maladie est imprévisible, et dans *l'ultra violence*, façon *Orange mécanique*.

Une fois ma mère avait treize ans, Ambroisine lui a dit de sortir, d'aller chercher du travail et de prendre sa petite sœur Danielle. Mais ma mère était pas d'accord, elle voulait pas traîner sa sœur en poussette toute la journée. Alors ma grand-mère a attrapé Danielle, et l'a brandie dans le vide du quinzième étage. Si tu la prends pas, je la jette par la fenêtre ! Du coup, Danielle est venue.

Ma grand-mère, c'est une furie, un danger permanent. Elle peut te foutre un mariage, une soirée en l'air. Une fois j'ai passé une semaine chez elle, j'avais huit ans, elle m'a fait visiter tous les musées de Paris, les cinémas, tout allait bien, puis le soir elle appelait sa sœur, Georgette, pour dîner avec nous, alors que sa sœur était morte depuis au moins dix ans.

Ma grand-mère, c'est une fille mystique, très belle et fascinante, qui a été abandonnée. Elle a des dons de voyance. Un personnage de film, tout en drame et excès. C'est comme ça qu'on doit l'aimer, vu qu'elle va pas changer.

Jeudi 10, matin

Je me regarde dans le miroir, Isabelle. Je viens de revoir deux fois de suite *White Material* et j'adore que tu pleures en luttant au milieu de la jungle. J'en pleure des packs aussi, en comparant ton courage avec mon découragement. Je me regarde dans le miroir et j'ai l'impression que le bleu de mes yeux s'est vidé, que le gris a tout bouffé. J'ai l'impression d'un visage truffé de peur, désespéré sans savoir pourquoi, d'une petite fille perdue, qui sait au fond que ses rêves sont morts, ou qu'elle les a égarés à jamais, que c'est trop tard. Tu comprends quand je dis, *une tête de trop tard* ? Une tête de violentée déçue, de rimmel qui coule à la Leos Carax, délavée par la nuit de cette vieille caravane.

On vieillit mais la vie ne vieillit pas. Je veux continuer à me faire mal, à t'écrire, me décrire. Des yeux de lapin aveuglé par des phares, avec des traces de vie en poudre pour masquer l'autre miroir. Une bouteille de se faire belle pour quoi, moitié vide, et pour qui ? Est-ce que j'ai eu même une seule occasion d'être vraiment belle un jour ?

Je continue mon casting solitaire, visage *Photomaton déchiré*, jeté à l'abandon, mais qu'est-ce qui peut me sauver maintenant ?

Vendredi 11

Bretagne Zone Heureuse, *BZH*. Ça y est je me fiche de Luc, je suis remise. Il ne s'est rien passé de décevant. Mais voilà. Je suis au même point que lui.

Suite

Mon cousin Fanch est venu manger à midi, puis on est partis à l'océan avec sa vieille Golf vert pomme.

Il est né le 18 septembre 90, le même jour que le chanteur Raphaël. Je l'avais pas revu depuis sa majorité, et ça lui fait vingt-sept ans donc. Il me dit, Gwenn, tu sais que j'étais amoureux de toi quand j'étais petit ? T'étais trop rock'n'roll, t'avais un sacré look et je te l'avais même dit une fois, mais t'avais pas capté.

C'est con, mais ça me plaît d'avoir été le premier amour imaginaire de quelqu'un qui est maintenant adulte. Moi aussi, j'ai connu ça avec le cousin de Lylia. J'avais quatorze ans, lui vingt-trois. Il y a eu aussi Doom, un ami de longue date de ma sœur Kat. Le batteur du groupe. J'en avais huit et lui dix-huit. Je me mettais sur ses genoux, les baguettes en main, et je cognais de partout au hasard.

Il y a eu un autre pote de Kat, mort à vingt-trois ans d'un accident de ski hors piste. Je devais avoir onze ans et je me souviens de lui et moi dans ma chambre d'enfant, mon planisphère au-dessus du bureau et lui qui me racontait son voyage, sa trajectoire, sur la carte. C'était l'Égypte et Tahiti ses pays de mission.

Une fois ma sœur Kat et ses potes m'ont prise avec eux à l'Aquacity, et ma sœur m'engueulait pour un œuf dur que je refusais de manger. Je le revois en maillot, ses cheveux courts huilés de gel, gober l'œuf pour que la dispute s'arrête. Il est décédé peu après. Je suis contente de parler de lui ici, de me rappeler ce fantasme si doux, mon beau soldat parti dans la poudreuse, la tragédie d'un geste encore, celle de ces coups de crayon qui renversent le destin.

Samedi 12

On marchait tranquilles tout à l'heure en bord de falaise, quand soudain, apparition magique, une planche à voile en contrebas sur la mer, mais lévitant au-dessus de l'eau, traçant des allers-retours parallèles à la côte. Fanch, regarde ça ! Incroyable, on vit une illusion ou quoi, on dirait presque un cerf-volant, pas une vague l'atteint !

Et là Fanch qui m'explique ces nouvelles planches à voile qu'on appelle des *foils*, avec l'aileron spécial, et moi toujours scotchée, à ne pas en croire mes yeux.

Après dans la voiture je pense à cette fée qui a le pouvoir de faire voler les bateaux au-dessus de la mer, d'influencer les vents, et à la *Fata Morgana*, cette illusion d'optique qui soulève le monde par-dessus l'horizon, le tient suspendu à ses fils magiques. Tu sais mon Fanch, je crois que c'est Morgane qui a conçu les foils. Et lui, Morgane, tu connais l'étymologie ? Morgane, de *mor* la mer, et *gané*, naître. Morgane, celle qui est née de la mer. C'est ça, oui, une Vénus en planche à voile.

Suite

Heureusement que Fanch est là pour me rappeler l'importance de *l'étymologie*. Il faudrait même faire l'étude de chaque lettre, pour mieux se comprendre. Gwenn, c'est-à-dire Gédoubleuvéheudeuzaines. Très important les deux n, car il y a des Gwen monozaines, mais moi non, *true Breizh in ze veins c'est deux n* ! Pas de la Gwen Stefani en barquette formatée.

Ma mère avait peur que ça sonne comme *gouine*, que les gamins se moquent de moi, oh ! Gwenn la gouinasse, que tout le monde soit là, gouine gouine gouine ! Mais mon père a dit que non, personne y penserait, et que de toute façon ça existait pas encore en Bretagne, à l'époque.

Sinon ma mère avait proposé *Rozenn* ou *Morgane*, comme

celle qui fait du foil, et la chanson de Renaud. Mais je regrette pas son choix. Je suis Gwenn la blanche. Le *gwin gwen*, c'est le vin blanc ici. *Gwenael*, l'ange blanc. Et *gwen noz*, la nuit blanche.

Gwenn est aussi une super sainte, la patronne des nourrices, avec trois seins au lieu de deux, pratiquement une X-Man. Dans l'histoire elle se maque avec *saint Fragan* (le saint qui sent trop bon !) et lui pond des triplés, un par mamelle. Donc une femme bionique qui assure sa mère.

Dimanche 13

Je vais essayer une écriture lisible. Comme ça juste pour me relire. Tous les cahiers que j'ai remplis sans me soucier d'être lue et trahie. Ne serait-ce que par moi. Consciemment, je planque mes journaux intimes, mais inconsciemment je rêve que le monde s'en empare.

Un jour ma sœur a retrouvé son cahier secret entièrement corrigé au Bic rouge. Je devais avoir sept ans et la scène m'a marquée, tellement Katell s'était sentie mal. En fait ma mère lisait tous nos écrits intimes. Comment lui reprocher ? J'allais pas bien, j'avoue. Et puis à l'époque, je ne parlais pas de drogue, donc c'était pas trop grave, sinon elle m'aurait fait la misère avec ça.

Depuis mon premier cahier, petit à petit, la paranoïa et la radio mentale se sont activées. J'ai moins écrit à partir de vingt-deux vingt-trois ans je pense, surtout avec moins de plaisir, de lâcher-prise. Depuis que j'ai repris, ça me fait un bien fou, j'arrive à respirer, donc *essayer d'être lisible* ! Et aussi *parler de mon addiction ! Putain, lisible, on avait dit !*

Chaque jour je vais écrire une chose belle qui m'arrive. Car en fait c'est ça ma vraie addiction, la beauté de la vie que je gâche.

Lundi 14

Un Uber noir de jais se gare sur les graviers. J'embrasse ma mère qui se doute, et avec mon chauffeur on se met à rouler en silence derrière les vitres fumées, sur la E60. Puis c'est l'entrée de Nantes jusqu'à Stereolux.

Je passe le concert dans une drôle de solitude chargée, lui sur scène, moi dans la fosse. L'ascenseur de l'hôtel me monte au troisième, le temps de me regarder de travers. Il m'attend dans la chambre luxueuse, débordant de gentillesse. Me fait couler un long bain, me shampouine, cette impression qu'il joue à la poupée, tout en me racontant sa life, ses anecdotes énormes de reusta trop cool.

Il m'explique que le lendemain, il a rien d'autre de prévu qu'être avec moi. On pourra même aller au restaurant ensemble, pour une fois, dans une petite auberge qu'il connaît, en bord de mer. Il minaude en gros chat émouvant, et il est convaincant. J'entre dans le délire, on est comme deux gosses entre parenthèses, le prince et la princesse, et on fait l'amour sans protection, une première fois, et puis une deuxième, comme il a oublié les capotes, mais qu'on a notre manière, maintenant qu'on sait ce qu'on aime, comme deux nounours sous X, à se faire de grosses traces sur le CD d'un album à lui, à se lécher, se sucer, viens viiiens Luc, viens en moi, l'inconscience complète.

Puis vers midi, appel de sa femme, le coup de la petite

qui a de la fièvre, et lui tout bouleversé, qui me dit qu'il doit y aller, qu'il faut qu'il y aille, qu'il peut vraiment pas rester, alors qu'il adorerait. Je pense passer à la pharmacie, mais le corbillard Uber est déjà devant l'hôtel, commandé pour me ramener jusqu'à mon trou de Guerpaix, où personne m'attend, vu que ma mère et Jean-Michel sont chez des amis, comme j'avais dit que je rentrais pas.

Crissage de pneus sur les graviers, j'entre et la maison est vide, avec cette ambiance particulière de maison vide, comme dans *La Cérémonie*, de Chabrol. Ambiance de fait divers, et de passage à l'acte.

J'allume la grande télé et je mets les dessins animés sur Gulli. Je sais pas combien d'heures je bloque là devant, en tout cas j'y suis encore quand mes parents reviennent tout bourrés de leur soirée.

Suite

Dans *Une affaire de femmes*, Isabelle trop belle, qui chiale des larmes acides, des larmes de Tchernobyl que tu voudrais ni toucher ni boire. Ses yeux dégagent une haine rouge, une haine claire, ces couleurs que j'essaie de trouver quand je peins avec Serge, ce froid de la peinture blanche par-dessus les couches d'huile chaude, ce trait de mort ou d'araignée survolant la masse sombre, comme sur les toiles hollandaises, cette vanité de la transparence.

Je chausse les yeux d'Isabelle, pendant que Luc me fait l'amour, et j'appuie sur pause. Voilà le tableau que je veux peindre. Prendre le temps de recréer ces yeux-là, qui me correspondent, qui racontent cette pénétration.

Je me remets *Une affaire de femmes*. C'est ce film-là qui m'a donné envie d'être comédienne. Quand dans le cadre le visage d'Isabelle avance et qu'elle dit, *je vous salue Marie, pleine de merde. Le fruit de vos entrailles est pourri.* Cette couleur de détresse et aussi de colère, cette sensation concrète de profond dégoût pour le monde qui te marche sur la tronche dès qu'il peut.

Comment peindre ces larmes et ces yeux ? Je mets pause. Isabelle pleure pour nos péchés et le monde a besoin de ses larmes. On va pleurer au cinéma pour se faire pardonner d'être lâches et pas à la hauteur, contrairement aux héros courageux qu'on admire. On y va s'excuser de faire avec ce monde, de s'en accommoder. Et là je pleure en écrivant, et je sais que si j'arrête de pleurer, ça va vraiment être *la fin*, tout sera *bloqué*, figé en fontaine pétrifiante, toute l'eau en moi cristallisée, tout le rouge du sang atténué comme une glace à l'eau, un Mr. Freeze sucé, vidé de sa couleur de sucre.

J'arrête *Une affaire de femmes*, et à la télé sur CNews ils parlent du dollar, cette *monnaie liquide*, cette *monnaie qui circule*, mais les pleurs, le dollar qui pleure et circule, ces barrages hydroélectriques aux yeux de nos rivières, toute cette énergie derrière ces paupières de béton, qui retiennent les pleurs naturels du monde, pour moi c'est ça qui se passe, pire que le nucléaire, ce raz de marée qui nous attend et va nous recouvrir.

Elle est si belle, Isabelle, quand elle pleure. On dirait une nymphe des eaux, un de ces esprits des rivières qu'on conserve en Bretagne. *Valley of Love, Loulou, Huit femmes.* Tu pleures tout le temps ma belle. Comme une pietà, un Christ femme.

Suite

J'ai vu des films très hard enfant avec ma mère, pas du tout pour mon âge, et psychologiquement difficiles à comprendre. Quand je les remate aujourd'hui, j'hallucine, à la limite j'étais moins choquée jeune.

C'est sûr que ça a eu un impact sur ma vie, toutes mes histoires d'amour compliquées, extrêmes, avec que des mecs perdus que je dois sauver ou qui sont en prison. Je voyais que des films torturés, avec des héroïnes femmes, ma mère aimait que ça, et elle m'a refilé le syndrome, j'aime pas non plus les films où il y a trop de mecs.

Elle découpait le *Télé-Loisirs*, enregistrait en VHS et se faisait de belles jaquettes, une collection privée. Comme j'apprenais à lire, dès que le titre me plaisait, hop, je regardais. *La Fiancée du pirate*. *Une belle fille comme moi* de Truffaut, *Je t'aime moi non plus* à douze ans, normal, ou *Miracle en Alabama*, un film en noir et blanc qui parle d'une fille muette, aveugle et sourde dans le sud des États-Unis. Dans sa famille de bourges, la petite est réduite à l'état de monstre. Film magnifique mais super hard. Seuil de tolérance enfant zéro. Les images me sont gravées en tête.

Mardi 15

S'embrasser, c'est arrêter de parler. Dire autre chose que ce qu'on sait. Faire une marque sur un tronc.

Mon premier baiser, je veux l'écrire pour me souvenir. J'ai l'impression que plus jamais j'aurai le droit de vivre ça.

Maintenant le type t'embrasse, tu te retournes à peine qu'il est déjà en train de te prendre en levrette sans les bras, en se matant dans le miroir.

À la rentrée je veux faire la grève des bisous. La grève des pelles. Aujourd'hui, une pipe, trop banal, mais un bisou, précieux.

Et Mouss qui me dit, toi, Gwenn, *t'as le syndrome de la déclaration. Dès qu'on t'aime tu te barres.* De toute façon, il pouvait pas se tromper, vu que j'ai tous les syndromes, c'est moi qui les invente, je suis l'usine officielle.

Suite

On me dit, Gwenn, va falloir être *adulte*.

Être adulte, c'est rêver qu'on pisse, en arrivant à se retenir. Mais moi je peux pas faire ça, vu que je peux pas dormir. Vu que Luc dans mon corps, que j'arrive pas à extirper.

Mercredi 16

Sur la plage, tout à l'heure, un barbu en vacances avec ses potes, qui lâche, bon, moi je m'en bats les couilles, j'vais me boire une bière. T'façon voir tous ces culs, ça m'a cassé mon ramadan.

Le ciel s'ennuage d'un coup, alors on plie serviettes, et Piña, qui soit dit en passant s'est déjà tapé Fanch, propose de nous emmener visiter *une ferme de cerfs*. Pourquoi pas, hein. Mais je vous rassure, elle fait, il y a aussi des sangliers, des cochons, les gros verrats ont des oreilles énormes qui leur bloquent la vue, vous allez voir c'est top, ils font penser à des chevaux de diligence, on va faire des selfies trop chépers.

Donc on débarque à la ménagerie, et là une fermière ultra canon, avec un décolleté de ouf, et son mari un Sergi López breton, trop beau, en train de nourrir les bêtes. Elle nous fait le tour du proprio, nous explique comment ça se passe à la période de rut, le cerf qui se rapproche, jusqu'à ce qu'il y en ait plus que deux, et après les combats de mâles hardcore.

C'est là qu'elle nous apprend que les cerfs niquent qu'une fois la même biche. Et en plus, que si elle est fertile. Ils peuvent en niquer cent mille, mais qu'une fois, et que pour se reproduire. Ils ont un petit laboratoire dans le museau, qui analyse la biche. Si elle est validée, ils se placent en équilibre derrière et ils lui mettent un coup de bite, un seul, d'une puissance qui fait que la nana est projectée à deux-trois mètres, voilà fini, ciao.

Moi je trouve ça horrible. Pour une fois qu'un mâle a la capacité de sentir si on va être enceinte ou pas, il t'engrosse et en plus il te nique qu'une fois. Tu crois qu'il aurait compris quelque chose, mais non, bourrin comme les autres. Je sais pas si ça existe, des pilules du lendemain pour biches.

Jeudi 17

Luc,

J'aimerais écrire « mon cher Luc », mais même ça j'ai peur de le dire. Tu me plais plus que ce que tu vois, et même plus que ce que je croyais. Je sais que si je te fais part de ces mots, je risque de te faire fuir, mais j'ai besoin que ça sorte.

Silence total depuis la fin juillet, puis tu me contactes, j'accours, tu me baises tellement bien, et puis rien ? Tu trouves ça normal ?

Ce que je préfère dans notre histoire de cul, c'est quand on s'embrasse. Et quand je croise ton regard, que je fonds totalement. Je le croise, ce regard, en pensée, et je fonds en moi-même. Je regrette que tu ne sois pas ici pour voir cette lumière.

Te parler indirectement, poser des mots est peut-être ma dernière chance de ne rien gâcher. Parce que je commence à comprendre qu'il faut savoir toucher quelqu'un de près si on veut l'approcher. Là j'ai envie de me serrer contre toi, ça commence à me faire grizzoter les abeilles.

Un jour tu m'as demandé si j'allais mieux, car le soir d'avant je t'avais dit que *je craquais un peu*. J'avais je pense pas choisi le bon smiley pour aller avec, et tu as dû imaginer que j'étais triste.

Mais après, je pense que les mots ont réussi à se traduire. Si je pouvais, je te demanderais tout ce que tu veux dans ta vie. Tout ce que tu aimes pour de vrai. Je voudrais qu'on se retrouve simplement, et tu resterais là, quelquefois peut-être, en lendemain de fête. Pas plus, ne t'inquiète pas, je ne te demande rien de ouf.

Nous, c'est la fête. Avec toutes nos limites. Je veux te retrouver si lentement que je ne vais plus t'écrire avant d'être rentrée (surtout si je suis bourrée). Tu viendras vers moi car c'est toi qui décides, et je serai sûrement d'accord. Je sais que c'est souvent tard et souvent après une sortie que tu me rejoins et je ne préfère pas y penser en vrai. Car oui, j'ose m'imaginer à déconner dans un bar avec toi. On ne se roule pas de pelles, et c'est très beau comme scène. Le patron nous fait une assiette de charcuterie-fromage, et tu chantes une chanson.

Plus j'écris cette lettre, plus il m'est impensable de te l'envoyer, tu vas me prendre pour une folle. Au-delà de l'admiration que je t'ai toujours portée, sans gêne, à chaque fois, je ressens une infinie tendresse. Un truc qui fait chaud mais ne brûle pas. J'ai été malhonnête avec toi, je ressens depuis le début un truc différent. Un truc différent qui se rajoute et se goûte la nuit.

Vendredi 18

Mais toi, ma fille, qu'est-ce que tu veux vraiment ? elle me fait. Tu es sûre de ça, maintenant que tu as trente-cinq ans ? Moi je vous ai eues trop jeune, mais ça veut quand même pas dire qu'il faut jamais en faire !

Je lui réponds que parfois ça me tiraille encore, c'est vrai, et là je lui avoue ce dont elle se doutait, que je n'étais pas avec Piña dimanche dernier, qu'en fait j'ai craqué, que je suis allée rejoindre Luc.

Elle me regarde l'air de dire quelque chose de vache, avec ce même regard qu'a ma sœur, mais elle dit rien, elle me prend juste dans ses bras. Alors j'explique que de toute façon je serais pas une bonne mère, que j'en suis incapable, c'est trop tard.

Elle me regarde encore avec cet œil de famille, cet œil qui pèse et qui s'en fout en même temps. Comme si je lui disais pas tout, mais que c'était mon problème. Donc là je pense lui dire, mais bizarrement rien ne sort.

Suite

Si j'ai réussi à lâcher le rêve de faire un gosse, est-ce que j'aurais pas la force d'en lâcher d'autres ? Quand on peut accepter ça, on serait pas aussi capable de renoncer au reste ? Même l'idée de devenir star, je pourrais m'en défaire, et inventer autre chose.

Mon quotidien se cale sur mes fantasmes. Je vis comme dans un film, sans pouvoir en sortir. Tout ça pour essayer de réaliser le rêve soixante-huitard de mes parents à leur place, plutôt que de m'y opposer. Au fond je suis la bonne fifille loyale, en mode *Valseuses* toute l'année. Et le pire, c'est que j'y gagne rien, vu que j'ai la même culpabilité à échouer qu'à réussir.

Je découvre que j'en suis là, sans aucune mise à jour depuis le *Club Dorothée*. Je vieillis dans ce rêve qui n'est même pas le mien, je deviens la caricature de cette même-pas-moi, quelqu'un que j'aurais jamais été, une meuf moisie qui contrairement à d'autres a pas été foutue de se trouver un mec millionnaire pour l'entretenir, lui payer les bonnes crèmes et les habits qui vont bien pour cacher sa misère de vieille.

Et sinon, tu l'as prise, cette pilule du lendemain ? elle aurait pu me dire. Mais elle a pas demandé, elle voulait pas savoir.

Samedi 19

Cher Luc,

J'ai lu, sur le site que tu m'as conseillé, que l'érotomanie est la conviction d'être aimé par une personne célèbre.

Voilà, c'est fini, théorie intéressante, mais je suis ton amie. Je suis ton amie, je suis ton amie. Et quelle stupide je fais, de te faire part de ce que j'écris. L'air dans tes cheveux et tes cheveux entre mes jambes. Tes cuisses magnifiques dont je n'oserais l'esquisse. C'est fini car rien n'avait commencé. Je regrette l'espace-temps de mon petit appartement. Je vais finir ce texte car il trotte trop en moi. Ce soir je sais que tu as un concert à Rennes. Je n'ai jamais été aussi résignée avec autant d'espoir. Luc, c'est tout ce qu'il y a de toi que je dois rejeter car c'est tout toi que j'aime. Et jamais je ne ferai ça.

Devenir adulte et se dire à bientôt.

Luc, t'as tout pour toi, garde tout, tu fais de belles choses.

Je t'embrasse

Suite

Luc est tellement totalement mignon, comme un petit chat. On a envie de le prendre dans ses bras, de le croquer. De lui péter un bras tellement il est mignon. De tout casser pour qu'il le soit un peu moins.

On est sur la tour Eiffel, moi au-dessus, et Luc et Isabelle au niveau 1, donc moi j'attends le feu vert, et eux, *tu vois pas qu'on bosse ?!* Clairement je les dérange. Mais en fait ils bossent pas, ils s'échangent des petits bébés chats, regarde celui-là comme il est trop mignon, et Isabelle, le mien aussi, t'as vu.

C'était un rêve évident, clair, pas comme certains rêves flous.

Lundi 21

Arrivée hier soir chez Piña dans son nouveau bled, à cinquante kilomètres de Guerpaix. J'avais besoin de changer d'air.

Aujourd'hui à Larmor-Plage, moi avec mes petits seins et Piña ses gosses, sa paire de poumons de ouf et son athéba dans les cheveux. Je suis trop heureuse de retrouver cette vieille copine, avec son mec trop cool et ses trois Gremlins. J'adore comme elle s'en fout de son look. Elle a pas besoin d'être belle, naturelle ça lui va. C'est ça la vraie beauté, même après deux jours de teuf, Piña reste Piña. En plus elle a vraiment une tête d'époque, une tête traditionnelle, avec ses yeux globuleux début de siècle. Tu la mets dans un film, pas besoin de costumes, elle te situe le contexte.

Sur la plage on retrouve sa copine Nadia, pas croisée depuis des années, et qui maintenant a de vieux enfants, vu qu'elle les a eus jeune, mais qui a rien changé, qui fait tout comme avant, rebeu punkette hardcore, rasée sur les côtés, bien tatouée de partout. Nadia je la trouve trop dans le déguisement, contrairement à Piña. Elle serait plus vraisemblable avec deux tiers moins de piercings.

Après deux heures à faire des pâtés, des châteaux, me suis sentie crevée de chez naze. Cette impression d'avoir *cinquante kilos de sable dans la chatte* ! Peut-être ce thé vert aigre acide en thermos que Nadia nous avait concocté. Selon elle détox, mais surtout dégueulasse. Arrive l'heure de l'apéro et on se cale boire un pastis, pour camoufler le goût. Je dis, Piña, écoute, et si on laissait les mômes à Franck et qu'on allait faire la fête ? Ça fait tellement longtemps, en plus il y a une free ce soir, le serveur vient de me dire, ça va être le feu !

Mercredi 23

Je la connais depuis quinze ans, Piña, une amitié qui dure, soudée par les teufs à Marseille. Elle connaissait Mouss aussi, on l'a bien évoqué toute la soirée d'hier, et c'est là qu'elle m'a avoué comme elle était à balle sur lui avant que ça devienne mon mec, mais qu'elle avait rien tenté, vu qu'elle respecte trop les copines. Je l'ai reçu étrange ce message, heureusement que tu baises pas tous mes mecs, j'ai failli lui dire. Et puis de l'entendre me faire l'éloge de Mouss, ça m'a tordu le bide. C'est vrai qu'il aurait pu avoir toutes les filles qu'il voulait. Est-ce que j'ai à ce point de la merde dans les yeux, que depuis dix ans je passe à côté du mec en or parfait ?!

Les parents de Piña étaient pas babs comme les miens, c'était de *vrais* punks. Son père est mort du dass et sa mère est ultra queer maintenant, donc très ouverte d'esprit, elle va pas te juger.

Chez Piña il y a toujours du monde, elle sauve des animaux, elle a trop d'énergie pour être seule une seconde. À vingt-quatre ans, elle a passé son bac, alors qu'elle venait d'accoucher, qu'elle avait encore la douleur de l'épisiotomie. Trois coussins sous le cul durant tout l'examen. Et à chaque pause, Franck qui lui tient le bébé dans le couloir, pour qu'elle puisse allaiter jusqu'au bout. Et elle l'a eu son bac. Une jobastre, qui a un courage de fou.

Elle fait des sacs magnifiques maintenant. Elle a un potager, trois gosses, elle s'occupe d'une ressourcerie, ils récupèrent des objets, ils les réparent ou ils en font de l'art, ou autre chose, ils ressourcent tout ce qui bouge. À un moment avec Franck, ils en ont eu marre de la teuf, de la came, ils ont voulu s'éloigner de ce milieu dans lequel on baignait. Alors ils sont partis en Bretagne, pour que les gosses s'égaillent dans un cadre plus soft. Elle a même dégoté une école genre Steiner en moins cher, avec pas de tablette, où les gamins sont treize par classe et méditent en arrivant. Orion, le premier, elle voulait pas qu'il aille à l'école à Marseille, elle lui a appris à lire toute seule. Thésée et Andromaque eux sont nés en Bretagne. Ils ont trois, cinq et neuf ans.

Son mec est carreleur, il gagne bien, alors ils ont pu acheter, ils se démerdent. Lui ramène la paye, il aime bien en chier Franck, c'est vraiment le mec en or, ça Piña le voit pas assez je trouve. Après ma proposition de teuf hier, elle l'appelle direct, et lui, pas de souci, allez vous amuser ! Alors que c'est son seul jour de congé en ce moment. Le mec presque irréel, qui a jamais existé dans toute l'histoire du patriarcat. Donc nous voilà partis dans la vieille Golf de Fanch, et dès qu'on arrive, Piña retrouve son jeune lover et disparaît dans les bois. Ça m'a quand même fait un pincement pour Franck, même si je sais qu'ils sont en couple libre.

De mon côté je fais la connaissance de Djordje, un Yougo comme moi, mais serbe de Croatie, dont les ancêtres avaient été installés dans les montagnes de Kraina, il m'explique, pour résister aux Turcs et défendre l'Occident. Il me présente son chien, qui s'appelle Gobi, comme le désert, et donc s'écrit G-O-B-I, comme j'ai obéi. Un grand sec, avec un charme dingue, très drôle et tout tatoué, mais qui ensuite m'a pas trop calculée, pourtant j'avais fait de gros signaux. Un type bien dans son monde.

À un moment quand même, Piña réapparaît, seule, et là on danse comme des folles, le jour se lève, grand ciel bleu. Puis comme on a promis à Franck de rentrer tôt, on dit à Fanch qui comate qu'on va décoller, mais en route on découvre que le campement est encerclé de flics. Un barrage avec salive et tutti quanti, retrait de permis direct.

Donc on fait demi-tour, et comme il y a que ça à faire, on continue la teuf. Djordje me fait, mais vous êtes pas parties ? Je dis, ben non, on est revenues.

Après avec Piña, pour rigoler, on s'est mises à imaginer des stratégies pour passer le barrage sans faire le test. D'abord on se dit qu'on va pousser la voiture, en expliquant aux flics qu'elle est en panne, qu'on conduit pas. Je suis sûre qu'ils pourraient même nous aider, certains sont très sympas. Après, on imagine d'appeler une dépanneuse. Puis on reprend un taz et c'est là qu'un mec se met à nous accuser d'être des *voleuses de chiens* ! Mais hyper sérieux, je vous ai vues, j'ai capté votre petit jeu ! Et nous, tu peux pas nous juger comme ça sans preuve ! Tu te rends compte de la gravité ?! Mais arrête la perche, mec, là t'es vraiment trop loin, t'as la kéta mauvaise, mais c'est quoi ton délire !! En plus, il avait aucun argument, il était juste sûr qu'on était des voleuses, et il nous lâchait pas, ça devenait lourd. Son pote est même venu lui dire qu'il avait vu notre voiture, qu'elles sont tranquilles les meufs. Mais lui, faites gaffe, c'est des voleuses de ienchs, celles-là !

Ensuite, quelqu'un a annoncé que le barrage était levé, qu'on pouvait y aller, et donc nous revoilà, et maintenant j'attends que Fanch se réveille pour qu'on rentre à Guerpaix. Je viens d'écrire à Djordje, comme en partant on s'est échangé nos Facebook, et qu'il habite Nantes. Ça me ferait plaisir de le revoir, avec l'IDTGV Max, je pourrais venir facile s'il le souhaite. Enfin bon on verra. Je pense aussi tout le temps à Mouss depuis deux jours, et plus du tout à Luc, qui est pas de cet univers, qui pourrait pas être là. Mouss le plus beau gosse de tous. Ça fait du bien de se retrouver en free, à l'ancienne, même si tu es loin de moi.

Jeudi 24

Fracasse d'hier, là c'est ma mère et mon beau-père qui ont tout fait, même pisser je me lève pas, j'ai dit à Jean-Michel à table, tiens, comme tu y vas, tu veux pas faire pour moi aussi ? Et lui, la petite ou la grande commission ? On s'adore, c'est un beau-père en or.

René m'a mis un texto ce matin, comme quoi il compte sur moi au Pig'Hall samedi prochain. Mais je crois que je veux pas du tout retourner à Paris. Je me suis dit, de quel droit ce connard fait le sympa comme ça ? Il voudrait dire qu'il m'aime maintenant, qu'il reconnaît mes talents de vendeuse, alors qu'il me sous-paye toute l'année ? Sa copine de vingt-quatre ans l'a largué, ou quoi ?

Suite

De toute façon le pire, quand je suis en vacances, c'est qu'on me parle boulot. Je dis, non, là, pas de téléphone, rien, pas de René ni personne, je suis en Breizh, merde !

Bon si on va à la crêperie, à Auray, je m'habille quand même chic. Mais le reste du temps, je traîne dans mon vieux pyjama du XVIIe siècle, parfait pour vivre en caravane, et écrire mes conneries.

Fléchettes avec Jean-Mi, exploration de la faune et de la flore autour du village, puis un smoothie, un bédo, un smoothie, la belle vie. Ma mère me file des échantillons de crème pour le renouvellement cellulaire. La peau absorbe, le glow reste. Je souris aux trois vaches du vieux garçon qui broutent par la fenêtre. Je lis les magazines qui traînent. Je fais de la respiration ventrale, comme ma mère m'a montré, et de la marche afghane, selon le principe de synchroniser ses inspires avec le rythme des pas, sh sh, toc toc. Comme les nomades du désert. Trois pas d'inspire, un de rétention, trois d'expire, un de rétention. Selon elle, ça renforce l'ossature, et les épaules s'ouvrent comme des portes de saloon.

Vendredi 25

Ma mère avait le même amour que sa mère du *cinéma*, cette *déception héréditaire*.

Elles ont vécu d'abord dans le IIIe arrondissement jusqu'à ses neuf ans, puis à Nanterre dans la ZUP. Comme ça se passait très mal à la maison, dès qu'elle a pu elle s'est trouvé un boulot aux Galeries Lafayette, pour avoir son argent et respirer un peu. Mais elle s'est fait virer, et plutôt que de rentrer elle est partie s'installer en Bretagne, chez un oncle et une tante qu'elle aimait.

Elle est arrivée à Auray en 70 et elle s'est fait embaucher à l'usine Plastic-Calf, confection de trousses de toilette. Deux ans à la machine à coudre, au rendement, fouillée chaque soir à la sortie par le contremaître. Mais ça allait, comme elle était logée nourrie. Elle a même pu acheter une télé à crédit, alors qu'à Paris elle donnait toute sa paye à sa mère et qu'elle devait faire la manche pour des tickets de métro, si elle osait sortir.

Ensuite pour évoluer elle a fait un stage de sténodactylo, à Saint-Brieuc. C'est là qu'elle a rencontré mon père, Louis. Un super beau gosse, ça se voit sur les photos, tout juste rentré de son tour du monde avec l'armée, qui faisait une formation en mécanique. Et là, direct enceinte de Katell. Mais ma mère était pas d'accord, elle voulait être comédienne, retourner à Paris. Ils sont allés chez la faiseuse d'anges, mais devant la maison hyper glauque ils ont fait demi-tour. Mon père a dit, épouse-moi, et ma mère a dit oui et au revoir à ses rêves. Ma sœur déteste cette histoire.

Mon père a été muté à la raffinerie de Fos-sur-Mer, alors ils ont acheté la caravane où je naîtrai bientôt, qu'ils ont calée sur un terrain quartier Saint-Roch, à Istres. Puis comme Katell grossissait, ils ont fini par acheter une caravane plus grande, car comme je disais c'était des babs prolos, ils aimaient la vie en caravane, avec leur vieux J5. Mon père avait un bon boulot, à la maintenance des cuves, et mécano sur les moteurs. Il avait des indemnités de déplacement, entre Fos et Berre, ou de Berre à la Mède, près de Martigues. Des chantiers de six mois, donc ils bougeaient la caravane. Ma mère prenait les petits boulots qu'elle trouvait, puis en 77 elle en a eu marre, elle est remontée à Saint-Brieuc et elle a eu l'idée, bien avant Mouss, de prendre un camion pizza, comme en Bretagne ça existait pas encore. Pendant deux ans elle s'est échinée sur les routes, à pétrir sa pâte, et ça marchait bien, mais elle s'est épuisée, avec Katell petite et toute seule à gérer, elle a pas tenu la distance. Retour à Istres donc, et c'est là que je suis née, en 82, et qu'elle a dû accepter de se poser vraiment. Il y avait un poste à la mairie, et pendant les vingt-cinq ans suivants, elle a fait ça, les remplacements, les crèches, dame de cantine, partout dans la commune.

J'avais deux ans quand ils ont décidé d'acheter le terrain. Ils ont mis la caravane dessus, et mon père a commencé à construire la maison, qui est toujours pas finie, dans laquelle il vit encore, comme un gribou qu'il est, avec tous ses regrets. Là-bas ma chambre a pas bougé, avec les jouets, les posters. Je pourrais y retourner et redevenir enfant, tout recommencer de zéro si je voulais. Il s'est tué à construire cette baraque, ce vieux rêve d'ouvrier, lui qui aimait tant rire et partir sur la route. Il a fini par fatiguer tout le monde et ma mère s'est barrée, en 96, mais pas loin, en HLM à Istres. Katell était déjà grande, et moi bientôt ado. Il y avait la pataugeoire et la piscine municipale, je me souviens, l'eau était tellement chaude, on faisait carottes pot-au-feu tout l'été. Et ma mère, comparé à Nanterre, c'est le paradis, les filles.

Petite ma mère dormait avec une planche, pour si jamais sa mère avait une crise et l'attaquait dans son sommeil. Tu le vois ce couteau ! Cette nuit je te le plante ! La schizophrénie à l'époque, personne savait quoi faire, et ça pouvait mal finir. Ambroisine les réveillait en hurlant, je vais vous noyer dans les fontaines de Paris ! Ou bien elle ouvrait le gaz, on va tous mourir ! Ma mère avait peur de sa mère, au point qu'avec mon oncle ils avaient décidé de la tuer. Et ils avaient un plan, à neuf-dix ans. Mais ma grand-mère est tombée sur le papier, elle est allée chercher sa fille à l'école, ce qui arrivait jamais, et elle l'a fracassée. Ma mère lui en veut plus aujourd'hui, elle dit que c'est juste que sa mère l'a jamais aimée et qu'elle était pas faite pour avoir des enfants.

Ma mère en a tellement bavé jeune, maintenant elle peut se reposer. Elle a trouvé l'homme de sa vie, Jean-Michel, qui a sa retraite d'EDF, qui travaillait sur les quatre cheminées à Martigues, à la centrale thermique, à rien branler jusqu'à la mi-septembre, vu que chauffer dans la région était pas nécessaire. Un bon pêcheur, qui connaissait tous les bons coins. Maintenant ils sont en Bretagne, et plus tard ils se feront enterrer sous un arbre, au Jardin de mémoire, un cimetière ouvert qui borde la rivière du Bono, là où mon grand-père aux yeux bleus est déjà enterré. J'aime cet endroit, on y est pas encore allés, mais on y va à chaque fois que je viens à Guerpaix. Mon grand-père est mort juste quand je suis née, et l'arbre qui pousse de ses cendres est un olivier de Méditerranée, qui se plaît bien dans le Morbihan, et qui a exactement mon âge.

Dimanche 27

Je suis née le 21 février 82, à 4 h 50 du matin. Il faisait très froid ce soir-là, ma mère raconte en tournant les vieilles pages de l'album de famille, un énorme mistral. Ton père a dû verser de l'eau chaude sur la voiture pour aller bosser, tellement ça gelait. Il a juste eu le temps de la poser à l'hôpital de Martigues, Les Rayettes.

Quand j'ai vu le jour, je faisais 3,8 kilos, 53 centimètres. J'étais énorme, une grosse. J'ai encore la trace de mes bourrelets d'enfance. Sur les côtés, et sur le ventre. Les mois suivants, le docteur a voulu me mettre au régime, mais ma mère a vu que j'étais speed, que je courais partout, elle a dit, non, ça va fondre.

Et regarde aussi comme tu étais grande petite, elle me dit. À douze ans tu faisais déjà ta taille. Je me revois sur les clichés, j'avais des seins plus gros que maintenant, et toujours sur le côté pour la photo de classe.

Le plus haut que je suis montée, c'est 57 kilos, je devais avoir seize ans, j'étais mal dans ma peau. Heureusement c'est là que, Dieu soit loué, j'ai découvert la drogue. Je suis tombée direct à 43 kilos. À un moment, on aurait dit un Giacometti. Puis j'ai regrossi grâce à Mouss jusqu'à mon poids idéal, 49. Une bombe.

On redécouvre aussi une photo du père de mon père, coincée là, pas classée. Il s'appelait Robert, j'ai déjà écrit qu'il était mareyeur, mais il était aussi fabricant de cidre, surtout pour lui-même, ce qui nécessitait déjà pas mal de pommes.

J'ai juste un souvenir de lui. Je devais avoir cinq ans et on était allés manger une choucroute à Montparnasse. Toute la famille a été malade, sauf moi et lui. Et ma mère, *parce que vous deux, vous êtes des vivaces*. C'était un diable il paraît, il partait avec son petit bateau, par mauvais temps, parfois il rentrait pas pendant des jours, personne savait ce qu'il devenait. Sa femme, cette grand-mère que j'ai pas connue, était toute petite, effacée, et complètement parano. Elle croyait toujours qu'on parlait d'elle. Si tu veux, tu peux aller les voir, me dit ma mère. Ils sont au cimetière de Guerpaix. C'est la tombe envahie par les herbes.

Suite

Quand ma mère a rencontré Jean-Mi, il y a maintenant vingt ans, elle s'est mise à aller bien, à dormir, alors qu'avant toute notre enfance c'était toujours cachetons, on la voyait jamais sourire. Elle se laissait pas prendre en photo ni filmer je me souviens, tellement elle s'aimait pas. Mais grâce à lui elle s'est ouverte, ils partaient en week-end, elle me laissait l'appart alors que j'avais treize piges, on foutait un bordel ! Elle était heureuse d'un coup, et maintenant ils se sont mariés. Lui c'est un mix de José Bové et de Coluche. D'ailleurs elle l'a rencontré le jour de la mort de Coluche. Ma mère était totalement fan, et lui aussi. Le soir il y avait une teuf chez une collègue de travail, et bien sûr elle pleurait, alors Jean-Michel l'a prise dans ses bras pour qu'elle pleure confortablement. Tous les deux ils avaient comme perdu un frère.

S’entendre

ce mois où

si on parlait de rien ?
ça éviterait de dire des conneries

Lundi 4

Me suis acheté un tee-shirt chanmé, 5 euros, avec écrit au dos en rose *Fuck Fake Friends (FFF).* Je sais pas ce que j'ai, mais je me sens trop bien, une patate monstrueuse. Je mange sain, j'ai repris les castings, je veux tout bien cocher, m'organiser, et dans le prolongement de l'été me remettre à nager, comme quand j'étais cette ado pure et belle.

Je vois les friends sur Fb en train de croupir chez eux, tout défoncés à cliquer sur leurs vies ternes, pleurnicher que rien ne va. Avant, ça me parlait, mais là j'ai juste envie de leur mettre de ces coups de latte. Après tout, moi, je suis encore en vie, et toujours dans la place, à Paname. Je croise Édouard Baer quand je veux, la fille encore dans le game. Parce que j'ai eu le courage de quitter Istres, le quartier, de pas croupir comme une miskine avec Tony qui rentre du taf me défoncer la gueule. Au moins je me bouge, je m'agite, j'attends pas que l'anneau tombe du ciel, comme certaines, les annulaires en manque, toutes ces anciennes copines qui galèrent dans leurs rêves de soumises, avec des petits cœurs partout sur leurs murs, elles me font pitié en fait. Au moins moi je maintiens la barre, mon mec c'est une grosse reusta, il m'adore, il me fait envoyer des fleurs comme hier, je vis le rêve en partie, et si c'est pas à 100 %, je savoure quand même !

Mardi 5

Repris le Pig'Hall depuis samedi, comme convenu avec René, ce diffuseur d'intelligence précaire. Aujourd'hui, un couple venu pour un plug anal et des attaches, qui a fini par prendre que les attaches. Un mec qui m'avoue qu'il flippe que sa femme se vexe parce qu'il lui achète du L, alors qu'elle se voit M. Un Ivoirien dans le pétrole, qui s'en est mis pour 375 euros, m'a sauvé ma soirée (j'ai terminé à 800, ça passe).

Et puis ce couple, la femme un putain de coquard, noir énorme, avec l'entaille petite mais profonde. Elle avait tenté de mettre du fond de teint, mais c'était pire. Et le mec comme par hasard une tête de jobastre de l'espace. Rasé avec un bouc, petit, musclé, peut-être un Marseillais, j'ai pensé, devenu fan du PSG, totalement schizo.

Il me dit, madame, est-ce que nous, quand on va sortir d'ici, on sera heureux ? Il me demande ça. Je lui dis, je sais pas. Il me fait, normalement, les couples, quand ils ressortent de chez vous, ils doivent être heureux, non ? Je dis, je sais pas, et je pense, là je vois ta meuf complètement amochée, qu'est-ce tu veux que je te dise ?! Alors il me fait, parce que nous avec ma femme on a zéro limite, on est des grands malades ! Et j'ai pensé, tu te trompes, tes limites sont immenses. Par contre zéro neurone, on doit pas être loin.

C'est lui qui l'a tapée c'est sûr. Ils faisaient genre le couple qui s'entend trop bien, mais Foumi était d'accord, lui et sa grande expérience. Une femme battue.

Les femmes battues heureusement c'est rare, sinon je pourrais pas travailler là. J'ai de tout, c'est pour ça que j'aime ce métier, mais l'autre dégun qui faisait style on est SM, elle adore ça, elle kiffe quand je la cogne, je me suis retenue de vomir.

Mercredi 6

Tout à l'heure, rayon crèmes du Monoprix de Pigalle, croisé cet étrange spécimen de pure Ségolène. Habillée toute Ségolène, avec le sourire blanc catho PMA assistée, un pack de six petites bières bio IPA à la main, et surtout noire de peau, bronzée à la limite du bronzable pour les yaourts comme elle. C'est là que j'ai compris qu'on était la rentrée de septembre.

Chaque année c'est la rentrée, et moi avec mes histoires personnelles, je zappe ce moment, les parents yeux rivés sur les Bic quatre couleurs, les cartables et les trousses en promo, qui achètent des millions de taille-crayons qui serviront jamais. Qui se jettent sur des équerres.

Et cette Ségolène incroyable et brillante de monoï, avec ce visage de Charente, ce front inaltéré pure race, ses grands yeux gris-bleu bocage, et en même temps toute noire. Juste sa couleur de peau, on aurait pu imaginer des pommettes de Guinée et un cul béninois, mais non, cul plat évasé de Ségolène de base, moulé au bénitier, un de ces culs qui s'attrapent en Vendée pendant la mousson de juin, quand il faut encore mettre des bottes.

J'étais comme devant une erreur de coloris énorme, qui la rendait invraisemblable. Une pin-up La Redoute / *Ouest-*

France, mais black. Un croisement Mauresmo et Serena Williams. J'ai regardé la caissière, qui me souriait, et j'ai dit, *on est bien la rentrée !* Je crois qu'elle a compris.

Jeudi 7

Boulot toute la journée et toujours pas mes règles ! Donc c'est clair je le savais, à moins de l'énorme anarchie, je suis enceinte de Luc, et pourquoi pas en fait, moi ça me va, je le savais en plus, j'en étais presque sûre déjà la semaine dernière.

Depuis mon retour de Breizh, pas une bière, pas une trace, no bédo, pas croisé un seul bras-cassoce et dormi comme une loutre, en mode hygiène-de-vie-magazine. Si j'avais su que ça marche, la vie saine, je m'y serais mise avant. Et en plus je me balade de partout, je regarde, je scrute les détails, Paris quelle ville incroyable et géniale, je me sens si légère, je vais avoir un gosse et il sera trop beau, ce sera du Luc en barre, et il aura mon style. Je pense que c'est un garçon, mais si c'est une petite gonzesse, ce sera le top aussi.

Peut-être que ce sera une fille. Mais là ça me fait un effet de ouf, comme de gros shoots d'endorphines. La jeune mère trop happy. Tout à l'heure j'ai failli acheter un siège bébé. Alors que j'ai pas de voiture, que je sais même pas conduire ! Tout ça parce qu'il était en promo, la teubé de première. En attendant, il faudrait que je le passe, le permis, maintenant que je suis plus seule.

Vendredi 8

Ça y est inscrite à la piscaille, et fait mes 750 mètres de dos crawlé ce matin ! En trois fois, je suis un peu rouillée. Le bébé a besoin d'une maman de compète.

Je sors du bassin, toute fière, et là le maître-nageur trop sympa, qui vient me voir, un vieux beau, cheveux blancs gominés, bronzé bien conservé, et en plus un énorme intello. Vous savez qu'à Paris, il me fait, à peu près toutes les piscines prennent le nom de leur rue, sauf la piscine Alfred-Nakache, où vous êtes (que j'ai choisie à cause des horaires) ? Et vous savez pourquoi ? Je dis, non. Mais vous savez quelle rue on est ? Je dis, non. On est rue *Dénoyez.* Vous imaginez *piscine des noyés* ? Ça aurait fait bizarre !

Et c'est là qu'il me raconte l'histoire d'Alfred, qui a donné son nom à ce bassin au cœur du XXe, pile le quartier juif de *La Vie devant soi*, ce bouquin que j'adore.

Alfred Nakache était champion de natation et il avait deux surnoms, il m'explique. Comme il était de Constantine, en Algérie, les gens l'appelaient *Artem*, le poisson, mais après guerre il était aussi connu comme *le nageur d'Auschwitz*, où il avait été déporté en tant que juif.

C'est en 33, à l'arrivée d'Hitler, qu'il participe à ses premiers championnats de France et qu'il quitte sa ville natale pour aller s'entraîner à la capitale.

En 36, il termine 4e aux Jeux olympiques, sur l'épreuve du quatre fois 200 mètres nage libre, devant l'Allemagne nazie.

Lorsque Pétain abolit le décret Crémieux, en tant que juif d'Algérie, il est déchu de sa nationalité française. Il s'installe à Toulouse, en zone libre, et devient prof de natation, se rapproche de la Résistance, dans l'Armée juive, en aidant à la préparation physique des recrues.

En 1942, il gagne cinq titres de champion de France en brasse et nage libre tout en n'étant plus français légalement. La presse collabo lui tombe dessus, le dénonce comme juif, il est interdit de bassin lors des championnats de France de 1942, puis arrêté par la Gestapo un an plus tard, déporté depuis la gare de Bobigny après un passage à Drancy. Un officier SS le reconnaît à Auschwitz, et l'affecte à l'infirmerie, ce qui lui sauvera la vie.

Et là le maître-nageur m'explique qu'il y avait pas seulement des douches de la mort à Auschwitz, mais aussi une *piscine*. En fait un bassin de rétention d'eau prévu pour les incendies. Les gardiens se servaient d'Alfred comme d'une otarie, ils s'amusaient à le faire plonger pour récupérer des trucs au fond, comme des poignards avec les dents. Mais lui en douce improvisait des séances de baignade à l'insu des gardes. Ce qui empêche pas qu'à sa sortie, il pesait 40 kilos, moitié moins qu'à l'entrée.

Il se remplume et en 1946 retrouve le haut niveau, champion de France, et participe aux JO de Londres en 48, aussi dans l'épreuve de water-polo. Puis il finit sa carrière à La Réunion et se noie en 1983 dans le port de Cerbère, à cause d'un malaise pendant son kilomètre quotidien. Donc on est rue Dénoyez, dans la piscine d'un noyé. Et le plus incroyable de tout, c'est qu'il est inhumé à Sète, à deux pas de chez Mouss.

Lundi 11

Aujourd'hui régime vert, donc guacamole, obligé. Je sors emprunter un mixeur au voisin, et j'achète des avocats israéliens, tant pis, normalement je boycotte, mais là j'ai pas le temps, que je mélange avec oignons frais, ail, petits bouts de tomate, surtout pas de coriandre, et là Joce débarque et goûte. Putain ! il fait. Mais tu as mis quoi là-dedans ! Donc moi, gentille, je lui montre les ingrédients, dont la gousse d'ail. Et lui qui hallucine. Il avait jamais vu ça. Il pensait que l'ail c'était toujours en poudre.

Bon, toutes les recettes de guacamole sont pas avec de l'ail. Mais moi j'aime bien en mettre. Et Joce, avec son monde haché, j'ai pensé. Ça m'a fait de la peine de le voir tout bourré, comme d'hab, avec rien à quoi se tenir, aucune nécessité. C'est là que j'ai senti le gouffre, comme on était trop différents d'un coup.

Mardi 12

Je reviens de me faire tirer les cartes, ce délire. La voyante a tout de suite vu le bébé, mais elle a pas dit le sexe. C'est privé, elle m'a fait. J'ai rien dit, je m'en fous du sexe, mais j'ai pensé, c'est quoi cette mauvaise excuse ? Tu crois que c'est pas privé de se faire tirer les cartes ? Tu crois que je viens parler foot ou conférence de paix ?!

Je crois que j'ai l'angoisse qui monte. Qu'est-ce que je vais devenir ? Sept cent cinquante euros de loyer, pas un sou devant moi. Et puis comment continuer ce taf tout en étant maman ?!

Vous inquiétez pas comme ça, elle m'a dit. Bien sûr vous allez passer par des phases, mais le printemps prochain sera le plus beau jour de votre vie. La naissance, c'est ça votre objectif, qu'il faut que vous prépariez, avec beaucoup de repos, et prendre bien soin de soi. J'ai dit, mais oui, j'y travaille. Elle parlait comme une mère, vraiment j'ai apprécié comme elle m'a câlinée avec ses mots gentils. J'ai pensé, une ancienne prostituée du quartier, qui se paye ses bières comme ça.

Elle m'a dit que j'ai rencontré l'amour, et que cette fois c'est vraiment pour de bon. Qu'il suffit de m'accrocher, d'être *fortissima*. Par contre, que j'ai du caractère ! Faire attention à ça. Votre copilote de vie, il a besoin de stabilité. Pour qu'il puisse vous valider à 100 % et donc faire les bons choix, il va falloir l'aider. Et ensuite elle a enchaîné par deux-trois vieux dossiers, sur ma relation à Suzana, à mon père, elle m'a vraiment bluffée.

C'est dans un bar qu'elle tire les cartes. Et pas cher, 20 balles. Elle m'a dit aussi que je m'étais oubliée au niveau artistique. Alors que je lui avais rien demandé. Mais c'était clair pour elle.

Suze pense qu'aller voir une voyante c'est dangereux, parce que après tu fais les choses en fonction de ce qu'on t'a dit. Mais si c'est que des bonnes nouvelles, je vois pas le problème, ça te met juste un coup de boost.

Mercredi 13

C'est la première fois que j'aime quelqu'un qui me donne rien. Aucun appart, aucune stabilité, rien de matériel. Mon cul, je lui offre sur un plateau, sans intérêt. Il peut me baiser autant qu'il veut, la meuf dispo H24.

Moi je l'aime pour lui, pour ce qu'il est, en fan devenue femme. Et maintenant, sans le savoir, il me donne le plus beau, le plus précieux. C'est ma vie ça, du tout ou rien, jamais d'un petit peu, c'est comme ça que je l'aime, ce putain de passage sur terre.

Selon moi, *C'est l'histoire d'un amour*, de Dalida, la plus belle chanson d'amour. Elle dit ce que je pense à 100 %. Je l'écoute en boucle en marchant n'importe où dans les rues, il fait si beau, j'ai un bonheur suprême, un amour suprême et je le porte en moi, c'en est presque irréel !

Jeudi 14

Les masques antipollution là ça devient flippant. Il y a les simples d'hôpital classiques, mais aussi ceux avec les deux clapets sur le côté, en mode guerre nucléaire. Si tout le monde se balade comme ça dans les rues, ça va vraiment dégénérer en jeu de massacre. Si on est plus capables d'accepter l'air autour de nous. Ok pollué, mais quoi, on va tous se mettre des masques à gaz pour mieux se comprendre ? On est censés survivre à quoi, une attaque climatique ? Les masques au croisement entre la muselière, la burqa et *Le Seigneur des agneaux*, on vit dans quel film d'apocalypse ? Se faire une tronche de robot anxieux, c'est ça la solution ?

Je dis que commencer à porter ces putains de masques, c'est accepter de vivre dans un cercueil. Tant pis mais moi je veux pas ça pour mon gosse. Je veux qu'il respire l'air tel qu'il est.

Vendredi 15

Tu le sens quand tu t'es réveillée trop tôt. Qu'aucune voiture est levée. Ça s'entend par le mur, par la fenêtre, ce silence d'asphalte. Le monde a pas encore commencé d'agir, la journée attend. Et toi tu attends aussi dans ton lit, allongée à côté de ton mec qui ronfle.

Tu attends que le jour se lève pour te lever, faire le café, mais moi je suis toute seule, j'attends toute seule la nuit. Et quand le flux des voitures démarre, j'ai qu'une envie c'est me cacher ou être malade pour avoir droit à une dispense de participation au monde, une dispense de me lever. J'espère qu'aucune bagnole se décidera, que le jour se taira pour une fois, que les gens resteront dans les draps.

Ce serait pas plus franc comme tableau, moins hypocrite que de courir au taf avec les mêmes valises que la veille, à continuer de se faire enfiler par le rythme ordinaire, départ-réveil-alerte-angoisse, et finish à 19 heures en courses de merde au Franprix, à s'en froisser le bide ? Mais qu'est-ce qu'on attend *pour que tout cesse* ?

Vendredi, suite

Je savais que j'avais toujours la tondeuse de Blaise. Avec d'autres affaires, dont son couteau, que j'avais pas jetées. Une tondeuse toute neuve. Je l'ai branchée et puis j'ai attendu. Je voulais qu'elle soit chargée à mort.

De toute façon, j'en pouvais plus de mes cheveux. De me regarder pleurer, avec cette mèche de salon de coiffure. Comme si j'étais une meuf normale, désirable, capable d'être aimée. Voilà au moins je me ressemble maintenant, en tondue d'après-guerre, rasée à la Sigourney Weaver. Ma vie est un casting de SF glauque.

Suite

J'ai pas compris ce que c'était d'abord. Ce mal de ventre, ces douleurs. J'ai pas voulu les reconnaître. J'ai pris deux Spasfon de déni, mais la fontaine de sang bouillonnait en moi. Les règles ont coulé dans la nuit et dans l'ultra violence, en mode Amour Anarchie.

Je me regarde dans le miroir de la salle de bains, toute blanche, vidée, avec ma boule rasée. Je voudrais aussi avoir les chicots pourris, mais là ça ferait tox, et un peu trop cliché.

Si j'avais été moche au départ, comment aurait été ma vie ? Grosse, exclue de tous ces rêves de pute de l'écran ? Du *marché de la bonne meuf*, comme dit Despentes. Comment ma vie aurait switché, ça se trouve en mieux, genre cadre ou prof ou psy ou meuf avec deux gosses un mari sain qui boit du rouge à table.

Est-ce que c'est ma beauté qui m'a fait toute permise ? Et puis rien au final. Donc même avec la beauté en plus, tu es une incapable. Un peu comme ces pays qui ont du pétrole, mais des terribles dictatures.

Quand je pense à ma sœur Katell, comment elle a bien réussi, alors qu'elle est moins belle peut-être, même si moi je la trouve trop belle. C'est peut-être une malédiction cette beauté. Combien de meufs trop bonnes se ramassent en mode Scarface ? Des belles à faire tourner les regards, à provoquer des double checks, des triple checks dans tous les sens, avec des hommes qui portent tous des minerves dans la rue, mais qui ont pas de futur.

Suite

Passé cette nouvelle nuit à pleurer dans une vieille casserole. Une casserole Tefal, mais griffée de partout, le Téflon à moitié dépiauté, comme si c'était un chat qui préparait les nouilles.

Il paraît que c'est cancérigène. Jamais je n'avais regardé aussi longtemps une casserole, les coups de couteau, les beugnes qui font qu'elle cuit rien sur les plaques, vu qu'elle adhère pas assez. Le brillant de cette peau bleu foncé noir, avec une touche de gris triste.

Suite

Avec Luc, on a jamais fait un resto, rien, jamais un lieu public, il était trop parano. Non, nous c'était cocaïne, hôtel et sodomie, le trio bien placé. Pour dire, son Facebook est géré par des fans, et sa femme trop belle est presque aussi connue que lui. Une fois je suis allée chez lui. Il y a une petite rivière qui passe dans le salon. Je me suis trop sentie une merde.

Suite

Cher trou de Luc,

Tu m'as prise pour ta pute, donc tu vas devoir payer ! C'est pas logique, ça ? Est-ce que je parle français ? Est-ce que tu saurais enfin lire ?!

Notre histoire, je connais des pelletées de journalistes que ça va intéresser. La reusta super cool en public, qui fait la morale aux jeunes pour leur dire d'aller voter, d'être écolos, et qui respecte aucune femme, alors qu'on est la moitié de la planète.

Ta meuf aussi serait contente de savoir comment tu m'as traitée comme ta chienne sexuelle. Je suis sûre qu'elle apprécierait. Luc, tu me laisses pas le choix, je peux pas laisser passer. Nous les violées de la vie, on doit plus rien laisser passer ! Tu as abusé de moi, de mes sentiments, de mon cul, de mon esprit, tu m'as rendue dépendante, tu m'as droguée, tu m'as baisée quand tu voulais, où tu voulais, et maintenant il est temps de passer à la caisse ! Tu comprends, mon gros chat, ce que je suis en train de t'écrire ? Alors bouge-toi le cul ! Tu es en train de me tuer, comment je vais vivre maintenant ?!

Suite

Passé ma journée chez Suze, à pleurer. Je suis née moi aussi, comme dans la chanson, *par un beau jour de pluie, pendant que ma mère épluchait des oignons*. Je devrais me faire homologuer au Guinness de la pleurniche, j'ai des tonneaux en stock. Parce que la vérité, c'est : *tu ne seras jamais mère. Tu en es incapable*. Et j'étouffe avec ça.

Là j'écris, mais je me sens vide – vide – morte – vide – blessée – morte – morte – vide vide – blessée – morte morte – VVMMVMVMBBVM, comme un code morse ADN morbide.

Dimanche 17

Débarqué hier soir au Pig'Hall total cokée bourrée ++, avec cette pauvre perruque verte pour couvrir la skinhead que je suis devenue, celle que j'avais de la Saint-Patrick. Heureusement Foumi était pas là, j'aurais eu trop honte, ou peut-être qu'au fond c'était lui que je voulais voir, pour qu'il prenne soin de moi.

Après j'ai volé des habits du sex-shop, puis je suis partie marcher toute la nuit dans Paris comme une pute, à fumer clope sur clope, à m'asseoir n'importe où.

Et j'ajoute qu'il m'est rien arrivé de grave, à part les insultes habituelles. Un ange me protège. L'ange de la mort peut-être, qui me veut que pour lui.

Lundi 18

Retour de chez la psy de Serge, qui a eu la gentillesse de me prendre exceptionnellement ce matin. On a pas mal discuté, puis elle m'a fait un drôle de choc avec sa liste. Écrivez-moi toutes les choses que vous n'acceptez pas des gens, elle me dit. Et moi là, devant la feuille, rien. Qu'on m'insulte ? j'ai marqué. Mais en fait non, on m'insulte tout le temps et je dis rien.

Quand elle a vu la feuille vide, elle a refait son ordonnance. Ça y est, je vais avoir des médocs.

Suite

Et pourquoi sur cent mecs, s'il y a un connard, il est toujours pour moi ?! C'est mon côté *rock'n'roll fragile* ??

Hier comme j'ai plus rien à perdre, et surtout comme chaque année je fais la fête de l'Huma, je décide cette fois d'y aller toute seule à pied, j'ai trop besoin de marcher, marcher, marcher, et là je croise un gars, c'est par là ? Il me dit, oui. On fait connaissance, on se retrouve dans un champ magnifique, en pleine Courneuve, avec des chevaux. Il me dit, ça arrive que des gens se perdent, et je suis en confiance, je suis bien avec lui, ce costaud.

On marche une heure, on sympathise. À un moment il me dit, si tu savais de quel parti je suis, tu hallucinerais. Je dis, ben vas-y, dis-moi, y a pas de honte. Non non, je te dis pas.

Alors j'insiste pas. On fait le concert du Ministère A.M.E.R., il connaissait toutes les paroles, et moi j'étais contente d'être là aussi, avec ce mec bourru, genre t'es en festoche, t'es tranquille, il peut rien t'arriver avec un mec comme ça. Il fait, viens on va manger un kebab. Je dis, ok. Et là on passe devant un stand féministe, moi attirée, je freine un peu, alors il me fait, ça va, on s'en fout d'elles. Après ça, on arrive sur le stand irakien, avec kebabs, concert tradi. Il fait, ça, c'est pas la musique que j'écoute. Et moi, gentille, c'est sympa à petites doses, et puis, arrête, je vais commencer à penser que t'es FN ! Et lui, ben ouais. Et moi, décontenancée, c'est une histoire belge ou quoi ? Le seul pote que je me fais à la fête de l'Huma, il faut qu'il soit FN ! Mais qu'est-ce que je traîne sous les groles, de la merde de requin ?! Et là je réalise que c'est peut-être ma nouvelle coupe aussi.

Ah ouais, t'es FN ? Quoi, ça te pose un problème ? Viens, je lui dis, on parle pas de ça. Ouais, trop facile, il me fait. Le mec, il est à la fête de l'Huma, il me juge, il me trouve intolérante de pas accepter son efférité. Je lui dis, écoute, je vais au stand féministe, on se rejoint après.

Ensuite il m'a appelée quatre fois, je lui ai pas répondu.

Il me disait qu'il adore la fête de l'Huma, parce que c'est pas cher. Mais pourquoi tu vas pas à tes fêtes de nazis, chanter *La Marseillaise* ? j'aurais dû lui dire. Franchement, sois intègre. Il y a qu'à gauche qu'il y a des bonnes ambiances comme ça, rends-toi à l'évidence. Les fachos, ils savent pas s'amuser, les belles meufs elles sont toutes dans notre camp.

Avant ça, je lui avais demandé c'était quoi son prénom. Et lui, mon prénom ou mon surnom ? Bah, les deux. Mon surnom, c'est Pupute. Comment ça, Pupute ? Oui, Pupute. Bon, ok, alors ton prénom ? Et lui, ça je te dis pas, moi je révèle jamais mon nom. Et moi, mais moi ça me fait chier de t'appeler Pupute, tu peux comprendre ça ou pas ? Il me fait, ouais, mais c'est comme ça.

Après quand j'ai su qu'il était FN, je me suis dit, c'est bon, je l'appelle Pupute, je peux l'appeler Pupute, il y a plus aucun problème. Mais en même temps, j'aime pas ça, c'est sexiste. Pupute mérite même pas qu'on l'appelle Pupute.

Et ensuite j'ai pensé, s'il me draguait, Pupute, si c'était ça sa technique de drague, il y a pas trop à se faire de soucis d'avenir, le FN arrivera jamais à se reproduire, c'est déjà presque une race éteinte.

Suite

Nos parents avaient la lutte des classes. En tant que prolétaires, ils étaient dans le bon camp. Maintenant, on a la lutte des victimes, femmes, handicapés, minorités, Arabes, LGBT, + + ++. Plus tu as de minorité en toi, plus tu marques des points. C'est ton empreinte victime, comme l'empreinte carbone. Avec les mêmes pollueurs mâles blancs riches, qui se déversent sur nous, les polluées.

Leur souci, c'est qu'on est une telle minorité qu'on est en fait la grande majorité, nous, les 99 %, les ennemies de l'intérieur, les vagins sans défense qui aspirent au changement. Tous les DSK, Trump ou Weinstein, on va les leur couper et se les faire en grillade.

Mais pas Luc, je le mets pas dans ce sac. Luc je lui en veux à mort, mais c'est un vrai artiste, qui mérite ses glaouis, parce qu'il aime les femmes. J'ai juste à relire ses textos et je sais que c'était un vrai gentil.

Suite

Coup de fil de Khaled qui m'annonce que Mouss est alité depuis dix jours ou même plus, parce que tombé du gril au taf, et qu'il avait pensé que j'aimerais être au courant. Je le remercie de l'info, lui Khaled, ce crevard, prendre la peine de m'appeler pour me dire ça, je suis impressionnée. Mais je découvre qu'il y a autre chose, il me sort que voilà, il est sur Paris, il aurait besoin d'être dépanné, qu'il sait pas où dormir, au moins pour quelques nuits, tu comprends, est-ce que ça te dérangerait pas ? En fait il se servait encore de son frère pour venir me gratter. J'ai dit que j'allais voir, passer quelques coups de fil, je suis restée bien évasive, je me suis impressionnée. Puis direct j'ai appelé.

Mouss était trop heureux de m'entendre. Il m'a expliqué qu'il venait de sortir de l'hôpital, qu'il avait un magnifique plâtre. Je lui ai dit, juste deux-trois trucs à régler, j'arrive dès que possible. Est-ce que c'est bien une bonne idée ?

Mardi 19

Après ce qui s'est passé dimanche, René m'a licenciée, mais il a été cool en fait, je vais toucher du chômage. Je crois qu'il a senti mon état et qu'il a pas voulu m'accabler. Finalement ça va aller, je vais arrêter de me plaindre car la vie cette petite pute est bien trop belle en vrai.

La leçon c'est aussi que même si René s'est comporté comme un *connard* depuis quatre ans, les gens sont jamais tout à fait ce qu'ils sont. Lui et son sourire botoxé, sa nana de vingt-quatre ans, rabatteuse de la boîte de strip-tease d'à côté, très gentille au début avec moi mais depuis sa promo petits-fours qui a oublié d'où elle venait, surtout qu'elle lui a fait un gosse, pas folle, et lui pété de thunes qui doit en avoir dix autres de seize femmes différentes, mais le pire c'est que ça se voit qu'ils sont amoureux en vrai, ce vieux beau René de base au fond, chemise jean, rien d'hyper prétentieux, pas totalement mafieux, à part la gueule de requin, qui dit, l'argent, l'argent, l'argent. Ses menaces de chiffre, son harcèlement moral, en fait c'est juste du formatage, il se rend même plus compte qu'on est pas obligé d'être comme ça, on aurait pu mieux coexister ensemble.

Ce qui me fout le plus le cafard, c'est de perdre Foumi. On s'est pleuré dans les bras, on s'est dit qu'on allait pas se quitter, qu'on se reverrait tout le temps, mais je connais ses horaires, Foumi c'est boulot-kèn-dodo, et son sourire, sa gentillesse, ses belles mains maniérées sur les habits, quand il les met en rayonnage, tout ça va me manquer à mort.

Voilà Pigalle, je me taille. J'en peux plus de ce mode armure, des caresses de fakir.

Vendredi 22

Il arrive que les cœurs de mes copines soient bousculés. La plupart ont un chéri depuis longtemps, et parfois des enfants. Moi j'ai pas pris cette vague dans la vingtaine. Là c'était tout neuf pour moi et ça a duré quinze jours, je crois que je devrais donc vite m'en remettre aussi.

Piña était avec Franck depuis dix ans, et elle m'annonce qu'elle vient de le quitter pour le petit jeune que j'avais vu à la free-party. Elle me remercie même, me dit que c'est un peu grâce à moi qu'elle a eu le courage. À trente-quatre ans, je pense qu'elle sait très bien ce qu'elle fait, elle a pas besoin de moi, je veux pas me sentir responsable.

Samedi 23

Je ne sais pas trop ce que je fais, mais voilà, depuis hier soir chez Mouss, à le serrer dans mes bras, lui allongé dans le canapé avec sa jambe dans le plâtre. On a veillé, on a parlé beaucoup et bizarrement je me rappelle rien de précis, peut-être à cause du rhum. Ce qui est sûr, j'ai dormi dans sa chambre et lui devant la télé.

Dans le *Midi Libre*, ils racontent qu'à Tours, un éléphant, il y a cent ans, s'est échappé du cirque Barnum où il jouait. Il a été abattu par les habitants, après avoir foutu un sacré bordel. Il a été empaillé et a fait la déco d'un rond-point pendant des années. Puis ils l'ont rentré dans un musée. Il venait d'Asie, il s'appelait Fritz, et il était en période de *musth*. Je suis allée voir sur le Net, c'est un état qui revient périodiquement chez les éléphants mâles, et qui est caractérisé par une épaisse sécrétion ressemblant à du goudron, qu'on appelle la frontaline. Quand l'éléphant *musth*, il a des comportements agressifs. Ses hormones de reproduction augmentent et ses niveaux de testo sont soixante fois plus élevés qu'aux périodes détendues. Sous l'influence du *musth*, même les plus placides peuvent avoir envie de tuer.

Dimanche 24

Le sable blanc, c'est bien, mais pas trop blanc non plus. Il faut que le sable soit jaune quand même, et assez fin bien sûr. On devrait pouvoir choisir notre couleur de sable, comme on choisit la graine pour le couscous. Moi je préfère la graine moyenne, trop fin j'aime pas, comme souvent dans le couscous algérien.

Tout ça pour dire qu'ici, où Mouss a décidé de vivre, je

crois que le sable est juste à la bonne taille, et à la bonne couleur, parfait pour faire ressortir mon bronzage.

Suite

Deniz vient de m'appeler, pour me dire qu'elle était très contente et que si je voulais prolonger ce soir et cette semaine, toujours à l'essai, puis si tout se passe bien, et que je le souhaite, elle pourrait me faire un CDI.

On était hier midi au Levantin, je parlais de mes maigres économies, et Deniz, la patronne et vieille pote de Mouss, qui me fait, voilà, ma serveuse s'est barrée la semaine dernière, sans prévenir, est-ce que ça t'intéresserait de faire un extra ? Alors moi, sans réfléchir, et surtout pour la dépanner parce que je commence vraiment à l'apprécier en tant que personne, bien sûr, ok, et j'ai donc travaillé hier soir avec elle. En plus ça me fait une autre raison d'être ici. On va avoir besoin d'air Mouss et moi, pas du fusionnel comme avant, inventer autre chose, avant tout parce qu'on est amis.

Et là j'ai accepté pour cette semaine, en lui disant qu'ensuite on verra. Elle s'est réjouie, elle était trop contente même au téléphone, mais j'ai quand même pensé, est-ce que c'est pas un coup de Mouss, vu qu'avec Deniz ils se connaissent depuis trop longtemps ? Un stratagème qu'ils ont mis en place pour me cloîtrer ici ? Mais ça c'est ma parano, je crois qu'elle était sincère, on s'est trop amusées hier, les clients étaient ravis, je me suis sentie vivante.

Lundi 25, 14 h 35

Viens de finir mon service, et dans les toilettes du Levantin, le visage de Romy Schneider, ses beaux yeux toujours gais, l'inverse d'Isabelle.

Quand j'étais toute petite, et que ma mère restait traîner à la maison en chemise de nuit, mon père disait, *j'aime pas quand tu restes en Rosalie.* L'expression venait du personnage de Romy dans *César et Rosalie*, un plan à trois avec Yves Montand et Sami Frey, entre Sète et Paris.

L'idée originale du scénario, Claude Sautet explique dans une interview, lui est venue alors qu'il cherchait pour un tournage une voiture chez un ferrailleur qui *se trouve être un rustre assez beau, très bien sapé, le cigare au bec, l'œil rusé, avec une façon de s'exprimer aussi grossière que pittoresque. Une jeune femme élégante, très distinguée, accompagne le ferrailleur rouleur de mécaniques. Tout de suite, le contraste entre elle et lui s'était imposé à moi. Et je m'étais dit, supposons que je tombe amoureux de cette femme, comment me débrouillerais-je en face d'un tel loustic ?*

Mouss me rejoint avec ses béquilles, on boit le café turc spécial préparé par Deniz, en fumant lentement. Ce goût de cardamome. Et Mouss, tu sais Gwenn que Deniz veut dire la “mer” en turc ? Et là je sens Romy Schneider assise derrière nous, dans l'ombre du café. Elle observe Mouss, elle se dit, supposons que je tombe amoureuse de cet homme, quelle femme je devrais devenir ?

Mardi 26

Tracer à fond, se speeder à mille à l'heure, c'est ça l'objectif ? Tracer sa life, le nez dedans ? Nexter ceux qui encombrent, au marché des belles gueules, faire des doigts sur l'écran, balayage gauche droite, coup de tête balayette, le monde nexté devant soi, pas *la vie* mais *le vide devant soi*, c'est ce nouveau livre-là que Gary écrirait aujourd'hui, nos index balayettes qui tripotent le réel, font place nette, l'Internet c'est être entre gens nets, triés à grands coups d'index, ceux qui te saoulent, qui te gavent, tous ceux qui t'appellent plus parce qu'ils ont les couilles vides ou que ton mec est pas dealer. Éliminer du screen. Mais comme dans un Shoot'em up, les profils se rechargent, viennent combler les stories, des zombies prennent la place d'anciens zombies nextés, machin machine remplacent bidule et chose, et ton index continue son travail de nexteur fou, jusqu'à ce que les sept ou huit milliards qu'on est y soient tous passés.

Mais comment s'arrête le game ? Tant que l'amour ou la mort te déconnecte pas ? Tant que tu as pas de Mouss avec toi pour t'emmener ailleurs ?

D'abord souffler, écouter chaque seconde.

Je nage mon kilomètre de mer et je nettoie tous mes messages cachés. Je ferme toutes mes applications. Je nage sur le dos, yeux fermés au soleil. Je suis ma bouée de sauvetage.

Mercredi 27

Si Luc appelle, je fais quoi, j'accours toute fraîche, reposée, bronzée ? Et lui, mais en fait ça te fait du bien de pas être avec moi !

Je suis sûre que ça le ferait un peu chier. Il serait content que je sois bien, mais il sentirait un pincement, il se dirait, moi je lui offre quoi, la baise, la défonce, nos *gwenn noz*. Mais Mouss et son soleil, cette paix, la mer qui efface tout, nettoie les charges mentales.

S'il m'appelle, je dois savoir que c'est juste sexuellement que c'est l'osmose totale. On parle, on s'amuse, on passe quinze heures à faire n'importe quoi, basta.

Ici avec Deniz et mes stars sur les murs, je ne suis plus cachée, j'ai droit au grand jour, même si les stars comme Luc viennent jamais par là, j'ai Garbo et Gable et Monroe qui accompagnent ma journée.

Jeudi 28

Chaque matin je me baigne puis je reste bronzer sur la plage, à deux pas de la maison. Ensuite, je retrouve Mouss sur la terrasse, on boit le café, *alors, ça mordait ce matin ?* Je lui dis que non, rien pêché, pas un poisson en vue, ou tous sans intérêt.

Chaque matin on se fait cette même blague pas drôle que j'adore, comme si je revenais de la pêche. On est heureux de jouer cette minuscule comédie, heureux de ces mots pudiques qu'il a trouvés, pour dire qu'il tient à moi. Que lui voudrait m'avoir que pour lui, près de lui, mais qu'il me laisse aller *pêcher*. Que moi je sors, je cherche, mais qu'il n'y a qu'un homme dans ma vie, et aucun qui lui arrive à la cheville. *Tu as bien pris le soleil ?* Peut-être que c'est comme ça qu'il faut dire *je t'aime*.

Vendredi 29

Concert intimiste à Sète hier soir. Le patron a de suite reconnu Mouss, nous a apporté deux beaux fauteuils et un tabouret pour son plâtre, la bouteille de Jack, comme si c'était normal, enfin la grande vie quoi. Un bar de nuit magnifique, de bon goût, l'intérieur en bois chaud, tables de bistrot, parquet. Le chanteur-guitariste-auteur-compositeur, un beau gosse de ouf, avec ballades romantiques qui collaient pile à nos ressentis. Je dis à Mouss, c'est de l'anglais qu'il chante ? Il me dit, oui, mais c'est normal de pas comprendre, vu que c'est de l'écossais. Ah, ok, et il s'appelle comment ? Scott. Scott l'Écossais, ok. Un gars connu sur Sète.

C'est vrai qu'on comprenait rien, mais on était trop bien, le mec un talent dingue et des taches de rousseur. Et à chaque chanson, ce tic de réaccorder sa guitare. Après le concert, je dis à Mouss, t'as remarqué combien de fois il s'est accordé ? Il me dit, non, j'ai pas fait gaffe. Je dis, si tu t'accordes, ça veut dire qu'avant de t'accorder, tu es pas juste, non ? Et donc que toute la chanson précédant l'accordage, tu jouais faux, logiquement. Et comme c'était à chaque chanson… Il me dit que non, c'est un perfectionniste, il veut juste que chaque note soit parfaite.

J'avais posé ma tête contre l'épaule de Mouss, je me

sentais transportée, cette ambiance *Quai des brumes* from nowhere, ce crooner écossais.

Après, dans la voiture, Mouss se galérait pour conduire avec son plâtre, et moi qui bloquais sur cette idée, tu imagines un pianiste qui passerait son temps à accorder son piano ? Genre Beethoven entre deux morceaux, excusez-moi, juste un petit coup de clé de douze. Mais qu'est-ce qu'ils ont à s'accorder tout le temps, les chanteurs-compositeurs ? Je crois que c'est une posture, ça doit les rassurer, leur permettre de faire le vide. Et Mouss qui me lâche, comme s'il avait tout compris, depuis le début, de mon cinoche, *on devrait passer plus de temps à s'accorder.*

Suite

On se cale sur deux transats, en bord de mer, il doit être 17 heures. Mouss s'amuse à lancer des cailloux, de plus en plus fort, et il percute une mouette. Après on la regarde chanceler, vomir. Un traumatisme crânien de mouette.

Il était désolé, il répétait qu'il avait pas fait exprès. Il s'est mis à s'excuser, s'excuser, comme si c'était un gosse qu'il venait de caillasser. Je l'ai pris dans mes bras, on s'est fait un câlin, et j'ai senti ses larmes couler sur mon épaule.

Samedi 30, 2 h 13

Mouss qui dort dans le canapé, avec sa jambe dans le plâtre à la Tom et Jerry. Et moi à côté de lui devant l'immense télé plasma, tout juste rentrée de mon service, pas encore douchée, à regarder n'importe quoi, le son coupé pour pas le déranger.

Je crois que je suis bien ici, je vais rester un peu.

Remerciements

Ce livre a été écrit en collaboration avec Rozenn Djonkovitch. Sans elle, il n'aurait pas existé.

Je tiens aussi à saluer Angela Flahault et Judith Mayer pour leurs retours avisés, et bien sûr mes éditrices, Élisabeth Samama et Véronique Ovaldé, pour leur grande expertise.

DU MÊME AUTEUR

UN HOMME LOUCHE, Verticales, 2009.

UN ANGE NOIR, Verticales, 2011.

LA LUNE DANS LE PUITS, Verticales, 2013.

YOUK LE RÂLEUR, avec Julia Wauters, Hélium, 2014.

UNE VIE DE GÉRARD EN OCCIDENT, Verticales, 2017.

L'ESPRIT DE FAMILLE : 77 POSITIONS LIBANAISES, Elyzad, 2018.

OMAR ET GREG, Le Nouvel Attila, 2018.

DANS MA ZUP, avec Fabrice Turrier, Le Nouvel Attila, 2019.

Composition : IGS-CP
Impression : CPI Bussière en juin 2020
Éditions Albin Michel
22, rue Huyghens, 75014 Paris
www.albin-michel.fr
ISBN : 978-2-226-44821-7
N° d'édition : 23852/01 – N° d'impression : 2050166
Dépôt légal : août 2020
Imprimé en France

